归宿

翰儒　著

SPM
南方出版传媒
花城出版社
中国·广州

图书在版编目（CIP）数据

归宿 / 翰儒著. -- 广州 ：花城出版社，2018.10
（2019.5重印）
ISBN 978-7-5360-8745-3

Ⅰ. ①归… Ⅱ. ①翰… Ⅲ. ①长篇小说－中国－当代
Ⅳ. ①I247.5

中国版本图书馆CIP数据核字(2018)第202295号

出 版 人：詹秀敏
策　　划：田　瑛　程士庆
责任编辑：黎　萍　蔡　宇
技术编辑：薛伟民　林佳莹
封面插画：姚泰延
装帧设计：李桢涛

书　　名　归宿
GUI SU
出版发行　花城出版社
（广州市环市东路水荫路 11 号）
经　　销　全国新华书店
印　　刷　佛山市浩文彩色印刷有限公司
（广东省佛山市南海区狮山科技工业园 A 区）
开　　本　787 毫米 × 1092 毫米　16 开
印　　张　16.25　1 插页
字　　数　223,000 字
版　　次　2018 年 10 月第 1 版　2019 年 5 月第 4 次印刷
定　　价　45.00 元

如发现印装质量问题，请直接与印刷厂联系调换。
购书热线：020－37604658　37602954
花城出版社网站：http://www.fcph.com.cn

客家围，客家人的精神家园。

——题记

目录

第一章

温尚文望着紧闭的大门，冰冷的铁锁，愣在那里，像被迎面泼了盆冷水。

他木木地拍了拍满是沧桑的门板，厚实的门板嘭嘭嘭地回应他三声，又复归阒静。脑袋像突然缺氧似的，他整个人跌坐在门槛上，背靠着门框，油麻石的门槛、门框在冷冬里给他无情的冷硬。

他本能地摸摸衣袋，袋子里没有大门的钥匙。怎么会呢？以前老围热闹时，大门几乎是不锁的。即便晚上也不锁，除了发现围屋进小偷了才上锁。过段时间如果风平浪静，又不锁了。大门的大锁，更多的作用只是象征意义，围内的家家户户虽然配了钥匙。

他早已把钥匙给忘了，不知放在哪里，或者弄丢了。再说，眼前这把锁也早已不是当年那把锁，中间不知换了多少把。谁会想到给他新配一把钥匙呢。他很久没有回老围了。

他失魂落魄地呆坐着，心底泛起伤感和凄凉：五十多岁了，竟然像被抛弃的懵懂小孩，有家进不了门。一大早独自开车，从省城回来，紧赶慢赶跑了五个多小时的路程，连中途都顾不上休息，等着自己的竟是这种情景……眼前紧闭的老围，是他曾经生活了三十年，已有二十多年没有回来的乡下老家温家围。

建于明朝的温家围有八横四围，三百多间房屋，人气最旺时住了一千多人，但如今彻底空了。温尚文心有不甘，慢慢地站起来，步履沉重地沿着弧形的照墙（围墙）外的那条路，走到另一扇大门。温家围有两扇大门。然而情形依然一样，大门紧闭着。他抚门长叹，眼泪涌了上来：怪自己，都怪自己，能怪谁啊！太久没有回家了。

村里没有谁知道他回来。他没有告诉任何人他要回来，离开那么久了，告诉谁呢。再说也没必要搞得那么像回事，把自己弄得像个大人物似的。温尚文虽然是位大老板，但他没有土豪的俗气，像他的名一样，温文尔雅。

已是午后，这时候的温家围村的白天最冷清。温家围村是因温家围这座地标性建筑而得名。围内的人家都搬迁了，而且都迁移得有些远。几年前，新开了一条县道，穿过村子。村里人像群饿坏的鱼，突然发现有人撒下美食似的，蜂拥而上，一户一户地纷纷沿着县道两旁建新房。温家围里的人家更是争相建新房。村子里的那段县道，顺着道路两边就这么建了一栋栋水泥浇筑的楼房。占不了紧挨路边的，也不甘心，退而求其次，在楼房后面建了条街路，再建楼房。远远望去，像圩市。而温家围则落寞、衰败在那里，像老态龙钟的老人。圩市热闹、崭新在这里，像生机勃勃的小孩。温家围数百年的历史好像终结了。

已至隆冬，再过几天就要过年了。这是一年中最冷的日子，寒风冷冽中，温尚文徘徊在照墙外的那条路上。午后的阳光虽然有些暖意，但在阵阵冷风中微乎其微，他走了几个来回，心里满是难以言说的复杂感情。其实，他应该是有预感的。大约在一个星期前，温顺生打电话告诉他：老围里的春婶前几天“过老”（逝世）了，老围这下就彻底没有人住了。温家围人习惯把围屋叫作老围。因为确实老。据说不只是在全村，还是腊梅镇最古老的围龙屋。腊梅镇有十条村，几乎村村有围龙屋。他听后，当即就愣了，忘了讲电话。温顺生以为手机信号有问题，问，喂，喂，听到了吗？温尚文刚从电梯出来，正要掏钥匙开门进家里。在听，在听，生哥你不是说老围彻底没人住了吗？温尚文有气没力地回应。温顺生这个电话，让他午饭没了胃口，午休也没有睡好；端起一碗汤想喝，汤里全是老围的影子；躺在床上，脑子里尽是老围的影子。

温尚文叫温顺生不叫村主任而叫生哥，是因为温顺生比他大两岁。温顺生是他离开温家围后当村主任的，他叫习惯了温顺生为生哥。温顺生不是经常打电话给他。有事要办了，有话要说了，才给他打电话。温顺生也许觉得，他在省城办私立学校不容易。温顺生是他小时候的玩伴，一块在老围长大、成家。如果没有记错的话，温顺生比他晚五年搬离老围。他是一九九〇年搬到县城的。温顺生把新家安在村里那段热闹的县道边。温尚文在县城住了十年后又举家迁到了省城。自从搬迁到县城后，他就再也没有回过老围了。

温尚文靠着照墙。墙脚爬满了杂草，杂草淹没了他锃亮的皮鞋和挺括的西裤。他抬起头，仰天长叹，是自己忽视了老围，不是老围抛弃了他。一阵冷风吹来，他觉得一阵一阵的寒意从下往上蹿，由外往里袭。他窸窸窣窣地从口袋掏出手机，给温顺生打电话，但又忘了说话。温顺生问，喂——喂——温顺生没有听见回应，又喂喂——是文老板吗？话说出半截，温顺生才觉得要叫尚文老板的——叫文老板让他容易联想起以前曾叫他文兄。

温尚文在老围住的时候，温顺生老爱叫他文兄，既有亲近的意思，又有调皮的成分。为什么说调皮呢，因为文兄与女人戴的那个谐音了。那时候，老围里的女人开始戴文胸了，鲜奇着。那时候，温尚文与温顺生一起在村里的小学当民办教师。因为工资低，实在养不起一家老小，他们都辞职出来，耕田种地，兼做泥水小工。温尚文后来又被镇里的中学请去当了两年民办教师，其间还去美州市那所教育学院函授，但还是改变不了民办教师的身份。温尚文想，即便转为公办教师，工资还是低，养家成了问题。于是他再次辞了职。

温顺生的妻子温碧玉也在村里的小学当民办教师，但温顺生不让她辞职，认为女人教书挺好的，工资低就低吧，可教来教去教久了，书卷味就慢慢地上脸上手，言谈举止，连脸蛋、笑声都不一样，有书卷味。不单这样，连气质也有了，不会像老围里的那些女人，粗俗得不晓得什么叫粗俗。温尚文的妻子徐冬娘就俗气了，不看书，没文化，开口闭口就是柴米油盐酱醋茶。看见徐冬娘，温顺生常常偷着乐，温尚文的老婆没自己的老婆好看。这样一比较，温顺生就觉得自己的命比温尚文的好！心理优势有了，温顺生便大大方方、无遮无掩地把温尚文叫作文兄。温尚文起初想反抗，但又不知怎么来反抗，一天一天就这么被叫着，叫久了，他也默认了，只能在心里意淫一下温顺生的老婆，狠狠地想：找机会送你老婆一件文胸。温尚文暗恋着温碧玉，但他将这个想法埋得很深。温顺生不知道，温碧玉也不知道，温尚文的内心很丰富，丰富到有时他自己都觉得出乎意料。

现在不能管温尚文叫文兄了。自从温尚文搬到县城，在县城办幼儿园赚了钱后，温顺生见了温尚文，便客气了，跟着别人叫他尚文老板，连叫的语气都改了，语速慢，吐字也柔和，好让尊敬的意思呈现得更充分些。温尚文到了省城发展后，事业做得更大，办了两间私立学校。温顺生跟温尚文讲电话，更是赔着小心，选字挑词。温顺生认为这样也是应该的。自从自己当了村主任后，村里修路造桥，村里的学校筹措奖教、奖学金，温顺生总是要找到温尚文，而温尚文都会慷慨解囊。

温顺生在手机里“喂”了两遍后，温尚文才有气无力地应，生哥，你在家吗？温顺生说，在，在家。温尚文说，哦，哦。然后挂了电话，关了手机。

温尚文觉得还是不见温顺生好，心情那么糟糕。他本来想叫温顺生来老围，帮忙把门打开的，但很快又否定了这个想法——他没有事先告诉温顺生，回老围是悄悄回来的。现在又突然说自己回来了，不好意思说出口。温尚文靠着墙根蹲着，看上去是如此落魄，西装革履沾了草屑、泥痕，头发凌乱，面色憔悴，像病了一场似的。他突然觉得心悸，抚着胸口，由蹲改成了坐。坐了一会儿，才慢慢地爬起来。头顶上空飞过一只乌鸦，哇——哇——哇的一声紧似一声。乌鸦这么一叫，他清醒了，意识到情况不妙，挣扎着爬起来，缓慢地来到老围门前。

他的车停在门前的土坪。打开车门，从包里取出救心丸，赶忙服了下去，然后坐进车里，闭目养神了一会儿；草草吃了几块饼干，觉得稍稍定了神后，才开车离开老围。他打开车窗，想听听外面的声音，除了虫吟鸟叫，鸡鸣犬吠，还时不时传来噼里啪啦的鞭炮声。已入年关了，年味渐浓。这是乡村的年味。老围好像已经沉睡了，经历了太多太多的岁月，累了，倦了。

其实，温尚文开车进入通往温家围这条既熟悉又陌生的村道时，就已意识到老围的境况不好。道路两旁杂草丛生，这是没落的衰样。

也许是因为离开了温家围，温尚文才慢慢地缓过劲来，心情渐渐地平复。

车过村子里那段县道时，他看见窗外高矮不一的一栋紧挨着一栋的楼房，还真有模样。临道路两边开了不少商店，卖日杂，卖肉菜，还有饭店，俨然像小圩市。听说这里有不少从温家围搬迁来的。他特意把车窗再放低一些，而且放慢了车速。真是巧了，竟发现一间名叫“生哥日杂店”的小百货店，仔细看看，天呀，这不是温顺生的老婆温碧玉吗！她正坐在柜台前，到底是教了几十年书，气质还摆在那里。而自己的妻子就差远了，虽然人实在，脾气也不坏，但从里到外不见丁点气质。他偏偏看中的是那摸不着但又很受用的气质。这个温碧玉人长得周正、圆润，年轻时是学校男教师暗恋或明恋的对象。无奈自己的成分不好，有“海外”关系，不像温顺生，是贫苦农民的儿子，根正苗红，他放开手脚、开足马力去追温碧玉。这个温碧玉，有些文艺范，偏爱听山歌，而温顺生的山歌唱得让人灵魂出窍。不单在学校，在村里，就是在全公社，他也是出名的山歌手。有人说，他唱的那首山歌——“细妹生得系斯文，害偓[①]企等[②]看到晕；害偓食茶食到酒，害偓食饭唔晓吞”，把温碧玉唱痴了，唱晕了。然后呢，温碧玉被他唱上了床。这首山歌，温顺生还不懂事时就会唱了，先是大人捉弄他、教他唱的，后来呢，他自己喜爱唱了，百唱不厌。

---

① 偓：我。

② 企等：站着等待。

其实，没那么简单，温顺生会唱很多山歌，而且看见了温碧玉会即兴创作，把温碧玉编进歌词里。温顺生嗓音又好，且还会表演，这样一来，温碧玉就真的没办法，彻底被他俘虏了。温顺生说话又“神鬼”（幽默风趣）。温尚文太了解温顺生了，连他身上长几根毛，都清清楚楚。一想起温顺生两公婆，温尚文又好像看见老围的过去，没有停下车来，悄悄地离开。

他边开车边问自己，为什么以前在老围生活了三十多年，不觉得老围有什么值得珍视的。离开了老围，搬到县城那么多年，从未回去过，也不觉得失去了什么。到省城创业十多年了，也忘了要回老围，而现在竟然那么强烈地要回来，是因为离开老围二十多年来一直忙于创业，太忙了，忙得根本没有心思没有工夫想老围？是因为温顺生的那句话——“老围彻底空了”，一下子把自己敲醒了？是因为自己年纪大了，怀旧想家了？是因为老围珍藏了太多太多自己过去的回忆，对老围有太多太多难以形容难以割舍的复杂情感……

温尚文越想越零乱，理不出头绪。

第二章

温家围的时光过得很慢很慢。建围几百年了，一代又一代人就这么繁衍生息传下来，围内的人在岁月静好中更新换代，而围屋依旧，围里的人家看不见围屋在变老。追根溯源了，才发现围屋已经历风风雨雨数百年，阅尽人世间的悲欢离合。

时光很慢的温家围，从容淡定的温家围，没有想到这三四十年间竟发生如此巨大的变化，围内的人家一户接着一户，攀比似的往外迁，迁到县城，迁到镇里，最不济的也猴急着迁到村子里那新开发的县道边。这么一大座的围屋就这样眼巴巴地看着空下去。围内的老人随着孩子一边搬迁，一边慨叹，时势如此，老围真要空了。时光很慢的温家围在社会迅猛发展中快速荒芜。

温尚文不是从温家围搬出去的第一拨人。他从老围搬到县城时，老围里的住户已往外搬迁了不少，大家都想方设法、兴高采烈地一户接着一户往外迁。

年三十晚上这顿年夜饭，温尚文特意把气氛搞得有些庄重。其实这是他年前回温家围以来一直思考的结果。年夜饭安排在新买的套房中，温尚文的儿子温雷一家刚于年前乔迁进来。购买这套两百多平方米的豪华套房，花了一千多万。算上温尚文现在住的和温雷原来住的那套，他们一家已拥有三套房子。

一家人好像在金碧辉煌的五星级饭店共享晚宴。也许是因为灯光的衬托，温尚文的气色显得很好看，说先吃吧，等会儿想说个事，边说边分别给两个孙子夹菜。温雷看了看父亲，心里嘀咕：什么事？要特别强调“说个事”。儿媳温秋分也看了看温尚文，赶忙动脑子，说个事，说个什么事呢？温尚文的妻子徐冬娘对孙子东东说，你看你爷爷，什么时候也学会说话卖关子了。

酒，是客家娘酒，陶制的瓶子，葫芦的形状，古色古香。上面贴着红色的商标，“娘酒”两个字特别醒目。娘酒里面为什么有个“娘”字呢？娘酒又叫月子酒，是女人生完孩子，坐月子时喝的酒，所以叫“娘酒”。有些稠，暗红，微甜，度数不高，大米酿制，滋补。本来是产妇喝的，但喝来喝去，就走样了，坐月子的女人也喝，大婶大娘也喝——连男人看女人喝羡慕得受不了也喝，办喜事请客也喝，逢年过节也喝。客家人的招牌酒。温尚文正想伸手去拿酒，温雷赶忙先抓了酒瓶，给父亲温尚文的杯子斟上，然后依次给母亲徐冬娘和妻子斟上，最后才给自己的杯子斟满酒。温尚文笑着说，过年啦，喝点娘酒吧。说着他自己先喝了一杯，喝了后说，还记得我们家两次搬家吗？

谁不记得呢，第一次是一九九〇年秋，他们从温家围搬到县城，第二次是二〇〇〇年又从县城搬到省城。温雷说，爸，搬到省城时，你还跟我们开玩笑说，我们家终于成为城里人了。徐冬娘放下筷子，觉得温尚文有些反常，怎么翻旧历了呢。温尚文对温雷说，搬到县城，主要是听你奶奶和你妈的意见，那时你姐和你在念小学，你妹妹刚要上学，很多事情要考虑，费了很大的劲。搬来省城时，你奶奶不在世了，你们听到家要安在省城了，兴奋得手舞足蹈，谁不向往大城市啊。

两次搬家，彻底改变了温尚文一家的命运，由家住山旮旯的农民变成了大城市里的人，这是温尚文的前辈们想不到也不敢想的事情。盘古开天地以来，这几十年城乡的变化之大、农民进城的速度之迅猛是历史上前所未有的。走过几百年风雨的温家围，也从未发生过这几十年来如此令人眼花缭乱、目不暇接的景象。温家围以前的时光很慢，很慢，围屋内生活的一代又一代人就这么过着简朴的、日出而作日落而息的单调日子，就这么在慢慢流淌的岁月中更新换代，而温家围依然如故，围屋里的人看不见温家围在变化。简朴闲适、自得其乐的温家围，从容淡然的温家围，没想到会遇到时下的景况，围屋内的人家像打了鸡血，兴奋激动，坐立不安，一户接着一户比赛似的往外迁。那么一大座的温家围就这样无可奈何地冷落下去。围内的老人家回望着老围，一步三回头，跟随着孩子，满脸疑惑地一边离开，一边慨叹说，时势如此，谁能挡住？他们要走向未知的世界。

温尚文也坐不住了，妻子徐冬娘催得急，说再不搬，让人笑话，笑我们没屁大的本事了。徐冬娘说话从来就如巷子里拿竹篙，直来直去，土里土气。往哪里搬呢？温尚文觉得要搬就搬远一些，眼不见老围，心不疼。但真要下决心搬时，温尚文又犹豫起来。于是开了一个讨论搬与不搬为主题的家庭会议。温尚文的母亲一改向来说话有气无力的样子，说，搬，赶紧搬！徐冬娘说得更坚决，说巴不得明早就搬！就这样举家搬出了老围。

事后，温尚文一直在猜测，母亲和妻子徐冬娘那么决意要搬出老围，也许是因为老围带给她们太多的伤心和苦闷。温尚文的父亲温平和是独子，母亲是很小时候被爷爷奶奶抱来给父亲做童养媳的。父亲在和母亲“圆房”的第二天，就不辞而别偷跑了，跟住老围第二围的春婶的丈夫温实在和温顺生的堂伯温从伯“过番”去暹罗（泰国的别名）了。客家人把漂洋过海去南洋叫作“过番”。父亲这一去，再也没有音信。温尚文不知道父亲长什么样子，他自小只知道母亲常常在晚上独自流泪，有时会去找春婶，然后两人一起叹气，一起流泪，因为春婶的丈夫温实在也像父亲一样一去如黄鹤，春婶比母亲更苦，没有孩子，独守空房。

温尚文搬到县城第六年，母亲病逝，爷爷和奶奶还在老围住时便“过老”了。遵照母亲的遗愿，不要把她的骨灰带回老围。她临终前说，累了，不想回去了。温尚文把母亲的骨灰寄放在县城的殡仪馆。在县城居住的那十年，温尚文一次也没有回过老围，老围已没有亲人。

温尚文喝了一杯酒，接着又喝一杯，连续喝了几杯。他的心被娘酒打开了。温尚文说，两次搬家都由你们拿主意，当然我的意见也跟你们的基本一致。徐冬娘说，好在搬了，不然说不定还在老围受苦呢。温尚文说，到现在肯定也不会还住在老围的，怎么会呢，老围都空了，已经没有一户人家了。温雷举起杯子说，阿爸阿妈，我敬你们一杯，你们很有眼光。敬完酒，温雷又叫妻子敬，接着让两个孩子敬，用甜甜的饮料敬。这样一来，年夜饭的热闹气氛就起来了，因为有仪式感，便有些庄重，像电影电视里的那种场面一样。温尚文这样喝酒，这样说话，在温雷的记忆中，任何一年的年夜饭都没有过。他觉得父亲真是要说事了。

温尚文说，没有外人，趁着吃年夜饭的兴头，吹吹牛吧。两次搬家，都搬对了，你们看，我们家如今的家业不错了吧，保守估计资产过亿了。温雷觉得自豪感从心底噌噌噌地升腾起来，确实过亿了，不计房产、小车这些，仅办的两间私立学校就过亿了。成就感一上来，温雷就停不住了，不停地向父亲敬酒。温尚文竟然来者不拒，父子俩真是喝开了。一喝高，温雷便敢说平时不说的话，说都是爸你的功劳，家里才有今天。温尚文得意地说，从老围走出来的，就数我们家最厉害，赚了最多的钱。这句话不是我温尚文说的，是温顺生主任说的。是不是实事呢，我也不清楚。

徐冬娘赶忙说，你们父子别喝了，我看差不多了，话越说越大，再喝，我看你爸都快飞上天，忘记自己姓什么啦！温尚文说，什么你看差不多了，我要说的事还没说呢！温雷意识到父亲已在心里谋划好严肃的话题。温尚文说，雷啊，你已是两个孩子的父亲了，大学毕业后一直跟着我在省城打拼那么多年，已得到了锻炼，我想把担子全部压给你，爸五十几了，很快步入花甲，今后想为老围做点事，趁我现在还能跑还能动——老围空了，没有人去保护的话，过不了多久连影都找不到了。

徐冬娘说，大家都不着急，你着急什么？温尚文说，总要有人急，我不急，你也不急，谁急？这段时间，我考虑了好久，这样吧，家里拿出一笔钱作为启动资金，我再跟温顺生主任合议，筹些钱，把老围先保护起来。

温雷问，老围没有一个人住了吗？温尚文说，年前我一个人回去了一趟，看见老围的大门紧锁，连锁都生锈了。说着又喝了一杯，说，胞衣迹还在老围啊！这么一说，温尚文的话分量就重了。温雷说，以前搬家父亲听我们的，这次父亲的想法也肯定是对的。徐冬娘小声嘟哝，说老围又不是我们一家的。温尚文瞄了下徐冬娘，想，你晓得什么？长毛短见，懒得跟你费口舌。娶徐冬娘时，温尚文的母亲问他对徐冬娘的感觉怎么样时，温尚文想了想后说，过得去。他母亲又问他，什么叫过得去。温尚文说，长相过得去，不好看也不难看；肤色也过得去，不白也不黑；身段过得去，不高也不矮。母亲又问他，过得去就过得去吧，老婆是用来过日子的，不是当花瓶看的。温尚文不再说什么了，想，自己这样的家庭状况，徐冬娘能看上自己，自己也知足了。现在看来，对有些事情她说出来的话，让他觉得连过得去都谈不上了。

温尚文说，还有一事，年初三或初四，选个日子，全家人回老围去看看吧。又说，再不回去，东东和南南都不知根在哪里了。东东和南南是温尚文的两个孙子，都是在省城出生的。东东好奇地问，爷爷，根是什么？树的根吗？温尚文嘻嘻地笑着回答，爷爷说的是人的根，不是树的根。南南哈哈地笑个不停。笑后天真地问，爷爷，我的根呢？说着就站起来，从上到下往自己的身上找，往温尚文的身上找，往徐冬娘的身上找，往哥哥东东的身上找，往温雷的身上找。温雷拉住南南说，别胡闹！温尚文被逗得呵呵大笑。徐冬娘和温雷的妻子温秋分忍不住偷笑。

徐冬娘这会儿生娘酒的气了，心里骂道，都怪喝了那么多马尿，喝癫了。她说，什么根不根的，东东和南南还小呢。温尚文不理会徐冬娘，继续说，根哪，就是你爸爸的爸爸的爸爸出生的地方，正如树的枝呀叶呀，都是由根往上长生出来的。树不是有根吗？东东和南南愣着小脑袋，似乎听懂了，又似乎不懂。温尚文软着声说，过了年，爷爷带你们寻根去。

第三章

春婶在昏黄的油灯下织毛衣。

她好不容易把毛衣一针一线结好，若有所想，好像魂走了似的，又哗哗哗地把毛衣给拆了。她总是这样。织毛衣总是织得很慢很难。虽然她很熟练了，有时一边跟人搭话一边织毛衣，甚至闭上眼睛都不会织错。而拆毛衣，一转眼的工夫，拉着线的一端，扯呀扯，不一会儿一件毛衣又成了一堆线。毛衣织了拆，拆了又织，时光就这么在她的手中溜走。

温尚文小时候喜欢在春婶屋里，春婶住在前围，他住在后围。

煤油灯在四方饭桌上，微弱的灯光不温不火，不明不暗，半死半活。春婶坐在桌子旁的一张小矮凳上，长长的羊毛线在她手中来来去去。她一个人。日子很简单，简单得好像只看见她一日过了一日，今天过了，等着明天，日子在她那里都是一样的，没有色彩，水波不兴，重复不变。温尚文从懂事起，就知道春婶一个人过。春婶的丈夫温实在跟温顺生的父亲是堂兄弟，温顺生叫春婶堂叔母。温顺生的爷爷有七兄弟。温顺生有许多堂伯、堂叔，大约有三十位。他小时候常常把他们叫乱，惹了不少笑话。温尚文有时想不明白，问比他大两岁的温顺生，你叔母家见不着你堂叔？温顺生把从大人那里听来的话转述一遍给他，说我堂叔出门了，听说出了远门，跟你父亲一样。温尚文不认识父亲，没有见过父亲。母亲老跟他说，你父亲出远门了。原来温顺生的堂叔跟父亲一样出了远门。

温顺生这样说后，温尚文沉默了，忧愁当即爬上了稚嫩的脸庞。后来温尚文不问了，害怕自己问了难过。春婶和母亲一样，都在一天一天地苦等。温尚文渐渐懂事后，听别人说父亲跟着春婶的丈夫“过番”了。他们像飞走的飞鸟，不知飞到了哪里，也不知遇到了什么情况。温尚文还是懵懂少年的时候，常常倚着老围照墙那个门，伸长脖子，望天空的飞鸟，发呆，发长长的呆。呆发多了，温尚文比老围内同龄的孩子早懂事，早成熟了很多。

温尚文爱看春婶织毛衣。尤其是冬天，春婶不只是在夜晚织，白天也织。小屋子里很暖和。碰上团毛线的时候，她让温尚文坐着，叉开双腿，把毛线圈进他凸起的双膝，然后她再耕线，耕成一小团一小团的，再把耕好的那一小团一小团毛线放进藤篮里。春婶有时一边耕线，一边问他话，有一句没一句的，软声细语。这样的时光，让他觉得软绵绵的，说不出的美妙……

春婶正把毛线从他凸起的双膝一圈又一圈拉得痒痒酥酥的时候，温尚文突然醒了过来。原来是场梦。温尚文梦见了过去，梦见了小时候在老围的往事。年夜饭，他喝多了酒，娘酒后劲足。温尚文真是喝醉了。醉意仍在，刚才朦胧的梦境转瞬又给睡意淹没了，随之而来的是扑哧扑哧粗细有序的鼾声。

温尚文的母亲沿着曲折崎岖的山路，挑着柴草，一步一步艰难地挑回家。扁担被压得弯弯的，一颤一颤的，突然一个趔趄。正这时，温顺生的父亲温阿水刚好路过，把母亲扶住了，情急之下，不小心碰到母亲的胸脯。母亲倒在地上，嘤嘤地哭。瘦薄的肩膀一耸一耸地。温阿水撂下压在母亲肩上的柴草，在母亲的面前走来走去，不知怎么安慰母亲，不断地叹气……

突然温顺生在老围的后边小山的风水林里唱山歌。有清朗的月光。温顺生对着不远处靠着那棵桉树的温碧玉在唱。温顺生唱道：

妹子生得好人才，好比月光走出来；

妹係[1]月光哥係日，唔知几时做一堆。

温碧玉抚弄着长长的毛辫，娇羞地望着月色下的温顺生，醉醉地听着，脸色被唱出了红潮。温顺生这衰仔，特别能唱，看见什么，便编什么，唱什么，常常能让人听得迈不开腿。温顺生又唱：

细妹生得系苗条，河唇洗衫用棒敲；
十指尖尖如竹笋，害佢停桨又停篙。

这时，温碧玉就受不住了，哈哈哈地浪笑，把林子里的夜鸟都笑飞了。温尚文听不下去了，摸了一块石头，朝温顺生掷去，飞奔的石头不见了，变成倒在路边哭着的母亲……

温尚文从床上弹起来，原来又是梦！揉了揉双眼，拉亮了灯，梦境仍时隐时现，竟是两个梦串在了一起。

温尚文不敢再睡了，怕躺下去，又接着做梦，更怕再梦见老围那些让他魂牵梦绕，又感慨唏嘘的往事，更怕梦见母亲的眼泪。在他的印记中，母亲常常在偷偷地哭。夜深人静，他偶尔醒来，母亲在背向着他哭，很小声很沉闷地哭。母亲在田间地头一个人干活时也哭，身上是淋漓的汗水，脸上是辛酸的泪水。尽管母亲不想让人知道自己哭，偷偷地哭，但从开始有些明白事理起，温尚文经常不经意看见母亲的眼泪，直到他长大成人了，母亲才好像不哭了，哭腻了，哭够了，泪水流干了。他成家立业后，就想尽办法让母亲不哭，或忘了哭。

温尚文不想再躺下去继续睡了，墙上的时钟已显示午夜两点。新的一年，二〇一二年在他的梦境里已悄然到来。

温尚文把窗帘拉开，把窗户推开一条缝隙，清冽的夜风徐徐吹来，醉意也被风吹跑了。

温尚文想，老围是梦啊，渐行渐远的梦啊！原来那些关于老围的人和

① 係：是。

事，在他的记忆深处，总要被触及，哪怕是轻轻地、不小心地碰着了，就会在脑海里哗哗哗地喷涌出来，像欢腾的泉水。站在窗前，外面是不倦的灯光。大城市的夜不像乡村的夜，乡村的夜是夜，白天是白天，分分明明，而大城市的夜，好像没有夜的样子。夜是黑暗的，而大城市的夜把黑暗活生生地赶跑了，也可以说是被吞没了，被灯光——五光十色的灯光把黑暗吞没了。还有安静，乡村的夜晚是安静的，而大城市的夜晚哪能安静呢。车声彻夜不歇，夜生活彻夜不停，喧嚣不肯退去。因为是大年初一的凌晨，窗外那奔忙在路上街上的车辆少了许多，那些车辆从早到晚不停地跑，跑了一年，跑累了，难得在大年之夜休息一会儿。不歇的夜灯，不停的车辆，成就了城市的繁华。也许正是因为繁华，孕育了无限的生机，造就了许多机会，让人们乐于奔忙，而无暇顾及清静、安逸、怀旧这些东西。当过教师，喜读书、爱思考的温尚文到省城已打拼了十多年，他从城市的繁华中觅得了商机，但同时也把一些情感给忽视、淡忘了。

站在窗前远眺的温尚文，这时酒意已完全退去了。年初一的清晨，省城反而清静了，街道上偶尔有些来往的车辆，但稀稀疏疏的。而乡村在这个时候，鞭炮声已此起彼伏，到处是山响的声音。记得小时候老围的大年之夜，真是让人兴奋得睡不着觉。围屋里的人家，争相抢时间放鞭炮，年夜十二点刚过就抢着放了，谁先放，谁先发。放就是发，发就意味着发财。谁不想抢这个好兆头？城市有的东西，乡村没有，而乡村有的东西，城市没有。而如今，省城已给了自己机会，自己已拥有了财富，但这其间也已把老围忘记了——回去了，该回老围去看看了，该把那些忘却的、丢失的东西找回来了……

温尚文就这么伫立在窗前，远处的天幕，渐渐地开了，新年的第一天就这样来临。温尚文就这么在思索中迎来五十四岁。睡在另一个房间的徐冬娘不知道这年的除夕夜给丈夫温尚文带来了什么。

回老围的时间最终定在年初五。其实，自温尚文提出全家回乡下老屋的想法后，年初一、初二、初三、初四大家天天都在谈论，商量哪一天回去合适。谈论断断续续，时浓时淡。每次开谈都是由温尚文引发，他怕家里人忘记，再说时不时提一提很有必要，把大家的情绪调动起来。他如果不主动提的话，谁会主动提呢。从一九九〇年搬迁到县城，至今已二十多年没有回去了，因为相隔时间久远，所以这次回老家显得尤为隆重、庄重。本来回家是很平常、很随意、很轻松的事情。

年初一，得好好待在家里守岁不能走动的。年初二，等着嫁出去的两个女儿温萍和温芬回娘家，这也是约定俗成的日子。年初三，儿媳要回她的娘家，本来她也要年初二回娘家的，但为了招待两个妹妹回来，便礼让了。年初四，神落地，神在年二十四上天后才下来，要在家里迎神下来，一年从头到尾靠神保佑呢，谁都不敢怠慢。温尚文虽然不太信这些虚幻玄乎的说法，但他妻子徐冬娘信，而且信得入骨。比如每月的初一和十五两天，她一定要买“三牲”、烧香敬神，把神供在高高的架子上，客厅弄得烟雾弥漫。这两天什么事情都可以忘记，但这件事她不会忘。而且这两天她一定待在家里。此外，这两天晚上她不跟温尚文过“生活”，绝不——她认为如果过了，就是对神的不敬，万万使不得。家里其他人则宁愿信其有而不可信其无，玄乎的东西，还是别得罪为好。算来算去，回老围最快的时间就只能定在年初五了。再慢便不行了，年后开工的时间又来了。

想不到的是，年初五那天竟然没有谁跟着温尚文回乡下老围。年初四吃完晚饭，大家正在喝着茶，温雷突然说，明天回不了了，要请几位重要的客人。办两间私立学校得靠一批又一批重要的客人帮助。温尚文拜访过这些重要客人，也无数次宴请过这些重要客人。温雷这么一说，温尚文便知道温雷铁定回不了老围了。温尚文想，温雷你吃好饭睡好觉，醒来装蒜，竟说不回老围了，说了这么多天，枉费我的口舌，关键是没觉悟。请客是可以请客，但要合理安排时间呀。温雷说，你和我妈要跑大老远的路程，我们也不放心，要不我叫公司的小黄陪吧。他虽然还在放年假，但我把他叫回来。小黄是他们家公司的司机。徐冬娘说，那就先别回去了，听说老围都搬光了，回去冷冷清清的有什么意思，大过年的。温雷说，爸你决定回，就回吧，别忘了带上老屋的钥匙哟。徐冬娘立即一声“唉呀”，说钥匙早都不知放哪里了，搬了几次家。温尚文倒乐了，说你们还记得我们家老屋的钥匙长什么模样吗？温雷喝了一杯茶，又喝了一杯，就是想不起来。也难怪，天天喊忙的人，谁会在意这些呢。等着他在意的事情一件接着一件，怎么会在乎二十几年没有用过的乡下老屋的钥匙？！徐冬娘说，别说阿雷，我都不记得了。我的那挂钥匙早就不见影子了。温尚文不乐，心里来气了。娶来的媳妇就是娶来的外人，“胞衣迹”不在老屋，根不在老围，难怪这么说，女人六十无屋场，老公不在寻新欢！这么一想，温尚文便不把徐冬娘的话放在心上了。温尚文很会想事情，想问题。比如有些话对于别人来说是耿耿于怀的，但到了他这里，便被想通了，想开了，想没了。他常常会从人生的高度去想。他喜欢说，只要不死人，什么都好说。你看，他这种人肯定能跟谁都相处得来，相处得好。再比如，他说一个人的快乐和幸福往往取决于你身边的人，而不是万里之遥的美国人，你的妻子、孩子、兄弟姐妹、同事、朋友的快乐往往决定了你的快乐。你生活圈里卖菜的、卖肉的、修鞋的、修车的、理发的、开饭店的，他们对你舒服，你才能舒服。所以你要先对他们友好。对妻子徐冬娘说的话，只要不会太过分，他都不会跟她计较。

温尚文说，老屋的钥匙我一直保存着，搬到哪里带到哪里，像你供奉神一样。他这句话是说给妻子徐冬娘的。其实，温尚文也淡忘了老屋的钥匙。年前他回老围开不了大门，对他的打击太大了。回家后，便赶紧找老围的钥匙。他在老围有三间房屋，三间房屋的三把钥匙串联在一起，串在圆形的钥匙扣上。住在老围的时候，三把钥匙他随身带，走快了一点的时候，还会发出悦耳的碰击声，像三位知心的朋友在窃窃私语。搬迁后，钥匙便保存起来，放在一个小木盒子里。小木盒跟着他到县城、到省城。起先，他还记得这件事。家搬到省城后，事一多，便忘了小木盒，也忘了老屋的钥匙放在小木盒子里。从老围回来后，他便悄悄地找了一两天。先是找到了木盒子，又过了一天，才想起小木盒里存放着钥匙，因为小木盒不只存放着钥匙，还有他认为有必要保密的东西。

温尚文得意地把钥匙从口袋里拎出来，悬在半空中，摇了又摇，三把钥匙便欢快地响起来。温尚文的脸上露出很享受这声音的表情。

徐冬娘说，老屋的锁头怕早已生锈给锈死，开不了了。

徐冬娘这句话像有魔力，温尚文的手立即停在空中，不动了，三把钥匙也停止了晃动。悦耳的声音转瞬消失了。

温雷说，开得了，开得了。万一锁头真是锈死了打不开，大不了就叫人把锁头换掉。

东东像发现了大人的毛病似的，高兴地跳着，胖乎乎的手指指着奶奶徐冬娘的鼻尖，嚷嚷，过年不能说死的，不吉利！不吉利！奶奶，你讲的，过年要天天说好话。

徐冬娘先是惊愣，然后便哈哈哈地笑，说小祖宗，奶奶说的锁头锈死，不是死的意思。

东东愣着脑袋问，锈死不是死，那……那是什么？

徐冬娘被问住了。温尚文心里得意了。温雷赶紧说，小孩子一边玩去。温雷的妻子温秋分把东东和南南哄到阳台上去，边走边说奶奶的花钵种了西红柿、芹菜，好多好多的菜。徐冬娘不太喜欢花，说花花草草光看又不能吃。温尚文懒得跟她理论，只好苦笑着说，爱种什么就种什么吧。温尚文想能跟她理论多少，这要理论、那要理论的话，会累死的。

不一会儿，从阳台传来温秋分的声音，哇，这是葱，这是蒜，长得太好了！徐冬娘高兴了，儿媳夸菜长得好就等于在夸她。徐冬娘屁颠屁颠地离开客厅，像只快乐的企鹅。

望着徐冬娘厚实的背影，温尚文突然想起除夕夜梦见的温碧玉。温顺生这家伙就是命好，用山歌把温碧玉唱成了老婆。温碧玉虽然不敢说长得如沉鱼落雁、闭月羞花，但长得爱什么有什么，眼是眼，鼻子是鼻子，屁股是屁股，更主要的是温碧玉有文化，善解人意，人又温柔。温尚文一直在想着她，但就是因为自己“身份”不好，家里又穷，还是没有父亲的独苗，没资本追她。温碧玉嫁给温顺生后，他才死了这条心，然后娶了徐冬娘。徐冬娘虽然没进过学堂，但模样看了觉得还过得去，最主要的是她是货真价实的贫农。温尚文娶了徐冬娘，好像买了人身安全保险，好像进了避风港，好像有了挡箭牌。

温雷觉得没有跟父亲回老围，心存愧疚。说心里话，明天的主要客人也可以推迟一两天宴请的，因为客人说见面的时间由他决定。温雷思前想后，认为年初五是最合适的时间，初六、初七还有两拨主要的客人要请。年初八公司开门上班了。再说，回老围不是很要紧，开车回去要老半天的，不就是去看一看吗，看也看不了几分钟的，看了又怎么样呢？再说，不是说老围已空了吗？

温雷想弥补一下心里的愧疚，说，爸，吃年夜饭时说的，老围的维护真要花点钱的话，也是该花的，这钱花得也值得，老围养了我们家十几代人。再说现在我们家也不在乎这点小钱了。再说我们家先起个头，说不定从老围搬出去的其他人也会跟着出钱的。他说话喜欢用“再说”，说来说去，什么事情到了他那里，也给他不断地“再说”了一番后给说通了，说圆了。就这一点，像温尚文，好像遗传似的。

温尚文听温雷说“再说”，不但不觉得厌烦，反而觉得受用。温尚文说，明天我先回去看看，看了再说吧。

年初四那晚，温尚文失眠了，躺在床上，翻来覆去，像烙饼似的。儿子有事不回去，妻子不想回，儿媳和孙子因为他们不回去，也不回去。爷爷和奶奶的骨灰埋葬在离老围很远的那座山上。母亲的骨灰寄放在县城的殡仪馆里，她逝世前不断地叮嘱他，不要把她的骨灰送回老家去。温尚文遵照她生前的意愿照办了。他始终想不明白，他们为什么要远离老围，为什么那么不喜欢甚至有些痛恨老围。爷爷和奶奶不跟他说其中的原因，母亲也不跟他说明原因。他老在想，是不是因为父亲的原因，父亲“过番”后一去再无踪影。他虽然从小在老围长大，但他不清楚家里的事情。他懂事后想问母亲，但不敢问，因为母亲的眼泪，他从小看怕了母亲的眼泪——母亲总在偷偷地哭。他生怕问起父亲的事，母亲会哭坏身体。

第四章

温尚文的母亲吴盼秋命运多舛。哭和眼泪像魔鬼一样老缠着她不放，笑和笑声在她的生活中如昙花一现。

吴盼秋三岁便失去了父母。

那年日本兵从海边侵略进来，先是侵占了潮汕平原，紧接着气势汹汹，像恶魔一样猛扑粤东客家山区。吴盼秋的父亲和母亲被日本兵用刺刀活活刺死，懵懂无知的吴盼秋从此成了没爹没娘的孩子，跟着七十多岁的奶奶。她的奶奶年迈多病，抚养不了她，只好忍痛把她送给别人。

温尚文的爷爷温通气把吴盼秋领养过来的时候，吴盼秋的奶奶强忍着眼泪，反复跟温通气说，我的心肝宝贝不卖钱，望温先生像待自己的娃儿一样待她……话没说完，便背过脸去，老泪纵横。

温通气把三岁的吴盼秋从她奶奶那里带回来的时候，吴盼秋哭成了泪人儿，哭喊着要奶奶，直至哭没了气力，哭累得睡着，被温通气抱回家。吴盼秋从此永远离开了奶奶。温通气走了近一天的山路，才把吴盼秋领回温家围。

吴盼秋成了温平和的童养媳。那年，温平和六岁，比吴盼秋大三岁。

温平和是温通气的独苗。

温通气二十二岁结婚，但婚后一直当不成父亲，足足苦等了近二十年，他的妻子温阿香才怀上温平和。中年得子的温通气高兴得合不拢嘴。

温平和出生后，温通气想要第二个孩子，但又见鬼了，温阿香又怀不上了。他再怎么勤奋，温阿香的肚子就是不见动静。温平和成了温通气的独子。

温平和偷偷“过番”，一下子把温通气和温阿香夫妇俩打蒙了。温通气没想到儿子温平和与吴盼秋的新婚之夜竟成了他们一家噩梦的开始。

吴盼秋第二天早上醒来，不见丈夫温平和的身影。她屋里屋外找了几个遍，就是找不着温平和。门上张贴的大大的囍字和新贴的婚联，以及屋内外所有喜庆的红颜色，转眼之间成为心碎的事物。最后她在慌乱和失望中，在床边衣柜上发现了温平和留下的字条。字条放在盖着衣柜的红布上，上面只有两行字：我跟别人“过番”，也不知会去哪个地方。

吴盼秋望着门外，两眼发直。

她虽然没有上过学堂，但这几个字她认识。她从别人那里学会了认识一些简单的字。她收回目光，抓起字条，跌坐在床上，失魂落魄地叨念着这两行字，边念边流泪，泪水像止不住的泉水。

温通气被这突如其来的变故击蒙了，不停地叹气，一言不发，好像要说的话全在那一口又一口的叹气里。温通气的妻子温阿香在一旁流泪，不停地埋怨说，作孽啊！命为什么这么苦！作孽啊！命为什么这么苦……

背着家里人偷偷“过番”的不只是温平和，还有温顺生的堂伯温从伯和堂叔温实在。这消息一下子在温家围炸开了锅。温从伯已有两个孩子。温实在刚结婚半年，他的老婆也是他的童养媳。也许他们都担怕家里人反对他们“过番”，事先没有向任何人透露“过番”的信息。他们留下的字条竟然都是一样的简单两行字。离乡背井“过番”到底是谁先起的主意，不得而知。他们三个人同时“过番”，原来是有预谋的。他们三个人一夜之间从温家围消失了，三个家庭顿时陷入痛苦之中，哭骂声在温家围此起彼伏。

自从温平和“过番”后，温通气夫妇提着心吊着胆过日，担怕儿媳吴盼秋离家出走，更担怕她想不开有个三长两短……他们还来不及品尝儿子结婚的喜悦，一夜之间情势急转直下。

吴盼秋哭了几天后，沉静下来，看上去好像不曾发生什么事情似的，但整个人瘦了一圈。

温通气心疼吴盼秋，说，阿秋，爸对不起你。

吴盼秋给温通气盛了碗饭，正要给家婆盛饭，说，都是我不好，让阿爸阿妈你们操心了。她这样说着，手在抖，碗在手里不停地颤动。

温通气说，今后的事，你自个儿定吧。我和你妈不替你做主了，爸对不起你。

温阿香的眼泪哗地涌出来，不知怎么安慰儿媳。

吴盼秋说，爸，妈，阿秋晓得，你们不嫌弃阿秋的话，我跟你们过一辈子。

温通气的泪水叭地砸在饭里。

几个月后，吴盼秋的身体慢慢地在起变化。温通气夫妻没想到的是，儿媳吴盼秋竟怀上孩子了。

温通气神秘兮兮地对妻子温阿香说，你看阿秋是不是有好事。

温阿香抑制着兴奋说，就你眼尖，比女人还厉害。

温通气说，还不是你训练的，你老不下蛋，害得我天天在观察你的肚子。

温阿香嘻嘻地笑着说，别老不正经，我看，阿秋是有喜了。

温通气又压住声音说，我掐指算了算，应该是平和的种。

温阿香说，哦，你都算了。当然是平和的，阿秋那么老实、本分，平和“过番”后，阿秋没跟其他男人一块待过。

温通气说，我们要好好待阿秋，平和这个没良心的衰仔！以后回来看我怎么收拾他，衰仔！

吴盼秋的肚子一天天地隆起来。温通气和温阿香夫妇觉得大喜的日子一天天在向他们招手。温阿香忙着给儿媳吴盼秋配制月子酒，她已买了娘酒给将要生小孩的吴盼秋坐月子时喝，还精心自制月子酒。那天晚上，她把买来的白米酒小心翼翼地装进陶瓮里，然后将匹配好斤两的红糖放进去，然后又将计量好炒熟后的乌豆放进去，然后用木塞把瓮口塞严实，然后用红布将瓮口盖好，最后用红布条把瓮口系紧实。陶瓮齐膝高，形如葫芦。温阿香欢喜着轻轻地拍了拍陶瓮，跟在一旁看着她配制月子酒的吴盼秋说，阿秋，过几个月就能喝了。然后又说，阿秋啊，莫说阿妈责怪你，也不早点给阿妈报喜，弄得月子酒酿制慢了些时日，本来月子酒起码要酿制半年后口感才好，酒劲才适中的。

挺着肚子的吴盼秋的脸色给家婆说红了，美美地看着盖着红布、已装满月子酒的陶瓮，心里想，这种事怎么好意思开口跟你们说。

温通气一边把沉甸甸的陶瓮小心地挪到房里的角落，一边说，劲头大点更好，喝晕了看怀里的宝贝更醉更美呢。

温阿香说，又不是你，你就知道酒劲大好，阿秋又不像你，你只知道喝喝喝，把自己喝醉，醉成狗。

吴盼秋被他们逗笑了。

温通气和温阿香夫妇也跟着吴盼秋笑。

这是温平和背着他们“过番”后，家里出现的第一次笑声。

吴盼秋在温通气和温阿香老两口的等待中，生了个男孩。终于当上了爷爷、奶奶的温通气和温阿香，高兴得手舞脚蹈。温通气说，我爸是独苗，我是独苗，到了平和也是独苗。平和这个衰仔“过番”跑了，我温通气以为这下断子绝孙，完了，完了，一切都完了，没想到！天啊，我的好儿媳阿秋救了我们温家……他边说边哭，号啕大哭。温阿香也呜呜哽咽。这一年，温通气六十五岁，温阿香六十四岁。温通气早早便想好了孙子的名字。他说，叫尚文吧，这个名我想了又想，想了二十年了，平和这衰仔一出生便开始想了，日后望我的好孙子好好读书识字，别像他阿爸一样肚里没喝多少墨水，连封信也不给家里写。“过番”快一年了，也不知去了哪里？

温尚文在吴盼秋的精心呵护下，一天一个样，七个月会坐了，八个月会爬了，九个月长牙了……温通气和温阿香老两口满心欢喜地看着孙子温尚文在哭闹和欢笑声中，从小肉团慢慢地变成可爱的肥小孩。晚上吴盼秋一个人看护孩子很辛苦。他们心疼儿媳吴盼秋。每到晚上，温通气便催促老伴温阿香去吴盼秋那里帮忙。

吴盼秋知道家婆温阿香腰腿不好，说，阿姆，我能应付得过来的，你回去早点歇息吧。

吴盼秋从小一直叫温阿香阿姆，不叫家婆。

温阿香小心地抚摸着小孙子温尚文粉嘟嘟的脸蛋说，我的小祖宗，莫捣蛋，乖乖听你阿妈的话啊。未满周岁，还不会说话的温尚文，呀呀呀地叫着，攥着小拳头，蹬着小腿。温阿香乐了，说小祖宗，你听懂奶奶的话啰，乖乖听你阿妈的话，莫像你衰阿爸一样，让你阿妈生气。

吴盼秋说，阿姆你回去吧，别操心，你早点歇息。

温阿香一步三回头地离开了吴盼秋的房间，但过不了多久，她又悄悄返回去，蹑手蹑脚地俯趴在吴盼秋房门侧旁的窗户下。关闭的窗户中间只有条小小的缝隙，她睁大眼睛努力往里面望，并不断地调换视角，才能勉强望见屋里的一点点情况。

温通气也睡不着，等着老伴回来。他边给老伴竖大拇指，边赶忙打听，你在窗外听见什么没有?

温阿香说，听见了，听见了阿秋给小祖宗哼催眠曲。

温通气笑吟吟，放心了，说，好，好，好，小祖宗给唱睡了，就不闹了，小祖宗不闹了，阿秋也能睡会儿安稳觉了。

那晚，温通气像往常一样又问老伴，你在窗外听见什么没有?

温阿香没应。

温通气觉得奇怪，又说，问你话呢。

温阿香竟轻轻地哭了起来。温通气便急了，说，到底听见了什么?

温阿香说，阿秋唱着唱着催眠曲，便唱成“宝宝睡，宝宝睡，宝宝快长大，长大了去找你阿爸，把你阿爸早日找回家……”

温通气垂下头，叹起气来。

温通气非常疼爱孙子温尚文。他喜欢在老伴温阿香的面前叨念，说，我们的宝贝孙子温尚文长得真像他阿爸平和啊！像一个模子里印出来的。温平和却长得不像他们夫妇俩，温平和的眉眼像温阿香，鼻子像温通气，嘴巴像温阿香，脸形像温通气。他们越看孙子温尚文越是偷着乐。温通气从地里劳作回来，常常还来不及歇口气，喝口水，便急着逗孙子玩耍。他最爱把孙子温尚文举过头顶，将他的两腿叉开卡在自己的脖子上，然后抬起双手扶住他的身体，把自己当成“马”，让孙子骑着，时而慢走，时而快步，时而小跑。年幼无知的温尚文在爷爷温通气的肩上骑着，乐得嘎嘎大笑，笑得口水流到温通气那稀疏的白发上。温通气累得气喘吁吁，大汗淋漓。

别人是做父亲的给儿子骑，而温通气则是做爷爷的给孙子骑。

吴盼秋心里不是滋味，说，阿爸，不能让尚文野，小孩子野习惯了，宠坏了，不好带。

温通气不以为然，坚决要让孙子温尚文骑，有时为这件事还把局面闹僵。吴盼秋轻轻地打了下儿子的屁股蛋，只好转身回屋去。

有一次，温通气因为跑得太快，腰闪了下，把孙子温尚文摔在地上，吓得他面如土色，赶忙仔细查看温尚文。温尚文没哭，竟乐呵呵地笑着看温通气。温通气虚惊一场，笑着说，我的小祖宗，差点把爷爷吓上西天！吴盼秋将温通气扶起来，温通气眼巴巴地看着她不好意思地笑了笑。她心疼地问，阿爸，你没大碍吧。温通气尴尬着说，没，没事，宝贝没事就好，万幸，万幸。吴盼秋把儿子抱回屋里，关上门，气愤地打了顿儿子，然后独自哭起来。年幼懵懂的温尚文被打了后，哇哇哇地哭闹。

温通气和温阿香急得在屋外团团转。温阿香给温通气爷孙俩吓坏了，心里后悔自己暗中怂恿老伴让孙子当马骑。

第五章

温尚文一天天在成长。温平和还是没有任何信息，不知他“过番”到底去了哪里。温通气和温阿香夫妇对儿子温平和的担忧一天比一天加重。他们不但担忧温平和，还担忧孙子温尚文慢慢长大后知道这些情况，更担忧儿媳吴盼秋今后的生活，总不能让她守活寡一直守下去的。

有一天，温通气见孙子被老伴带到外边去玩，瞅准时机对儿媳吴盼秋说，阿秋，爸知道你也太不容易了，趁尚文还不太懂事，你找个合适的男人，我和你阿姆不能拖累你。

吴盼秋不让家公说下去，赶忙堵住他的话，说，爸，你不会嫌弃我吧？

温通气急了，说，我和你阿姆感激你还来不及呢，怎么敢嫌弃你，我和你阿姆觉得你太艰难了，平和这个没良心的孽子！爸对不起你。

吴盼秋说，爸，这是我的命，都怪我没福气，留不住平和。

温通气欲言又止。他想起了那幕：温平和得知父母决定要他娶吴盼秋为妻子时，一向不善言辞、听话乖顺的他闷闷不乐，着急地找了自己，吐露了心中的想法，说他不愿意娶盼秋为妻。他当即回绝说，娶与不娶，由不得你，这是命运的安排，早已注定了的缘分，再说大家都知道盼秋是你的童养媳，从小就一起长大的，早已是夫妻了，选个日子摆酒请客只是个形式的事！你不要盼秋，谁还敢再娶她，你想想，你好好想一想，我们温家围有哪个男人不娶自己的童养媳的，这是祖祖辈辈传下来的规矩，不能破。你不能太自私，毁了盼秋的一生。再说盼秋又那么善良，你不能伤了她的心。她已经太苦了，从小就失去了父母，她唯一的亲人——她的奶奶也不在了，连个可以行走的亲戚都没有，她太苦了，太苦了！你一定要娶她，今后还要好好待她。温通气边说边动了情感，都快要哭了的声调。

温平和被父亲温通气数落了一番，看见父亲巴巴地求自己的样子，便不再说话，垂头丧气地转身离开。

温通气说，阿秋，平和跟你说起过他要“过番”的事吗？

吴盼秋说，没有。

温通气说，你不会埋怨我和你阿姆给你们的婚事做主吗？

吴盼秋说，爸，盼秋是你和阿姆养大的，我做牛做马也要好好报答你们的养育之恩。我留不住平和，是我不好，对不起你和阿姆。

温通气说，是我害苦了你，咳！平和这个孽子！

吴盼秋说，平和要是知道他已经做了父亲，说不定很快就会回来的。

这以后，温通气便不再在吴盼秋面前提及让她改嫁的事情。

又过了两年，眼看温尚文快到了上学的年龄。温通气实在熬不住了。这次他让老伴跟儿媳吴盼秋说，劝她改嫁，并暗中物色了一个合适的人选，邻村的田大田。他听说田大田脾气好，人厚道，又壮实。田大田比吴盼秋大两岁，他的老婆已病逝了好几年，带着一个十岁的女儿生活。

田大田上了好几次温通气的家门，每次来都不空手，不是抓鸡就是提着猪肉，用草绳系着，好大的一块肉，晃荡晃荡着来。

田大田每次来，吴盼秋都不情愿搭理他。而温通气和温阿香夫妇则热情得很，又是泡茶又是递水的，还喜欢跟他套近乎。田大田也真是好性子，吴盼秋对他冷淡，却看不出他有丁点的失意。就这样来来去去一年多，有一天吴盼秋终于跟他说话了。

吴盼秋说，田大哥，我不搭理你，你还来，你不恼我吗？

田大田说，你烦我吗？

吴盼秋说，你也许看到我们家的情况了。

田大田说，看到看到，你真是很不容易！

吴盼秋说，这是我的命。

田大田说，你上有老下有小，能让我田大田跟你分担你肩上的担子吗？

吴盼秋说，田大哥，感谢你常来我家，每次还带东西来。

田大田说，说心里话，我来，我老来，想观察观察你，你的人真好，对上孝敬父母，对下疼爱孩子。成天忙里忙外，没白没黑的，勤劳吃苦，我越看越觉得不敢高攀你。

吴盼秋说，田大哥你别、别夸我，我不好，我不好，留不住丈夫，他“过番”也不给我留口信，是我不好。

田大田说，像你这样的女人，哪里找呀。都那么多年了，你还等他吗？

吴盼秋叹了口气，一会儿才说，田大哥，你一年多来拿了那么多东西，我还给你吧。

田大田心里有点失落——吴盼秋在婉言回绝他，说，我知道我配不上你。

吴盼秋说，田大哥，说真心话我也在观察你，田大哥你是好男人，只怪我吴盼秋不能跟其他男人了，这是我的命。我是阿爸、阿姆养育大的，我不能离开他们，就算温平和不回来，我也不能离开。我命中注定是温家的媳妇了。

田大田感动了，说，妹子你是天底下难找的好女人。我田大田没这个福气。你要是不嫌我烦的话，今后你家里有什么需要我帮忙的，你不方便出声的话，让你阿爸通知我，我随叫随到。你里里外外忙不过的时候，我能来帮你吗？你阿爸和你阿姆年岁高了，重活干不了了。你一个弱女子，怎么受得起那些男人干的重活呢？

吴盼秋说，谢谢田大哥的好意，这个家我能撑得起。

田大田说，你是怕别人闲言碎语吗？

吴盼秋说，也是吧。寡妇门前是非多，我虽不是寡妇，但——她没说下去，停顿了下，说，这是我的命。

这以后，田大田便再也没有上过吴盼秋的家门。温通气知道这是儿媳吴盼秋的意思。从此他也不再暗中物色其他男人。但他的心事越来越重，身体也一天不如一天。他老在自责，自责自己和老伴拖累了儿媳，不然的话，她便可以带着年幼无知的儿子改嫁的。而这些自责的话他不能对老伴说，生怕她跟自己一样无时无刻都在自责。温通气成天闷闷不乐，越是看见孙子温尚文活蹦乱跳地一天天地成长，自己越是担心儿媳吴盼秋她母子俩今后的生活。温通气变得郁郁寡欢，不爱说话，不但不爱跟老伴温阿香说话，也不爱跟儿媳吴盼秋说话，连对可爱的孙子温尚文也提不起兴致逗他玩。

温尚文六岁那年冬天，温通气像棵被药坏的老树，慢慢地枯萎。

温通气的心病便是药坏这棵老树的药。最后他病倒了，半个月后离开了人世。

温通气走后，他的老伴温阿香一夜之间更衰老了，也变得不爱说话，木木的，偶尔生动一会儿，便是邻屋温从伯家来“番批”（或叫“侨批”，指华侨或侨眷托水客带回的信、钱或物品）的时候。

“来番批喽——”

水客远远地冲着温从伯的家门口喊。水客大约四十岁，长得精瘦，口齿伶俐，打扮讲究，重重抹了发油的头发油亮着向脑后梳去，戴着估计从南洋带回的帽子，人称“荷兰帽”。他出现在温家围，如鹤立鸡群，特别醒目。温阿香像老围的其他人一样，最爱看水客。她比老围其他老人更爱看水客，是因为她想从水客那里打听儿子温平和的信息。

温从伯“过番”一年后给家里捎信回来报平安。他去了泰国。温平和和温实在是跟他一块“过番”的。但温平和和温实在一直没有半点消息。大约又过了一年，温从伯又从泰国托水客给家里带回番批（“番钱”）。温从伯的父母和他的老婆、孩子高兴得逢人便说。以后的一年或半载，温从伯总有番批往家里带，水客的那声高喊——“来番批啰”成了温家围最有味道最诱惑人的喊叫。

温通气、温阿香心情忐忑地去向水客打探儿子温平和的消息。吴盼秋不敢跟他们去见水客。她的心情更是忐忑不安。第一次打听，水客说不认识温平和。第二次拜托水客向温从伯打听，水客说温从伯告诉他温平和“过番”后便失去了联系。第三次，温通气不再向水客打听了，而温阿香则远远地躲在不引人注目的墙角，望着水客，眼眶红红的，心里说不出滋味。瘦小的温阿香，佝偻着背，惊恐的眼神，挺可怜的样子。她怕别人看见，更害怕别人问她儿子“过番”的事。

吴盼秋每次见家婆满脸失望地回来，像要哭的样子，又心疼又难过，在心里说，温平和，温平和，你不能这样待阿爸、阿姆的！

吴盼秋有时会去找春婶，跟她说说话。春婶的丈夫温实在“过番”后也一直没有音信。水客说不认识他，还说温从伯跟他一块“过番”后便没有再联系上了。

温平和和温实在“过番”去了哪里呢？从水客那里打听不到任何消息。

春婶孤苦寂寞，她一个人过，温实在和她没有生下一男半女。春婶有时看见活泼可爱的温尚文，会羡慕起吴盼秋来，说，盼秋妹子，你比我命好。吴盼秋在心里苦笑，矮仔比高低，能好到哪里去？

温通气病逝后，田头地尾的活计全由吴盼秋一个人包揽。打泥砖，建猪舍，她干这些男人干的重活、累活。年迈体弱的温阿香看见儿媳累得直不起身板，在一旁唉声叹气。

夜深人静，吴盼秋抚摸着熟睡中的年幼无知的儿子，心里有时会被什么触动了似的，悄悄地抹眼泪。

夜晚，成了吴盼秋宣泄感情、坦露自己的时候。

在温尚文从小的记忆里，母亲吴盼秋总是在偷偷地掉眼泪。

后来，他成家了，搬家了，奶奶和母亲的脸上才渐渐有了笑意，但他们从不提及老围。因为忙于创业，他也渐渐地把老围给忘了，一忘就忘了二十多年。老围到底掩藏着母亲的多少往事，隐藏了春婶的多少往事，隐藏了老围一代又一代人的多少往事。如今，老围已经空了，再不回去看看的话，将永远湮没在岁月深处，连影子也找不着了。大年三十夜里，老围托梦给自己了，梦里全是老围的往事。离开老围那么多年，老围第一次托梦给自己。自己再不回去，倘若老围的踪迹不在了，今后何以依归？孩时的记忆将何处寄放？

第六章

年初五吃完早饭，温尚文带着老屋的钥匙上路了。

这次不是他独自一个人开车回去，做伴的是公司的司机小黄。小黄负责开车。回家本是开心的事情，可温尚文觉得心情沉重。路上他不由自主地看了看手握着方向盘的小黄，心底涌出难言的滋味。有那么几次，他看着看着小黄，神情恍惚，误以为小黄是儿子温雷。

老围的大门依然像上次一样紧锁着。

温尚文这次不感慨，也不悲伤了。他和小黄站在门前，看上去像参观老围的游客。也许是因为小黄在一旁的原因，也许是因为伤痛过一次的原因。温尚文打了温顺生的手机。温顺生惊喜地说，尚文老板，你回来了，大过年的回来看老围，看来老围要时来运转了！

温顺生叫他老板，温尚文便不称呼他顺生哥，叫他顺生主任。你客气我也跟你客气，你油我也滑。温尚文说，顺生主任你过来吧，把老围的大门打开，我和我的同事还站在门外呢。温顺生惊喜的语气又提高了一度，说我一会儿就到，一会儿就到。哦，真是碰巧了，有位省城来的记者也想来走访老围，温尚文以为自己听错，问，记者？省城来的？对，是、是、是，听说这位女记者是省城一家杂志社的，随她老公回来过年，温顺生说。

温尚文问，她老公哪里的？温顺生说，就在圩镇上。她听说老围是我们县里最古老、最大座的客家围龙屋后，非常感兴趣。温尚文说，那这样吧，你暂时别过来，我们开车去接你，然后一起去镇里拜访那位记者。温顺生说，好，好，这样很好。温尚文问，你认得路吗？温顺生说，认，认得。听说她要来走访老围，我昨天还专程去拜访她。温尚文说，看来你还真识（会）做哇！温顺生压低嗓音，调皮地说，虽然不敢比你大老板，但，呵呵，大小也是个村主任嘛，晓得急缓轻重的，是吗？温顺生不单是村主任，还是村书记，两个职务兼一身。只是村里的人习惯叫他主任，觉得叫起来顺口。

女记者叫严梅红，其实她不是记者，是编辑，也喜欢写文章，研究民俗文化。她看上去约莫四十岁，从上到下、由里到外散发着成熟的知识女性韵味，打扮得体，长得得体，身材不高不矮，不肥不瘦，嘴巴也不大不小，鼻梁不高不低，眼睛不大不细，一句话，怎么看怎么顺眼。

温顺生带着严梅红和小黄在老围边走，边看，边说。温尚文不用温顺生带路，他对老围太熟悉了。第一次进老围的人，如果没有谁领着的话，很容易迷路的，因为老围又庞大又复杂。

严梅红说，我曾两次去过泉乡县，这个县也是跟你们一样讲客家话的，那里有烧火龙、有温泉，很有特色。有个美丽的小山村，叫——想起来了，叫黄花村，很好听的名字。这个山村真厉害啊，出了三十多位教授，被称为“教授村”。温尚文说，哦，这个县就在我们县的旁边，邻居。严梅红说，看来这里前后左右都藏着学问。

温顺生打开老围的大门的时候，温尚文小声地对温顺生说，你给我一把钥匙。没想到严梅红竟然听见了，便嘻嘻嘻地笑，问，温老板你不是老围的人吗？温尚文说，惭愧，离开太久了。严梅红问，十年？温尚文说，我都不好意思说出口了。严梅红问，十五年？温尚文说，二十多年，唉，二十多年了。

严梅红对老围的兴趣好像转向温尚文似的，说，温老板，看来你今天要比我看得更用心哟！温尚文的脸色一阵红似一阵，赶忙走在严梅红的前面，取代了温顺生，说，要不，将功补过吧，我今天卖力地给你介绍老围吧。严梅红呵呵呵地笑了起来。

温顺生给了温尚文一把老围大门的钥匙。严梅红说，老围这把钥匙看似普通，可它又不普通。温尚文说，对，是不普通，老围已数百年了。严梅红说，这把钥匙是让你们记住乡愁的钥匙，也是打开记忆的钥匙。温尚文说，严老师，你说得极是，学识深、见识广，说得就是入情入理。严梅红看了下温尚文，觉得自己说多了，说，温老板，不好意思，我说远了。

没有钥匙，老围的大门打不开的时候，温尚文急着想进去。锁住老围的大锁已经打开了，可他又不想急于进去了。温尚文领着严梅红沿着照墙走，手指着墙外说，这条小溪曾经是我们儿时“洗溪身”（游泳）、摸鱼的乐园，不但水大，还很清澈。温顺生附和着说，尚文老板记性好，记性好。五月节（端午节）一到，我们就可以下到溪里去“洗溪身”了，大家高兴得哇哇大叫。小时候，除了过年，最盼的就是五月节！

然而眼前的小溪，已不像小溪了，变成了窄小的小水坑。严梅红望着已快枯竭、苟延残喘的溪水，说，你们要是不说，还真想象不出来以前能游泳。温尚文说，围屋里的人家原来都挑溪水喝的，在溪边洗衣服，后来溪水小了，也不干净了。温顺生叹气说，也不知怎么搞的，好像天变地变人变水也变，不单我们村，其他地方也一样，水不知跑到哪里去了。严梅红听了温尚文、温顺生绘声绘色地回忆以前小溪的秀美和曾经的情景，也感叹说，今天生活水平提高了，但自然环境变坏了，绿水青山比什么都宝贵啊！

老围大门镶嵌着一块精致的石碑，上面刻着“温家围”三个字，隶书的字体，端庄大气，非常耐看。据说这三个字由当时的皇帝亲笔题写。建造温家围的是温家人的祖先，名叫温春光，曾在朝廷任要职。温尚文仰望着“温家围”这三个大字，自豪地向严梅红讲述老围过去的辉煌历史。严梅红说，难怪温家围名声在外，听说是你们县里最大座的客家围。温顺生说，不只是在我们县里，有人说在我们美州市，也是数得上的。严梅红说，哦，看来，今天我是有眼福了。温顺生说，年前县里来了一批人，足足看了一整天，他们看后说温家围一定评得上省级古村落。严梅红说，我正是听了省里的一位研究古民居的专家介绍的。温尚文说，呵呵，顺生主任，看来老围要行大运啦！

严梅红说，那位专家说温家围处处有文化，处处有学问，处处有文章，说得我坐不住。

温顺生说，我们原来住在这样好的地方啊！小时候我们觉得老围很大很大，捉迷藏，找个老半天都找不着人影，急得都快哭了。

温尚文说，都让我们白住了，不识宝。今天得让严大学者给我们好好上一堂课，哪里有文化，哪里是学问。

温顺生说，对、对、对，给我们补补课。

严梅红笑着说，别叫我大学者，那些专家才是大学者。刚才“照墙”外的小溪，你们客家人就有讲究。

温尚文赶忙问，哪里有讲究？

严梅红说，你们的客家围龙屋大都依山而建，负阴抱阳，屋后是山，房前是水，这叫“风水宝地”。

温顺生说，好像是有这么一种讲法。不过说的人说不明白。

严梅红说，房屋的后面都种有风水林。他们这时还站在老围的池塘边，压根就望不见围屋后面还很远的那片林子。

温尚文说，不让我们叫你学者，那就称为严老师吧，严老师对客家围龙屋很有研究。

严梅红说，在你们面前我不敢称老师，可叫老师比叫学者靠谱一些，因为我曾经教过书。

温顺生说，我和尚文老板也教过书。

温尚文赶忙抢白道，我们也算是教书啊，小学当民办教师，哪好意思说出口。

温顺生说，严老师教中学吧。他心里认为能教中学的女教师已经非常厉害了。

严梅红说，也就是在一间大专院校教了几年。看来，我们曾经是同行啊。

温尚文说，我们那不算，顺生主任瞎说的。

温顺生觉得套近乎套过头了，赶忙转移话题，问，这池塘呢?

严梅红说，半月形的池塘，叫阴；那横屋后高耸的半月形“花头”叫阳，“花头”与池塘两个半月形合起来就是一个圆。围龙屋吻合天圆地方、阴阳和谐、天人合一的传统观念。

温尚文听入神了，愣愣地看着严梅红。

严梅红被温尚文看慌了神色，问，主任，我说得不靠谱吗？上回来，专家们怎么说的?

温顺生也听呆了，说专家只说老围年代久远，构造特别，很有价值，严老师你比专家讲得实在，比专家说得还好！

温尚文望了望严梅红说的“花头”，又看了看池塘。他第一回听到那么有学问的说法，心中暗暗地钦佩严梅红。

严梅红说，因为工作的关系，这么多年来，跟随一些研究民俗文化、研究古民居的专家学者跑了一些地方，也算是近朱者赤吧，沾了点光，学了点皮毛。

温尚文说，严老师刚才你的一番高见，让我们长见识了。以前长辈零零碎碎讲过老围“风水好”，东一句，西一句，没个完整的说法。

严梅红谦逊地说，你们的祖先才是真正的高明。

温顺生说，我们后辈愧对祖先了，不懂得珍惜，纷纷搬走了。

严梅红说，也不能这么说，时势所趋呀，你们的祖先怎么能预测到今天的变化那么快，也就短短的几十年。

温尚文说，老师，今天想请教你一个问题。

严梅红愣了一下，没想到尚文直接称自己老师。说别客气，我今天是向你们的祖先学习的，竟然建造了这样一座宏大、完美的围屋。

温尚文说，老师，你都看见了，老围空了，我们今后怎么办好呢。

严梅红突然被问住了，沉思了一会儿，说，是啊，老围是你们的祖先留下来的宝贝。

温顺生说，如果评上省级古村落，就会引起上级的重视和社会各界的关注。

严梅红说，多人关心就好办了。我看，你们先把这一步走好。

温尚文说，拜托严老师把我们的老围宣传出去。

严梅红说，必须的，温家围震撼到我了，温家围浓缩了客家历史文化的精髓。

前后远近的村庄不时传来鞭炮声。年初五，乡村的年味还浓浓的，小孩子的心思还沉醉在年味里。但温家围则显得冷冷清清。

他们四个人慢慢地行走在城堡似的温家围里，好像走进了时光的深处。温家围真大，走进围里，感觉人渺小如蚁。主体是堂屋，建在中轴线上，共有三堂，堂屋与堂屋之间天井相间，上堂为祖公堂，中堂为议事堂，下堂为门厅。堂屋的两边为横屋，联结着横屋的是半月形的围屋，共有八横四围，一围比一围长，一围比一围大。倘若站在高高的地方眺望温家围，温家围像孔雀开屏，非常美观。

他们从门厅慢慢地走，慢慢地看，仔细地说，待看到上堂时，夜色已悄然降临。由于围屋内已没有人家住了，灯也不亮，温顺生说，下午看不完了，严老师你明天有空的话，再看看吧。温尚文突然想起什么，说，哎哟，我还没看见自己的老屋呢。温尚文的老屋在第三围。他的话把严梅红和小黄惹笑了。小黄说，温老板你大老远地从省城回来，竟忘了看自己的老屋了。严梅红说，温老板，我明天还来，陪你看你的老屋吧。温尚文乐了，说严老师你的美意我领了，先别看了，再说天色确实暗下来了，看不清子丑寅卯。温尚文把老屋那串钥匙拎出来，悬着，摇动一下，说这是我老屋的钥匙，足足收藏了二十多年，二十多年来没有开过老屋的门了。小黄说，老板，不晓得还开得了吗？严梅红说，怎么会开不了呢，温老板心里有家，就永远开得了家门，温老板你说是吗？温尚文说，是、是、是，严老师说得极对。你学识深，说话就是在理。严梅红说，下午我来得匆忙，忘了带相机，明天来的时候一定要把相机带上。下午就算是我考试前的预习吧。温顺生说，预习，呵呵呵，是预习。温顺生心里舒服了，想，自己是第一次跟那么会说话的学者在一起，大家都长着一张嘴，为什么严老师就说得那么好，听了那么让人舒服呢。温顺生说，严老师你要是不嫌弃的话，跟尚文老板、小黄一块儿到我家吃个简单的便饭吧。

温尚文立即说，这顿饭，顺生主任一定要请严老师。老围的事也是村里的事，严老师这样的高人，请还请不来呢，今天是巧合了。主任家的饭，我也二十多年没蹭过了，沾严老师的福了。再说，大过年的，饭店还没开门呢，我和小黄去哪里吃，严老师你说是吗？

严梅红便笑了，说，缘分，今晚一块吃的是缘分饭吧。

第七章

温尚文回老围两天，家里来了三个电话。

第一次是他的妻子徐冬娘打来的。天色已晚了，大约六点钟。徐冬娘在电话里问，喂，晚饭回来吃吗？徐冬娘不叫温尚文的名字，也不叫“他爸”，更不会叫他老公，只用“喂”来代称。结婚几十年来，她一直这样叫他。起初，温尚文不习惯，觉得用“喂”来叫他，听起来挺生硬的，耳朵像爬进了蚂蚁似的，不舒服。但慢慢地，听多了，听熟耳了，听得没感觉了，也就不放在心上了。他想，徐冬娘就是这么一个人。既然改变不了她，就改变自己吧。江山易改，品性难移。徐冬娘是个不懂浪漫、柔情的女人，讲话实打实，干活实打实，吃和穿实打实，连走路的姿势也实打实，哪怕是摇摆一下，或稍稍地摇摆一下，她都不干。一切都讲实用，很朴素。

温尚文说，还在老围呢。徐冬娘问，不是一大早就去了吗？温尚文说，光路上就用了五个多小时，回到老围已是下午一点多。徐冬娘说，不听我的话，赶回去不嫌累啊。看了又怎么样？你还得回来。看老围半个小时已足够了。这句话让温尚文生气了。他语气急促地说，最快也得明天下午回去，那么快回去干什么？然后他就挂了电话。

讲电话的时候，温尚文正从老围出来，后面是严梅红、温顺生和小黄。他怕他们听见，使劲地压低嗓音。温尚文边走边想，你看人家严老师，她虽然不是老围的人，可她看得多细心。什么屁话，看半个小时就够了！没文化，没文化，没文化真可怕！温尚文还在想，好在刚才没在电话里说还没去自家的老屋。这样跟徐冬娘说的话，她肯定会大惊小怪，会高声嚷嚷说，哇！怎么搞的，你都看什么去了……

第二次是他儿子温雷打来的电话。年初五这顿饭真是吃得巧合。对于温尚文来说还算不上什么巧合不巧合的。因为他下午看了老围，不知不觉看到晚饭的时间，他是赶不回去省城的。而他在温家围村又没有亲戚，去温顺生家吃晚饭就显得顺理成章了。再说，温顺生是他在老围时一块长大的，温尚文的家在第三围，他的家在第二围。后来又一块在小学当民办教师。倘若一直往前追根溯源的话，还是同一个祖宗传下来的，第四代不是，第三代是，第三代不是，那第二代是……总之，都是老祖宗温春光的后人。他们的关系是同屋、同事，加同宗。再说，温尚文也很多年没去他家里坐坐了，所以无论从哪个角度来说，温顺生都要请他去家里吃饭，何况温顺生还经常夸耀他是老围出去的大老板。但对于严红梅来说，就是巧合了。她从老围出来，还没有答应要不要去温顺生家吃饭，刚要上车离开，她的丈夫李名望打电话来，说又向你请假，告诉妈，今晚老同学请吃，不回去吃了。严梅红说，哦。她还想说几句话的，但电话便挂断了。她心里悻悻的，想：向我请假？哼，虚情假意，这叫请假吗？我准不准你请假都没用的。她不再犹豫了，爽快答应去温顺生家吃饭。温尚文竟然高兴得拍拍手掌，像小孩子似的。拍了手掌后才觉得有些失态，他忙解释说，真好，等会儿可以边吃饭边向严老师请教老围的知识，我们枉住老围几十年了。

温顺生说，哇，今晚我家荣耀了，迎来尊贵的客人。几十年一遇啊！温尚文说，我不算，严老师才是尊贵的稀客。严梅红被他们左一句“尊贵”右一句“尊贵”地捧着，觉得心存愧疚，其实自己是因为丈夫在外面应酬而心里不满，才应承让温顺生请吃饭的。年三十那天她跟丈夫回来过年，除了除夕夜和年初一那天，年初二开始每天中、晚两餐他天天在外应酬，不是说老同学请他，就是朋友请他，把她冷落在家里。严梅红是北方人，不会讲当地的客家话，丈夫不回来，在家里她连说话的对象都没有。跟公公、婆婆讲话，只好讲普通话，因为她只会几句夹生的客家话，还是硬着头皮跟丈夫学来的。而公公、婆婆会听一点普通话，但不会讲。这样一来，他们待在一块，气氛怪怪的。有时大半天干脆闭嘴不说话。公公、婆婆也不太喜欢她，主要原因是她至今没有为李名望生孩子，更别说是生带把儿的男孩。客家人特别看重传宗接代的。她不是不会生。结婚不久，她很快便怀上了，但一次不小心摔了一跤，就流产了。从那以后，他们夫妻俩再怎么“加班”，都是白忙活，怀不上。有时她看见单位同事一家三口其乐融融的，觉得挺对不起丈夫的。堤内损失堤外补，老当不上爹的李名望仕途走得很顺，三年五年一个台阶，副科长、科长、副处长、处长，四十五岁时已当了三年的处长，正朝着副厅奋进，让他的同事眼睛红得不行，嫉妒说当不了爸当官也好，此消彼长嘛！

李名望的老家腊梅镇，有不少人在省城工作，但就属他的官当得最大。李名望成了腊梅镇的希望。李名望很少回家乡，担怕家乡人都找他办事。温顺生去镇里开会，常常听到李名望的名字。但他不认识他。温尚文离开腊梅镇二十多年了，平日又忙两间学校的事情，虽然同在省城，也不认识他。

年初五这顿晚饭，注定会吃得热烈。果然如此，大家频频举杯。有了下午一起参观温家围打下的感情基础，彼此间已少了陌生。喝的是跟温尚文除夕夜一样的“娘酒”。温顺生犹豫着不知喝什么酒好。严梅红说，既然要喝点什么，那就喝你们客家人的娘酒吧。温顺生皱着眉头说，我怕低档了点，拿不出手的。严梅红说，娘酒好，口感好，意义也好。慈母酿的酒，娘酒。我不会是望文生义了吧。温老板，还是你定吧。温尚文附和说，严老师入乡随俗，善解人意，实在难能可贵。严老师你的意思正合我意，就喝娘酒吧。

温尚文他们刚进温顺生家门的时候，温顺生的妻子温碧玉跟大家热情地打了下招呼后，转眼就不见了踪影。

温尚文突然想起除夕夜做的那个梦——

温顺生在老围后面的风水林里给温碧玉唱山歌，单纯的温碧玉满脸陶醉……梦里这样梦见别人的老婆，这个梦真有点不厚道。现在竟然到了温碧玉的家做客。

温碧玉在厨房做菜，忙得团团转。她刚才在温尚文面前一闪，给他留下半老徐娘的感觉。温尚文想，如果没有记错的话，温碧玉已到了退休年龄，她跟自己同龄。待八菜一汤一样一样做好摆上餐桌，温碧玉才从厨房出来，而这时温尚文已喝得醉眼迷离。他眼前迭现了三张女人的脸。一张是他的妻子徐冬娘的，一张是温碧玉的，另一张是严梅红的。他在心里不停地感慨，先别说内在的吧，光看头发就把她们的档次区分了开来。徐冬娘的头发只是剪短而已，温碧玉则把头发烫了，上面不卷，而小波浪在下面，刚好齐肩。而严梅红呢，把头发绾起来，加上她脖子修长，身材又适中，绾起来的发型便有了迷人的韵味。

徐冬娘真是朴实无华啊！温碧玉如果不跟严梅红比的话，也算知识女性了，教了大半辈子的书，虽然教的是小学。而严梅红的文化、学识、谈吐、气质要比温碧玉高好几个档次，而且严梅红又比她们年轻。

酒这个东西就是那么奇妙，情绪不好时喝了，消愁，借酒消愁！情绪高潮时喝了，痛快，酒能助兴！温尚文和温顺生喝多了，没想到的是严梅红也喝开了。严梅红喝开了酒有个渐进的过程，先是出于回应温顺生和温尚文两人轮番的礼貌和热情。而后便夹杂着对丈夫冷落她的不满，再后来呢，便是为走访温家围的收获不菲的高兴。严梅红一喝开，说的话更是精彩。她说，温家围是一处富矿，无论从建筑、历史、文化、民俗、风情，哪个角度去研究，都能研究出财富来。温家围，我后半生的学术研究能否出成果，就靠温家围啦！感谢温家围！

温尚文的热血被严梅红说沸腾了，赶忙说，感谢严老师，非常非常感谢严老师。温顺生说，要说感谢的是我们，我们感谢你。严梅红说，我作为一家民俗杂志的编辑和作者，温家围将给我提供宝贵的素材。说着她举起酒杯，说为温家围的精彩干一杯！干完一杯又说，为我们的相识干杯！就在温尚文的酒杯刚碰到严梅红的酒杯时，温尚文的手机响了。严梅红示意他先接电话。温尚文说，先敬你，再接电话。严梅红带着微笑，脸色因喝酒而微红，连微笑也是微红的，真好看。严梅红再次用手示意他先接听电话。

电话是他的儿子温雷打来的。温雷说，在吃饭吗？这时已快八点了。温雷从电话里好像听到了劝酒的声音。温顺生喝高了，没注意到温尚文在听电话，拿着酒杯提高嗓门说，一定要好好敬严老师。温尚文吐着酒气说，我可能要过两天回去。温雷说，老围要看那么久吗？是不是——后半句话被温尚文抢白了，说，好了，回去再说吧。温雷说，别累着了，注意身体，别怪我没打电话提醒。温尚文说，怎么会累，我好着呢！说完便赶紧敬严梅红酒。看上去，温尚文还真是一点都不累，挺开心和兴奋的。他事先怎么也想不到会遇见严梅红的。

第三次是他的大女儿温萍打来的。年初六上午，他们又去看温家围。严梅红这次带了相机，说手机拍照效果不理想，尤其是拍古民居、古村落，手机拍不出那个味，层次感、沧桑感拍不出来。她边说边把照相机从包里拎出来。温尚文上前把她那个装相机的挎包接过来，挂在自己的肩上，很自然的样子。严梅红心里咯噔了一下，然后又多看了温尚文一眼，心想，温尚文不止外表儒雅，还挺细心的。温尚文的司机小黄也看愣了神，在他的印象中，温尚文老板帮人拎包还是第一回，他看见的都是别人帮他拎包。他是公司的老板。

包挂在温尚文一米七八的个头上不协调，加上他长得又英俊，更显得滑稽。虽然他年已过五十了，但英俊还写在脸上。温尚文还没把挎包摆弄好，他的女儿温萍给他打来电话。他边摆弄挎包，边掏手机，有些忙乱。温萍说，听妈妈说你回乡下老家住夜了，是不是看了老根据地，想念了，不舍了。温尚文说，二十多年没进老围，看了什么就想起什么，你还记得半月形的池塘吗？温尚文跟妻子讲电话，跟儿子讲电话，与跟女儿讲电话，语气和态度不一样。不是有这么一种说法吗？跟妻子讲电话，直来直去；跟儿子讲电话，三言两语；跟女儿讲电话呢，则和风细雨。女儿是父亲的小棉袄，贴心啊！

温萍说，爸，难怪你看得这么慢，老围门前的这口池塘，记得记得。池塘的水里常常浮动着水浮莲，绿油油的。温尚文便笑了笑，说，你猜现在还有水浮莲吗？温萍说，你不是说围内的人都搬空了吗？人走了，莲也肯定没了。温尚文说，别说水浮莲，连池塘里的水都没了。听语气，爸你的心情有些沉重。温萍说。那照墙外的那条小溪呢？温尚文叹了叹气，说水流很小，像坑水，眼看也快断了。

这条小溪，曾是温家围的宝。小溪曾恩赐给温家围全围人的吃、喝、玩、乐。不单喝的是小溪的水，玩乐也在小溪。小溪的前面是大片的农田，一年四季小溪把农田灌溉得绿油油的，农田从来就没怎么空身，一年两造的水稻，冬闲时的蔬菜。溪里鱼虾欢腾，或撒网捕鱼，或垂钓钓鱼。溪水清澈，从早到晚，溪边到处晃动着挑水的身影，尤其是清早。溪边有一棵大榕树，榕树下有好几处石墩，夏天老老少少坐在榕树下的石墩上纳凉，吹溪风，看月亮，讲故事。兴致来了，对唱山歌。以前的乡村，不论男女老少，单纯、质朴，但又简单、快乐。就这么围坐在溪边的榕树下唱山歌，乐在其中。温顺生很小就会唱山歌，音质又好，明亮、高亢。老人们专爱戏弄他，“怂恿”他唱山歌，而且“教唆”他唱情歌。他不懂歌里的意思，傻乎乎地使劲唱道——

细妹生得系斯文，害佢企等看到晕；
害佢食茶食到酒，害佢食饭唔晓吞。

这首山歌，从温顺生稚嫩的声音里飞出来，立即让大家笑痛了肚子。溪边榕树下，经常有老爷爷或老奶奶在教小孩子唱童谣。尤其是《月光光》，围屋里的孩子几乎都会唱——“月光光，秀才娘；骑白马，过莲塘；莲塘背，种韭菜；韭菜花，结亲家；亲家门前一口塘，放个鲤麻八尺长；长个[①]拿来煮酒食，短个拿来敬姑娘；敬个姑娘矮笃笃[②]，朝朝起来打屎吻[③]；打得屎吻宁拺拺[④]，拿畀[⑤]鸡嫲哩咯咯。”孩子们常常你一句，我一句，接龙似的唱，唱了一遍又一遍，从溪边榕树下开唱，然后边跑边唱，追赶着唱，绕着围屋唱，唱过横屋唱外围，唱过一围唱二围……对于小孩来说，小溪是天堂，天热了，就在溪里“洗溪身”。温尚文和温顺生就是洗着这条小溪的溪水长大的。从一丝不挂，至渐渐懂得害羞，穿裤衩，一年又一年这么“洗溪身”，洗成了大“后生”（青年人）。

想起与温顺生小时候一起“洗溪身”的情景，温尚文心里偷着乐了。他看了看温顺生想，温顺生你那个东西是我看着长大的。温顺生正在一旁起劲地向严梅红讲解老围。

老围的禾坪、巷道、天街、天井、古井，在严梅红的眼里都是她值得研究的对象。老围内有处学堂，还有当年的影子。温尚文和温顺生也曾听长辈说过。严梅红说，大家想象一下，当年学堂的书声朗朗。整座温家围飘扬着读书声，这里是多么令人神往的地方啊！围屋里的“三堂”（上敞堂、中堂、下敞堂），摆放了神龛，堂内屏风上的字画，悬挂的堂联，处处都有学问。常常是一副堂联，便藏着很深奥的知识。严梅红认真细致地把这些字画、堂联拍摄下来，说回去后好好学习。她说她在一本介绍客家民俗的书里曾看过这样一副堂联，非常有嚼头。温尚文好奇了，说请严老师说给我们分享分享。温顺生说，我们老围也有不少堂联，有些我至今都读不明白。严梅红说，你们听好，这副堂联的内容是：达道谨存共有簪缨光族系，贻谋恪守世承堂构广规模。严梅红说，这副堂联里面包含了太多的内容，所以看了你们的温家围，我不敢怠慢，不单做笔记，还得拍照。

---

① 长个：长的。
② 矮笃笃：矮矮的。
③ 屎吻：屁股。
④ 宁拺拺：软绵丰满。
⑤ 畀：给。

温家围里还摆有风车、砻、碓、磨等工具，已弥漫了风尘，成为古董和摆设，供人参观，但刻着远去的岁月和光阴，刻着先人的印记。对于温尚文和温顺生他们以前一直生活在温家围的人来说，这些东西他们见怪不怪，不觉得有什么新奇和特别，但对于严梅红来说，则是十分珍视的。

严梅红第一次走进温家围，走得很慢，脚被粘住了似的。她觉得每走一步都是新奇的，每走一步都那么精彩。她这么走访古围，把温尚文感动了。

看第二围的时候，大家的心情沉重了起来。有两间房屋破损得很厉害。一间房顶千疮百孔，一地瓦砾，屋梁也倒了。另一间的其中一扇墙已倒塌，门框歪歪斜斜。温顺生说，这两间房屋已多年这样了，尚文老板你还记得这户人家吗？温尚文想了想，说想不起来。温顺生说，是那个走了老婆的温木材。温尚文说，哦，好像是他家的。温顺生说，温木材搬走后，不知去向，再也没有回来过。他的祖宗若是在天有灵，看见他们留下的房屋这样子了，也会心疼的。

严梅红看了也心疼，说这样不好，一间坏了倒了，会连累左邻右舍，跟着一间一间地破败下去。温顺生说，我数了一下，整座老围共有五六处破损比较严重的地方。严梅红说，温老板，顺生主任，你们有什么打算？温顺生说，我通知了屋主，也有个别答应会回来看的。然后温顺生指着不远处的一间房子说，那间就是新修的房屋，很显眼，门前那段走廊还铺了瓷砖。严梅红又心疼了，说怎么能修成那样呢，不协调，太不协调了。如果都这么修缮的话，温家围的风格就破坏了。

温尚文忐忑不安地来到自己的老屋，害怕老屋也倒塌了。他的老屋在第三围的中间，还好，安然无恙，心里的石头放了下来。但他掏出钥匙的时候，又忐忑不安了，颤抖着手，把钥匙慢慢地、小心翼翼地插进锁孔，努力了一下，开不了，再努力了一下，还是打不开。

第八章

年初六下午，温尚文还是没有回省城的家里。他跟徐冬娘说，又过了两年没有回来祭爷爷奶奶了，明天上午我去祭拜，免得大家慢点又赶回来。其实他这样说时，心里是有怨气的，他们越来越不想回来祭拜了，前几年即使是回来了，也是他说多了、说烦了才勉强回来的。

徐冬娘便没再问他什么时候回来，说这样也好，你去拜吧。说说我们一家人也念想他们，爷爷奶奶在世时很苦很不容易。温尚文挂了电话，不想再跟徐冬娘啰唆下去。他有时挺纠结的，电话不打给她说说自己的去向显然不好，但打了又很烦人的。

这里的人有个习俗，立春过后就可以上山扫墓了。温尚文是查看了日历，临时决定祭拜一事的。祭拜也不能在下午。于是他就选定在初七上午。他的爷爷和奶奶的墓在远离老围的那座山上。他想拜完了爷爷奶奶，便去县城的殡仪馆拜拜母亲。其实也不能算拜，因为他母亲的不是墓，是骨灰盒。他想就看看那个盒子，心里默念默念，怀想怀想。

其实，温尚文还有一个更主要的任务，去拜访县民间文艺家协会的刘主席，刘主席年前带了好几位专家去考察温家围。他们看了很高兴，离开时跟温顺生说，将温家围申报为省级古村落，还说，这事估计能成。

温顺生听了专家们的话，不知如何是好，立即打电话给温尚文，说，尚文老板，你说怎么申报，我心里没谱。温尚文说，你是村主任，又是老围的人，这事你带个头，大家多想想办法，这样吧，申报工作需要一些经费，我来负责。认识严梅红，温尚文觉得老围有福了，说顺生主任，你找找严老师，她肯定能帮上我们。你看，她只是走了一趟老围就一五一十地说得头头是道，学问深了去了。温顺生立马两眼放光，说，对啊！上天都把那么一尊好菩萨送到我们的眼前来了。

严梅红真的答应了跟他们去县城见刘主席。

严梅红心里已对丈夫李名望很不满。年初五晚，李名望说在外面应酬，竟然应酬到天亮，没有回来睡觉。严梅红生气了，想，这都是什么应酬啊！更让她生气的是，李名望说初六下午要赶回省城，情况很紧急的样子。他对她说，有位关键人物一定要见，不见不行。李名望知道自己一抬出关键人物来说事，严梅红就会噤声。官场的事，你不懂，你一个文人，写文章跟当官两码事，我不怪你不懂！李名望不止一次跟她这样说，这样说时还配上一本正经、无可奉告的表情。

李名望催促她赶忙收拾东西，说吃完午饭就回去。严梅红不动作，也不说话，过了好一会儿，说，你先回去吧。语气出奇的平静。她说，明天我跟别人的车回去，说不定，明天也还不回去。话说出口，她才惊了一下——跟别人的车回去，“别人”指的正是温尚文吧。还没有跟温尚文说，怎么就随口胡编了这样的理由搪塞李名望，真是生气生糊涂了。

严梅红供职的是家民俗类的杂志社，上班比较自由。办杂志讲的是只要把文章写好，把杂志编好，准时把杂志出版好，其他的都好说，捡有猪屎讲有话。

刘主席没有办公室。温尚文、温顺生和严梅红他们在刘主席的家里见面。见了面，刘主席倒很坦诚地说，县级民协，怎么说好呢，让大家见笑了。民协现在无办公地址，无专人负责，办公经费也无列入财政预算。专人就是说财政供养人员。说是单位是不准确的，这个样子能算单位吗？他说，谈工作本来是要像回事在办公室谈的，现在委屈各位了，将就吧。温顺生很正式地、很庄重地介绍严梅红说，这位是省城一家杂志社的老师，严梅红老师，学问很高。这两天严老师亲自跟我们去考察了温家围。这个很正式的介绍，是温尚文事先跟温顺生讲好的。刘主席说，太好了，认识严老师正是时候。说句老实话，县里也是第一次干这件事，新娘坐轿头一回。他给大家各递了杯茶，说第一次见面，又是大过年的，本来要说好话，不能跟你们诉苦说民协是“三无”的，但我这个人说话像竹筒倒黄豆，直出，先把丑话亮出来，把家底翻出来，我觉得也没有什么不好的，起码说明我这个人还是比较真诚的，让你们了解我们民协的工作，做得不好，做得不够的地方，请你们谅解。

严梅红说，哇，刘主席是一位那么直率的好领导，我没有什么很高的学问，那是顺生主任他们抬爱的。温家围申报的事，用得着我的地方，一定尽心。刘主席呵呵呵地笑了，说有你严老师这句话，我们就吃了定心丸。我哪里算领导，呵，呵，你们都看见，就这个样子。我平时在县文化馆上班，搞了多年的戏剧曲艺创作，民协是兼职。刘主席继续晒民协，顺便也自我介绍，说，你们猜我的岁数？温顺生看了又看刘主席，说四十三。刘主席摇头。温尚文说，四十五。刘主席问严梅红，因为她一直在打量他的脸。严梅红说，四十四。刘主席说，五十知天命了。严梅红当即哇地叫了一下，刘主席的脸也太会藏岁数了。刘主席说，知足常乐嘛。温顺生说，难怪我进来，就看见你客厅挂的这幅知足常乐的字。刘主席说，字是我写的，我手写我心。温尚文抬头又欣赏着这幅字，说你太厉害啦！严梅红想，刘主席确实不像丈夫李名望，李名望那个模样，看了不舒服，他说话、走路、表情、穿着，连鼻孔呼出来的气，都让人不自在，总是让人觉得不舒服，他这副作派，肯定让他的部下也不舒服，还不经意间让朋友、让亲戚，甚至让父母不舒服。

温尚文开心地说，有严老师和刘主席你们俩的帮助，老围申报的事准能成。温顺生说，对、对、对，申报的事想不成功都难！严梅红被温顺生逗得开怀大笑。刘主席说，大家都那么有信心，我也有信心，不过具体的事很多，特别是文字和图片资料的准备，温家围好像没存下什么图文资料，更别说系统、全面的资料介绍。

温尚文说，我有个请求，想请严老师帮忙。严梅红说，温老板，请我帮忙？客套了。温尚文说，是的，想请你帮忙。严梅红说，你说吧，只要我能做到的。温尚文立马征求温顺生的意见，说你是村主任，你看，老围申报的事情请严老师策划，可以吗？温顺生说，好，好，好哇！就怕严老师太忙了。其实他不太清楚"策划"是什么，不过他知道温尚文说的"策划"肯定是好事，温尚文搞企业、办学校那么多年，经验丰富。温尚文说，刘主席，申报这件事能否成功，策划很重要。刘主席说，温老板见多识广，说得很有道理，没有策划，任何事情要办成都难。严梅红说，温老板，"策"什么"划"，我没干过。温尚文说，策划就是想请你给我编写一套申报材料，我们创办学校时也这样弄过。事先想周全了，再组织材料。严梅红说，温老板，不是我不肯帮这个忙，刘主席会不乐意的，民协的活让我给揽了。刘主席立即说，乐意，太乐意了，我刘某能力小，严老师帮这个忙，就是帮民协的忙！

温尚文说，经费的事，我和顺生主任解决。

刘主席说，哇！我看申报的事，已有谱了，离成功不远了。经费的事，确实让我头疼，民协开展工作要用点经费，都要向人家伸手，伸来伸去，常常是伸出去的手都是徒劳的，抓回来的是空气。再说申报古村落的事是新鲜事情，人家还不明白，不理解，再说也是当下见不到效益的，不像办企业。

刘主席这么一说，温顺生心中的疑虑又被唤醒了。他一直在想，老围申报省级古村落如果要费那么大的劲，用那么大的"神气"，有意义吗？就算是申报成功了，又能怎么样呢？还能把搬出去的人叫回来住吗？！没有人住，晾在那里，便成了负担。别说干什么大的事情，就是叫人打扫卫生、看门，也得花一笔费用。还别说那口池塘、照墙、小溪的修复，围屋后的"风水林”的看护，更别说弄花花草草这些绿化了。这些心里话，他不敢跟温尚文直说，看他怀念老围怀念得那么深，生怕扫了他的兴，自己也免得因此落下不念旧、易忘本的不好听的名声，弄不好还招骂——专家们都说老围是个宝，你作为村主任竟没半点事业心。这些话，他更不敢跟严梅红说。他曾在心里把自己教训了一通：温顺生，你看你看，人家严老师不是温家围的人，但她对老围的那股热情高涨得很！你还好意思反着说话，说反话吗？！你还敢忽视老围，冷落老围吗？！

现在刘主席说了，他便顺着杆子爬上去，说，主席，我请教请教你，老围申报省级古村落，真的有好处吗？比如上面能给钱维护、管理吗？

刘主席笑了，笑而不答。

温顺生问严梅红。严梅红也像刘主席一样，抿着嘴笑，笑而不答，意思是她的意思随刘主席的意思。让温顺生没有想到的，回答他的竟是温尚文。温尚文朗声地笑着说，怎么会没好处呢！好处大了去了！申报成功了，老围就出名了，名声大了，好处便跟着来。名人你不会不知道吧，名人有名人的效应，明星会带来明星经济，名家一张口，便财源滚滚来。老围真出名了，顺生主任你大胆想象吧。哈，哈，哈！

温顺生似懂非懂，好一会儿才回过神来，呵呵呵地笑，骂了句自己，尚文老板见世面多，我是井底之蛙，井底之蛙！

温尚文说，在严老师和刘主席面前，我们都是井底之蛙。

这两天接触下来，严梅红觉得温尚文不一般，能长能短，能紧能松，能伸能缩。

刘主席说，温老板是大企业家，名声在外，早有耳闻，温家围申报的事，有你的大力支持，好办了。我刘某代表县民协感谢你。

严梅红对温尚文说，温老板，你别给我戴顶“策划”的帽子，帽子戴着，沉沉的。申报的事有需要我的，你们尽管吩咐，比如抄抄资料，比如拍拍照片，比如宣传宣传。何况我们办杂志的，遇见温家围，也是我们杂志社的幸运，更是我的幸运。发现这么一处富矿，真是莫大的惊喜！

刘主席说，严老师说得太形象，太对了，温家围就是一座富矿，专家们看后也认为很宝贵，很难得！他们说温家围里面有客家文化，有客家历史，有客家风俗，有客家风景，更有建筑方面的知识，等等。

严梅红说，里面有客家人的生活，一代又一代人曾经留下的生活。还有记忆，一代又一代人的记忆，还有一代又一代人的感悟，研究起来，太丰富了。她的这番话，让温尚文觉得意外。他从来没有听过有人这样评价老围，他很高兴，句句听得入心入脑，浑身是劲。

温家围申报省级古村落的事，很快就在刘主席的家里商定了。根据上面的要求，上半年做好申报的前期准备工作。严梅红协助刘主席撰写、准备申报材料，温顺生配合搞好接待，温尚文呢，提供经费保障。

刘主席把他们欢送到门口的时候，轻轻地拍了拍温顺生的肩膀，说申报成功了，上面也没有明确说会给钱，但会给块牌子挂上。牌子那么一挂，温家围就不一样了。

刘主席对大家今天的见面成果很满意，这结果远远超出他的预期。这段时间以来，这件让他犯难、焦急的事，没想到一下子就给解决了。送他们出门时，他心情愉悦，脚步轻快，说话风趣。人逢喜事精神爽，精神是总开关。

第九章

那天晚上，温尚文没想到会接到严梅红的电话。

十一点多，他刚要上床睡觉，手机响了。从老围回来后，他一直在惦念着如何跟严梅红再见面。

严梅红在电话里轻轻地问，温老板，这个周末，你有回温家围的打算吗？温尚文惊喜了一下，怕听错了，集中起注意力，驱赶走睡觉的懒散，问，严老师吗？严梅红说，是我，跟你们一块看了温家围后，一直想着温家围。回来这半个月，一直在写温家围的文章，不写不知道，下了笔才觉得有些地方看得不够细心，想再回去看看。

温尚文一边听电话，一边把灯揿亮。温尚文说，能问问你的大作是写温家围哪方面的内容吗？

严梅红说，方方面面，方方面面都要写。到时也可以当作申报材料用。打算写好几篇文章，把稿子全写好后，形成一个系列、一个整体了，再把稿子拿给他们把关。

温尚文说，非常感谢你。严梅红说，先别说感谢，我担心写不好呢。温尚文说，你肯定写得很好的，你说的话全都是学问，把说的随便整理出来就是一篇又一篇大作。严梅红说，谢谢你的鼓励。你就叫我严梅红吧，别左一句老师右一句老师的，也可以叫小梅。说着她自己嘻嘻地笑了笑，说不是小梅，都老梅了。还是叫严梅红吧。连名带姓地叫觉得生硬的话，就叫梅红好了。

温尚文笑着说，不让我叫你老师是吗，那叫你小梅。我比你大一大截。你不到四十吧？

严梅红说，温老板，女人的年龄——

温尚文哈哈地笑，说，哦，我懂，我懂了，就当我没问。

严梅红说，刚才你问我写温家围的哪方面，你想问的是不是我写了你当年在温家围生活时有关的东西？

温尚文说，上次在刘主席家时，你说温家围见证并留下了一代又一代人的生活，一代又一代人的记忆，一代又一代人的感情，说得太好了。

严梅红听见电话里传来了温尚文越说越重的气息。他动情了。

温尚文说，对不起，我先喝口水，刚才差点给哽着了。他每晚睡觉前习惯准备一杯温开水，保温杯里存着，放在床前面的梳妆台上，以备夜间起来小便时喝。

严梅红呵呵地笑，说给话哽着？没事，你喝，你喝吧。

夜已静了，温尚文喝水的声音，严梅红在电话里听得很清楚，觉得有股奇妙的感受在心里涌动，好像看见温尚文的喉结在滑动。

温尚文说，老围藏着我阿妈心酸的往事。

严梅红说，能说说吗？

温尚文说，嗯，让我想想。一会儿，大约过了半分钟，严梅红问，想好了吗？温尚文说，那是我心里一块不敢揭开来的伤痛。以前没时间去面对。老在忙生计，也没有勇气去回顾，现在已到了要面对的年纪了。活到这把年纪，也能平静地去对待了。严梅红说，你也就五十吧。温尚文微笑着说，过了，已过了五十。不过，我说给你听，让你分担、排解我的忧虑，让你为难了。严梅红说，怎么会呢，你信得过我才跟我说，谢谢你的信任。温尚文又在喝水，然后说，像我阿妈同样经历的在温家围还有另几位大婶。那是那个年代客家地区很普遍的现象。严梅红问，哦，什么现象？

温尚文说，我阿妈是“等郎妹”，你听过吗？

严梅红说，听过，不过不知道怎么回事。

温尚文说，我阿妈，我阿妈，我也不懂。他突然有些慌乱，因为他确实不懂阿妈的心事，看见的只是阿妈的生活。

严梅红问，你是她的儿子，会不懂吗？

温尚文说，我阿妈很苦，我从小就怕看见阿妈的眼泪。她一哭就哭个没完。小时候不懂她为什么老是哭，懂事后不敢问，别人也不会在我面前提阿妈的事。

严梅红说，哦，你阿妈是“等郎妹”。那——

温尚文说，我是我阿妈唯一的孩子，我还在我阿妈肚子里，我阿爸就已跟人“过番”了，我阿妈从此就再也没有等到我阿爸回来。

严梅红心情沉重起来，吁了口气，说，哦，哦。她静静地听着，不敢问话，怕不小心戳痛了温尚文的心。

温尚文说，我稍大的时候问阿妈，我阿爸去哪儿了？阿妈就不断地叹气，然后慢慢地说，去很远很远的地方。我爷爷和奶奶也从不在我面前提及我阿爸。

严梅红说，没想到温老板的过去那么苦。

温尚文说，其实我一直也不想回温家围的。

严梅红问，那，那你，那你还这么卖力办温家围的事。

温尚文说，也就是这几年，老围常常出现在梦里，也许年纪越来越大了，年迈的现象吧。

严梅红说，是不是担心温家围会有一天终于找不着，消失了。你的梦也无处寄放？

温尚文说，严老师，哦，对不起，又忘了，梅红，梅红，你是不是觉得我有私心？

严梅红说，怎么会呢，温家围申报成功了，保护好了，也是温家围人的福。温家围寄托着一代又一代从温家围走出去的人的梦，不只是你一个人的梦。温尚文改口叫她梅红，她突然又觉得有点那个，说，要不，你叫我严梅红好了。

温尚文说，怎么行呢，连名带姓的。这样吧，有外人的时候，叫你严老师。

严梅红呵呵地笑了又笑，说随便你。

温尚文问，你有空闲吗？我想请你写写温家围的往事，过去的生活。今后看了你的文章，把你的大作捧在手里就会想起我曾经的日子。

严梅红说，我恐怕不能胜任。

温尚文说，从认识你那刻起，我就认定你是写这本书的作者，我看人总是很准的，这点我很自信。你学问好，你来写，写好后出书，我来出钱，当然，作者是你，版权是你的，不过你写我阿妈时，最好别用她的真实姓名吴盼秋。

严梅红说，你以为我会那么不善解人意吗？你阿妈的姓名有意思，吴盼秋。

温尚文说，我阿妈的名字起成这样，也许是她的宿命。

严梅红说，盼你阿爸，如望穿秋水。

温尚文说，秋水望穿我阿爸都没回来啊！

严梅红说，你那么信任我，这个任务我领了。但我不了解温家围人曾经的历史，你要多跟我讲述讲述。

温尚文说，没问题，总要你有时间，一点问题也没有，你问什么，我回答什么。我会好好带着你走进我所知道的老围曾经的岁月。

严梅红说，温老板，你是文艺范啊，一口文艺腔。

温尚文笑着说，近朱者赤。你是朱，我哪能不跟着赤嘛。你最好别叫我温老板，叫我温尚文，当然叫尚文更好。你再叫我温老板，我就叫你严老师。

严梅红说，温老板。

温尚文说，严老师。

严梅红说，随你便，你爱怎么叫就怎么叫。你那么文艺，在老板队伍中，另类了。我怎么是“朱”，我是猪吗？

温尚文蒙了下，说你怎么会是猪呢，我才是猪。近朱者赤里面的朱说的是红色，你叫梅红，是名副其实的红，红也是朱。

严梅红这才反应过来，差点笑岔了气，说，我还是猪。

温尚文说，我是猪，你是红。今后你叫我去哪里，我就去哪里，当随从，搞服务。你这两天想去看温家围，别问我有没有空，我永远有空，你有空，我怎敢没有空呢。

严梅红说，那明天就带我回温家围咯。

温尚文说，别说明天，现在你说立马走我就走。不过，我还想劳驾你陪我去看另一个地方。

严梅红问，什么地方？

温尚文说，我阿爸“过番”出发的地方，几乎所有客家人当年“过番”都是从这个码头坐船离开的。这个码头还在，在美江边的一个古镇，梦好镇。不过，我也从来没有去过。

严梅红不经意地看见了梳妆台上摆放着的那张相片，她和李名望的结婚照。她的头靠向一边，靠在李名望的耳边，很甜蜜的样子。而如今的李名望，迷醉于官场，早把她冷落在一边了。快十二点了，李名望还没有回家，他总是很晚回家，常常不回家。偌大的一张床，就她一个人。哦，搞糊涂了，李名望怎么会回家呢，他出差去了，要出差一个星期。她对温尚文说，那好吧，明天就走，你带我去哪里，我就随你去哪里。

温尚文说，好嘞，明天出发吧，我开车去接你。说完才觉得还有话要问，想了想问，偷偷问你一句，你要跟你老公请假吗？

严梅红冷笑了一下，说，请假？他有向我请假吗？！哦——哦，他出差了。你呢？

温尚文说，我，我不用请假。向老婆请？多此一举。我不是公务员，我没有假不假的，我一出家门，就是干活、工作。我跟家里人说好了，今后我就忙老围的事情，公司的事我不理了。

严梅红说，讲了那么久的电话，会打扰你的——

温尚文说，你想问我会干扰到我的老婆吗？我已经跟她——他赶忙把话刹住，差点说出他已跟老婆分居了。他改口说，她去我女儿家住几天，我女儿生小孩。

严梅红松了口气，说，那好，那就没事了。

夜已很静很静了，静到能听见心跳的声音。温尚文明显地听见自己的心跳比平时快多了。但这种心跳声，他觉得美好、舒畅。

不知怎的，温尚文又想起春婶。春婶比阿妈的命更苦。听说春婶两岁时被婆家抱来养的，她八岁那年，“老公”才出生，她像带小弟弟一样服侍“老公”。没想到“圆房”后，“老公”竟偷偷“过番”，一去再也没有回来。春婶常常在晚上边织毛衣边凄苦地小声哭唱：

> 等郎妹子真孤凄，等得郎大妹老哩；
> 等得叶浓花又谢，等得月圆日落西。

春婶，命运悲苦的“等郎妹”，她的一生在苦苦等待，在徒劳等待中度过。

第十章

温尚文和严梅红来到古镇时，已是午后。古镇名叫梦好。严梅红一下子记住了。

梦好古镇是千年古镇。客家人漂洋过海、“过番”寻梦的始发地。古镇依偎着美江，美江流入一条大江，大江出去是大海。梦在茫茫大海的那边。温尚文第一次来到古镇，严梅红也是第一次。凭借着导航仪，温尚文经过大约六个小时的车程找到了古镇。

从车上下来，走向古镇码头时，严梅红才觉得有些不自在：自己与温尚文算什么关系呢，孤男寡女走在一起。在路上，还没有多大的感觉，因为车上就他们两个人，隔绝了外来的目光。温尚文他自己开车。严梅红的不自在是短暂的不适应，很快便释然了：好在有昨晚那么长长的通话，好在有一路上两人在车上的闲聊，更主要的是为写关于温家围这本书而来……都怪自己想多了，多想了。你看，温尚文倒是落落大方，什么事情也没有似的。

温尚文说，严老师，你给我拍张照。他觉得暂时还是叫她严老师，不叫梅红好，免得她多心。他说着便走近码头石阶那尊塑像旁边，靠着塑像。码头有几十级台阶，石阶上耸立着好多古铜色的塑像，每尊塑像的形态都不同，所表达的意思也不同，有愁眉苦脸的，有穿戴光鲜的，有行色匆匆奔赴码头的，有拾级而上仰望酒店的……码头的场景，在极力地复制着当年的情景。

严梅红说，你那尊不好看，光脚赤膊的，一脸愁容，换一尊吧。

温尚文说，就拍这尊。拍完后，温尚文解释说，这尊也许就是我阿爸当年的模样。然后，他又走近那尊春风得意、衣服鲜亮的塑像，叹了叹气说，这是我阿爸的梦，但是梦碎了。这尊就不劳你拍了，我阿妈终生没有等来的梦，我不想再伤长眠地下的我阿妈的心。

午后，游人稀少，偶尔三三两两。斜斜的台阶，一头连着码头，一头连着酒店。码头很古旧，叫“火船码头”。酒店已经很沧桑，叫“美江大酒店”。游人好像很想穿越，走进那远去的场景。江水无言，而江水已不是当年的江水。一切的一切都已成为过去。温尚文和严梅红像这些游人一样，试图把今天和昨天连接起来。对于温尚文来说，眼前的火船码头已跟他的一生发生了不解之缘，是改变阿爸、阿妈和自己，以及全家人命运的事物。

温尚文伫立在码头，眺望着滔滔流逝的昼夜不歇的江水。严梅红把这一幕，拍成了一幅不寻常的照片，里面有昨天、今天，也预示着明天。

温尚文凝望了好一会儿江水。

他刚从码头下来，突然传来一阵嘈杂声。原来来了一群游客，正从石阶下来，边走边评论着那群塑像，叽叽喳喳。导游挥动着小旗。天哪，那位导游小姐不正是他的小女儿温芬吗？那身段、那发型、那年龄跟温芬太像了。温芬在省城的一家旅行社当导游。温尚文惊愕了，赶忙转过身，跟严梅红说，我打个电话，这儿风大。

温尚文躲到一边，给他的女儿温芬打电话，问，喂，听得见吗？这两天你带旅游团出去了吗？温芬说，带了。温尚文屏住呼吸，问，带哪儿去了？温芬说，爸，你也想旅游啊，以前老叫你旅游，你就一百个不愿意，莫非这会儿有闲心了？回头我给你安排一条好玩的线路。温尚文问，你带哪儿去了？温芬说，听妈说你又回老围了。温尚文说，是、是、是，你带哪儿去了？温芬说，海南岛，要捎带什么回去吗？温尚文终于舒了口气，说，哦、哦，你小心点，海岛风大。他说完赶忙挂了电话。

温尚文心情放松、舒服了，说，严老师，不如我们也跟着那位导游小姐，听她讲解。严梅红说，这个主意好，你我都不晓这里曾经发生过的事情。

他们跟着导游小姐。导游小姐挺善解人意，把他们当成自己的队员，还开玩笑说，反正我都要讲解，少你们俩我也要讲解的，还不是一样要讲解吗？导游小姐姓秦。大家叫她秦导。

秦导说，这个码头，见证了太多太多的泪别亲人的断肠情景。码头一别，可能就成了许多人的永别。

温尚文想，阿妈当年没有来码头送别阿爸，阿爸是背着阿妈偷偷地跟别人走的。阿爸可能就是从这个码头登上“火船”，从此便再也没有回来。

码头那根拴船的石柱还在，河神公坛还在。秦导问，河神公坛，你们知道它是做什么用的吗？她卖了一下关子后说，烧香求河神公保佑的地方，保佑“过番”的亲人平平安安地回来。

严梅红不但认真专心地听秦导讲解，还做笔记，拍照片。秦导问她，大姐，你是做学问的吧？严梅红指着温尚文说，是这位先生给我派的差事，要我写写“等郎妹”的事迹，写写客家人的故事。秦导来兴致了，说那你和这位先生来这里看，来对了。严梅红耳误听错了，心里暗叫，他不是我的先生。于是她看了看温尚文，温尚文好像没什么反应。严梅红支支吾吾地答着，哦，嗯——她觉得没有必要向秦导解释，生怕越解释越乱，也一时半会儿说不清楚。

严梅红感慨地说，原来当年这里的码头一别，导致了许许多多独守空房的“等郎妹”。

秦导带着大家来到码头，望着远去的船只，说这里虽然重现不了当年的“火船”，也听不见呜呜呜叫的汽笛声，但可以想象当年哭笑无常、悲喜交集的情形。有一位游客央求秦导说，你给我们模仿模仿“等郎妹”盼望丈夫回家唱山歌的情景吧。这个央求，立即得到大家的响应。秦导看了看大家的表情，犹豫着。严梅红急了，说秦导你唱唱吧，让我们感受感受。

秦导远眺着茫茫的江水，清了清嗓音，唱道：

送郎送到渡船头，脚踏渡船浮对浮；
哪有利刀能断水，哪有利刀能割愁？

游客们响起了掌声，都称赞唱得太好了。温尚文没有鼓掌，觉得心里沉沉的。

秦导说我再唱一首吧，她动了感情，唱道：

恩爱夫妻共一床，半夜辞别去南洋；
五更分手情难舍，目汁双双泪两行。

这首山歌把温尚文唱哭了，因为猝不及防，来不及掩饰，温尚文的眼泪唰地就流了出来——泪流两行，目汁双双。严梅红赶忙掏了纸巾，递给转过身去的温尚文，然后轻轻地拍了拍温尚文的肩膀，安慰他。这一刻，温尚文像一位特别需要安抚的，柔弱、瘦小、无助的孩子。

秦导带着大家来到那家大酒店。这栋既有东方特点、又有西洋风格的五层建筑耸立在美江边。它是一九五〇年以前美州最大也是最豪华的旅馆，像灯塔一样召唤着游子归来，像温暖的港湾抚慰着一颗颗疲惫漂泊的心。酒店的房间，依旧是当年的陈设，有些标识使用的是英文。华侨下南洋或返国回乡钟情投宿于此。秦导说，这是华侨们的家，也是华侨们的梦，更是那段历史的缩影。她说得那么动情，那么精辟。严梅红觉得她是说给自己的，说不定她的话会被自己原汁原味地写进书里。秦导走到哪里，严梅红便紧跟到哪里，不像其他游客，有着自己想法，走得松散、随心。

秦导说，美江沿岸曾经有近三十个码头，但这里的火船码头是人流量最大的，有时每天多达三百多条“火船”停泊在这里。酒店的生意很好。

严梅红说，今天看起来，酒店依然气派。

温尚文默默地跟着秦导，静静地看，心里在想：阿爸当年一走，再也没有回来，酒店里那高档的摆设他连摸怕也没摸过。

火船码头的不远处，有座世界客侨移民展览馆。里面收集了明末清初大批闽粤赣地区的客家人从码头起航，远渡重洋，到南洋甚至非洲谋生的史料，其中有许多已发黄的侨批。秦导说，侨批上记录着华侨托人捎带财物的实况，记录着华侨们在异国他乡的生存状况和思念亲人的心情，每一封侨批背后都有一个感人的故事。

严梅红弯腰低头在玻璃窗前，认真地看那一封封陈列着的侨批。看了好一会儿，问温尚文，你见过侨批吗？温尚文哑然。严梅红又问，你阿妈见过吗？温尚文说，我阿妈从来没有跟我提起过，也许她也没见过，不过我曾经听说顺生主任的堂伯姆讲过侨批的事情，她的丈夫曾给她寄回过番批，有人看见水客进过她家里，惹得左邻右舍又羡慕又忌妒。每听见这类事情，阿妈不让我说，她也许怕我说了心里难受。

从展览馆出来，秦导跟游客们在门口拍集体照。估计这批游客是来自一个单位的。秦导叫温尚文和严梅红一起合影。严梅红说，你们照吧。等他们照完相，她又说，秦导，我们照一个，留念留念。说着把相机递给温尚文。秦导说，等你的书写好了，也给我寄一本，拜读拜读。严梅红说，不知能不能写成，心里没底。秦导说，能成，能成，一定能写成，客家的历史文化好丰富的。说着她给严梅红留了她的名片，说劳你照上面的地址寄书。

秦导和游客们离开后，天色也渐渐地暗了下来。

温尚文说，我们也走吧，看看街上哪间饭店专做特色客家菜的。严梅红说，我听说客家酿豆腐很出名。温尚文说，出名的客家菜多了去了，客家盐焗鸡、客家梅菜扣肉、客家红烧肉、客家甜粄、客家——严梅红张大嘴巴说，哇！那么多呀，听都听不过来，别说吃得过来。温尚文说，莫说三两餐，就是十天八天都吃不遍的，客家美食有人粗略算了算，起码不下六十种。

严梅红说，你看，你看，都给你说得我肚子咕咕叫了。

温尚文呵呵笑，说等会儿先给你来个客家酿豆腐。

严梅红说，特别出名的客家梅菜扣肉呢？

温尚文说，也来一碗，你想吃什么，就叫饭店老板来什么。

从码头走上去，是条古街，一律的骑楼，街上的建筑还保存着二十世纪四五十年代的样子，难怪老华侨回来，喜欢来这里寻找当年的感觉。街上的饭店随处可见。温尚文找了间直接叫旺旺客家菜的饭店。

他们两个人面对面地坐着等吃饭。严梅红觉得有些拘谨，便叫服务员拿瓶开水，然后忙着给碗筷烫洗杀毒，好像这样一忙，拘谨就会给忙丢了似的。这样一忙碌，还真不拘谨了。她偷偷地观察了一下温尚文，他倒挺淡定的。严梅红想，他毕竟是男人，毕竟是经历过许多事情的老板，哪像自己，编编杂志，写写文章，过的是书斋生活，很单纯的。连丈夫李名望也瞧不起自己的工作，既枯燥，又不赚钱。

严梅红一边吃一边说客家菜真是好吃。他们俩吃得称心如意，舒服愉快。

吃完饭，严梅红又开始不自在了。结婚以来，自己从来没有跟丈夫以外的男人单独吃过饭。她在想，今晚怎么度过。有那么一会儿，她憎恨起自己来，怎么会那么冲动答应跟温尚文出来呢，都四十好几的人了，怎么还那么不成熟、不冷静、不理智呢，竟还像任性的小姑娘。她往前想了想，自己昨晚怎么就应承了温尚文呢？哦，都是给李名望气糊涂了，老丢下自己去外面出差，去了也就算了，还三两天都不来电话，把自己当透明、当空气、当只看家狗、当废物、当累赘……

温尚文说，喝完茶，我们就出发，去看看客家人聚集的城市美州长什么样子。一个小时左右的车程。

严梅红说，你不是说要给我讲你阿妈和你阿爸的故事吗？我不会用他们的真实姓名的。

温尚文说，去了美州再讲吧。当然，等会儿，车上也可以讲的。

严梅红说，你不讲，我写不出书来，完不成你的任务。

温尚文说，讲，我讲，你百分之一百能写出来，我对你很有信心。

严梅红说，你这话倒新鲜了，我写书，你有信心。

温尚文笑了笑，说你信不，我“百度”过你，你的文章经常见大报大刊。我还拜读过不少你写的小说。

严梅红说，哇！温老板原来是“文青”啊！不过，写小说是好多年前的事了。

温尚文说，还“文青”，老“文青”了。

从梦好古镇回美州的路上，温尚文勾起了二十世纪八十年代曾在美州读书的情景。其实准确来说，是在美州函授，函授了一年，读的是中文系。温尚文说，我有段时间挺喜欢文学的。严梅红说，难怪“百度”我。温尚文说，我以前在村里的小学当民办教师，后来又到镇里那间中学教书，但还是民办教师，这其间来美州函授大专，因为读的是中文，所以读了不少文学作品。严梅红问，读了些什么好书，说来分享分享。温尚文说，那时课余去图书馆，专爱找《人民文学》《收获》《十月》《花城》这些文学刊物来读，有时上课还背着老师偷看。严梅红问，写文学作品吗？温尚文说，有时看那些作品写得那么好，便心痒痒地学着写，也老觉得自己能写——他们写出来的，好像也是自己看到的、想到的——但也怪了，自己写出来，便走样了，总觉得不满意。严梅红嘻嘻地笑。温尚文说，笑什么，笑我笨吧。也曾试着投稿，但发表不出来，一次又一次的打击，便放弃了。严梅红说，你的才能在办企业，好在没写下去，不然痴迷下去，你就成不了大老板，又多了一个穷酸文人。温尚文说，大什么老板，混口饭吃的，但文学种子已在心里种下去了，现在虽然不写，但喜欢读。严梅红说，难怪爱好文学的老板跟不爱好的就是不一样。温尚文问，哪里不一样？严梅红笑而不说，一会儿后问，那美州城你很熟悉啰？温尚文说，函授一年，一学期来几次，一次几天。你来过美州吗？严梅红说，惭愧，没来过，那么有名的城市。曾经有那么一两次想来采风的，最后一次都没采成。

温尚文说，美州变化很大，尤其近十多年。严梅红说，可以想象的，要不为什么名声那么响。温尚文说，明天我当导游吧。严梅红乐了，你当导游，导我一个人游，也太滑稽了吧。她心里这样想，但嘴里这样应，好吧，交给你导吧，既然来了。

车在前往美州的路上行驶。路况很好，坐在车上可以感受到。严梅红若有所思地说，我从古镇这一路来在思考这个问题，不晓得有道理吗？温尚文说，你说说，我洗耳恭听。严梅红说，洗什么耳，我胡思乱想的。温尚文说，说说，我不洗耳，恭听总可以吧。严梅红说，我查阅了一些资料，客家地区非常多围龙屋，你们的温家围是其中的一座。温尚文说，听说过去几乎每个县、镇都有，甚至村。而且往往还不是一座两座，多的有十几座。严梅红说，客家人的祖先自唐宋以来，因为战乱和灾荒，经过几次的迁徙，一路南行，最后来到闽、赣、粤地区，落地生根，繁衍。为防外患，把屋围起来，扎在一起取暖，开基创业。这些都是专家在考证和实地考察后说的。温尚文说，你的新发现？严梅红说，后来不少人又从围龙屋走出去，为了更好地生存、发展。比如你的阿爸“过番”下南洋，其实又是一次迁徙。温尚文下意识地坐直了身子，说，哦，第一次听到你这种说法。严梅红说，看了梦好古镇，看了纪念馆，便可想而知十九、二十世纪有多少客家人“过番”。“过番”也是一种迁徙，叫长途迁徙。还有短途的迁徙。温尚文问，短途迁徙？严梅红说，你就算是短途迁徙，从温家围迁到省城。不过比起其他人来说，你又算是迁徙远的了，还有迁到县里、镇里和其他地方的。

温尚文咧嘴笑着说，有道理，有道理。严梅红说，你不是说美州变化那么快吗，这些城里的客家人大多数是从乡下来的，他们的乡下老屋说不定就是围龙屋。温尚文像被点通了什么似的，说，对呀，看看，乡下到处有百年、数百年的老屋，有许多古旧的围龙屋。严梅红说，他们从乡下的围龙屋搬迁出来，又是一种迁徙，比起华侨来，就算是短途迁徙了。温尚文很感慨地说，这短途迁徙也太厉害了，尤其是这二三十年来，一座座围龙屋给搬迁空了。严梅红说，你们客家人都成了这些地方的主人了，不用再防范什么了，所以就不用再把房子围起来，开放式地盖房建楼。于是，慢慢地成了村庄、圩镇，乃至城市，美州这座城市就是一个实例。

温尚文又不由自主地直了直身子，像小学生认真地听老师上课似的，说，严老师，你那么会联系、思考，真是厉害！你要我叫你梅红，我都不敢这样叫了，严老师，你绝对是我的老师。严梅红说，厉什么害啊！你爱怎么叫是你的事。我这样联想，你不会认为我在瞎想吧。温尚文哈哈大笑，笑得前仰后合，好不容易才笑停下来，揩了揩眼泪说，我爱怎么叫当然是我的事了。你好风趣，好风趣。严梅红一脸平静，说，风什么趣？哎，哎，哎，你开着车呢，我的命掌握在你手里呢。

温尚文又哈哈大笑。

第十一章

入住酒店时，已十点了。美州的夜，俨然大都市的夜。

温尚文还没等服务员开口，便说，开两间。服务员看了一眼正在低头整理行李的严梅红，问温尚文，两间吗？服务员是女服务员，看上去二十出头，但很成熟的样子，也许在酒店上班把她催熟，催老成了，她不知怎么竟忘了礼貌地称呼温尚文为老板或先生。温尚文也不看她，表情笃定，脸上写着答案——两间。服务员自己倒先不好意思起来，说，两间都是标房吗？严梅红抬起头，淡淡地说，单房吧。然后她把身份证递给服务员。服务员问，都单房吗？温尚文也把身份证递给她，说都单房。单房也就是房间里摆一张床的。服务员看了看他们，生怕自己听错了，又再次说，两间，都单……房？温尚文和严梅红不回应她了。服务员像解决了一道难题似的，舒畅地吁了口气，说，好的，老板。

时下，见男的都叫老板，见女的都叫靓妹，大家图个高兴。即使名不副实，也没关系。即便虚情假意又如何？要的就是美而爽的感觉。

服务员忙了一会儿后把房卡递给温尚文。温尚文把其中一张递给严梅红。他含着笑。严梅红假装没看见。她一路上的疑虑，终于有答案了。她在心里问自己：温尚文会只开一间房吗？不会吧，自己才跟他认识不久，又是第一次跟他出门，他怎敢把自己当情人呢。这样想着，又觉得自己迂腐。听说现在的大老板，哪个不是养了情人，还包二奶。不单大老板这样，有些当官的也这样。她突然想起当官的丈夫李名望，他老是说出差、出差、出差，会真是出差吗？有那么多的差要出吗？经常半个月甚至一个月都不跟自己睡一起，“来”一次，会不会也在外面……她不愿想下去，但又控制不住要想，可又不敢一直往下想。这常常弄得她烦躁不安，吃睡不宁，连黑眼圈都出来了。

拿了房卡，严梅红情绪一下子又低落起来。疑虑是消除了，但也没了猜想和期待。她木木地跟在温尚文的后面，像刚被一场冷雨淋了似的，进了电梯也没了说话的兴趣，然后各开各的房门去。六一七房，六一八房。其实温尚文一路上也在想：还是清爽点好吧，不但要清爽，还要干脆，再说如果……让严梅红讨厌了呢？晚上和明天还如何见面，连转移话题的第三人都没有。严梅红就要进房间时，温尚文说，跑一整天，累了，早点休息吧，明天见。

明天见。严梅红用房卡开着房门，真是累着了似的回应。而她心里狠着劲地想，不是明天，难道还想深夜见！

温尚文又说，要不吃吃宵夜，顺便看看美州的夜景。

严梅红还在慢吞吞地开门，说刚才不是看了，一进城就看了，我没有吃宵夜的坏习惯。还故意把“坏”字加重了语气，夹杂了调皮的成分。

温尚文捕捉到了这些，就乐了，说，那好吧。其实我也没这个“坏”习惯的。语气也是俏皮的，他也慢吞吞地开门。门慢慢地开了。

严梅红说，还不进去。

你没进去，我哪敢先进去。温尚文看了看严梅红。

严梅红进房去了，有意加快了脚步。温尚文关上门，放松下来，把包扔在床上，迫不及待地脱掉衣服，只剩三角裤衩，三步并作两步走向卫生间。也不知怎的，情绪突然高潮了起来，边走边暗骂自己：怎么啦，怎么啦，都五十好几了。他骂着自己的同时，又惊叹，好久没有这样了，因为严梅红吗？因为遇到知己了吗？因为孤男寡女出门在外……他脑海里忽地闪过那个身影，付春风，五年前跟他火热过一小段时间的姑娘。她不但年轻美貌，且温柔中又暗藏着火辣，那时他已近五十，觉得自己不厚道，既对不起妻子，也对不住付春风。付春风才二十出头，自己都可以做她的父亲了。后来付春风实在是攻得太猛太急，自己心一软，便就“犯”了。

连卫生间的门都没关上，温尚文猴急着洗澡，任花洒喷洒着。他甩了甩头，把脸上的水珠甩去，看见了对面镜子里的自己，有些朦胧，因为水汽和水珠。他抹了抹镜子，镜子里呈现了一部分自己，脸、脖子、胸部清晰地照在那里；再抹了抹，除了脚被洗刷台挡住外，其他一览无遗。这一看，他愣了神，想：好久没有这样看不穿衣服的自己了。家里的卫生间没有挂这么大的一面镜子，谁家会这样挂呢？家与宾馆总是那么的不一样！当然边洗澡有时也会边看一看，但看也是匆匆而已，因为注意力全放在洗澡上，但面对着镜子看自己就不同了，味儿也不一样了，好奇妙似的。当然以前出差也住宾馆，卫生间也有大大的一面镜子，但每次出差都是为了办事，且每每是办急事，边洗澡边想着怎么办事，哪有心思、哪有工夫看自己。

镜子里的自己。温尚文认真而且好奇地审读了起来。已不像年轻的时候了，他指指镜子里自己的胸脯、肚皮。至于脸和脖子，平日里照镜子经常看的，这会儿他不关注这些部位了。五十好几的胸脯和肚皮哪能跟二十岁时的自己比呢?！他笑了起来。但二十几的时候，胸脯再紧实、肚皮再光鲜又怎样，脑子里的想法还幼稚、杂乱无序，不晓得什么事情要坚决干，什么事情连想也不用去想，想了等于浪费时间。他又盯着镜子里的自己说，温尚文，温尚文，你肚皮虽然松弛了一点，但还不错。他捻了捻肚皮，肚皮的弹性比想象中理想。他对镜中的自己说，抓紧干吧，把老围保护好，趁现在还有精力，还不老。他拍拍胸脯说，温尚文，你一定能行的，现在不是开始行动了吗？开局喜人。突然冒出了个严梅红，她愿意帮自己。你看，她都单独跟自己一块从省城跑那么远的路来了古镇。温尚文这么一想，高兴的劲儿便涌了出来，眼睛盯着镜子里的自己的下半身看，哇，哇，哇，还行啊！他后退了半步，被洗刷台挡住的下半身便一览无遗，清楚地显现在镜里。他一边抚弄，一边小声叫着，哇，哇，哇！还不错。指着那个东西问自己，你跟几个女人交朋友了？这么一说，那东西活跃了起来，呵呵呵——他虽然不小心发现了那地方有一两根白毛，但样子依然让他很满意。这么呵呵呵地自我陶醉着，思维就开始飘了起来。他光着身子快步走出卫生间，找到手机，再次回到卫生间，看着镜子里的自己，打电话给严梅红。他突然又觉得不妥，只听了严梅红的手机响了两下，赶忙揿了通电结束键。跟她说什么呢？真有话要说吗？他问了问自己。这会儿说什么好？邀请她出去吃宵夜，她不是说没这个坏习惯吗？请她去看美州的夜景，或逛街？不妥，都不妥，跑了一整天，累了，她不会答应的，再说，她已说过进城时已看过夜景了。那叫她过来喝茶吧。温尚文很满意这个想法，看着镜子里得意的自己，又哇哇哇地赞赏起自己来。五十好几的年龄，还有这样的模样，还行，不错。还行，不错！

他正想再打严梅红的手机，看了看手表，又犹豫了，都过十点半了。这时候叫她来自己的房间喝茶，肯定被她误解成图谋不轨的！再说，万一她拒绝了呢？那就无地自容了。再说跟她认识不久，再说她跟自己是第一次单独出门，再说……温尚文一边这样猜测，又一边做另一样幻想，万一她是等自己叫她来自己的房间喝茶聊天呢！女人嘛，都爱玩含蓄，都喜欢矜持，即便半老徐娘了。但想来想去，温尚文还是不敢再次打电话给严梅红。他有点失意，把身子擦干，很不情愿似的。正在穿衣服的时候，手机响了。严梅红在电话里问，温老板，刚才你打我手机了吗？温尚文支支吾吾地应，哦，不好意思，本来想请你——他突然忘了怎么说下去。严梅红问，请我？温尚文突然来了灵感，说，哦，哦——不是请你，是叫你明早不用那么早起床，七点半再到街上去吃早餐。美州有种早餐，很有特色，很出名，很好吃，用三及第汤下腌面。让温尚文想不到的是，严梅红也正在洗澡，也对着镜子看自己，只是她的感慨与他的大相径庭。严梅红对着镜子里自己那依然光洁、白嫩、丰满的身体自言自语说，李名望啊李名望，你好久没有动我碰我了，好久没有看过我这个样子了，别说欣赏，慢慢欣赏，连一眼都不看，老说忙，老说累，老在外面……她的丈夫李名望为了快速升官，都快把她忘了。这样照着镜子，严梅红边看自己边生李名望的气的同时，偶尔脑海里会闪出温尚文的影子，但她很快又清醒了，说不妥，不妥，真的不妥！

温尚文说，明早你吃了以后，说不定就上瘾了，客家人最爱吃的早餐，华侨回来最爱吃的早餐。他松了口气，为自己临时编造了回应严梅红的下文。严梅红说，还以为什么要紧事呢。温尚文说，打你电话了，才想起也可以明早再说的。严梅红说，是吗？然后她便在电话里嘻嘻嘻地笑。笑得温尚文的脸一阵阵地红。

三及第汤，严梅红是第一次喝。真鲜美！她边喝边称赞。其实说喝不太准确，应该说是吃，因为汤里面有几种食材，不全是汤，但它又称为汤。三及第汤是这样做的：大约一碗子水烧开后，立马放进切得不厚不薄的猪肝、猪小肠和瘦肉，等它们熟了，汤泛起好看的肉汤颜色，立即下枸杞叶，看看那肉，那汤色，那刚熟、闪着光亮的青青枸杞叶，就知道有多鲜美！不多不少，刚好一小碗。弄好一小碗，再做下一小碗，很讲究的，不能贪图自在做一大锅的。严梅红说，其他地方没有见过这么一种汤。温尚文说，听说是天下唯一——不敢说天下第一——只有美州才有！最有名的客家风味。腌面也很好吃，三及第汤下腌面，绝配！腌面就是把面条放进煮开的水里，过过水，捞起来，放进碗里，然后下猪油、鱼露，撒点葱花，用筷子不停地搅，搅匀，哇！不单滑，且香。油呢，一定要用猪油，特别好吃。这也是美州人的最爱，当然外面来的客人到了美州，很多是冲着吃腌面、喝三及第汤的。尤其是早餐，当然啦，吃上瘾了，宵夜也爱吃，甚至午餐也爱吃！不是流行这么一种说法吗？来美州，没有喝三及第汤、吃腌面，等于白来了。

温尚文说，省城有些客家人开的馆子，也做三及第汤和腌面。

严梅红说，我怎么没碰见过。

温尚文说，就算给你碰见了，没有人介绍，也不晓得的。不过，省城的，远远没有美州城的地道、好吃。

也许是喝了靓汤，心情跟着美吧，严梅红的脸色桃红，说温老板你一说起老家来，什么都是顶呱呱的，围龙屋是天下最好的，三及第汤是天下唯一的，腌面也是。

温尚文哈哈大笑，边笑边说，你老公跟我是老乡，不也是客家佬吗？

严梅红说，他跟你不一样。

温尚文问，怎么不一样？

严梅红说，他一直跟着在省城工作的他的叔父，在那里读小学、读中学、读大学，然后又在省城工作。他“过房”（过继）给他的叔父做儿子。温尚文说，哦，难怪。难怪什么？严梅红问。温尚文说，难怪你是第一次喝三及第汤，难怪你说我不一样，我是四十多岁才搬家到省城来讨生活的。老家在心里是丢不掉的了。你老公做官，有许多大事要做，往上走，往外看，而我老想着过去的事情，往下走，往回看了。严梅红说，你是大老板，能为家乡办实事、做好事、做贡献了，有几个人能这样，说不定——温尚文问，说不定什么？严梅红说，有些大老板，所谓的大老板，喜欢吹嘘，说什么牵着当官的鼻子走。温尚文说，我不是大老板，也没那个本事牵当官的鼻子。严老师你别表扬我了。严梅红咧嘴笑了笑，说我哪有资格表你的扬。你打算投，哦，不对，也可能是捐多少来保护开发温家围？温尚文用手梳了梳头发说，边走边看吧，尽微薄之力。严梅红说，吃过早餐，就回去了。温尚文说，等会儿我做你的向导，好好在美州城区转转，美州是客家人聚居的城市，你做学问的，火眼金睛，转一圈你便知道客家人的生活状况，客家人的精神世界了！严梅红说，没你说得那么厉害，我又不是孙悟空，我只是弄点文字而已。不过，来了，一定要好好看看，好好学习学习，客家人不简单。不是说世界上有人的地方就有客家人吗？

第十二章

漫步在美江河畔，温尚文望着前面的江水，说，严老师，这条就是客家人的母亲河。你见过宣传美州城市形象的那幅画吗？严梅红问，很特别吗？温尚文说，十分有韵味，好像我还没有在哪个城市见过这样的画面。严梅红问，是宣传画有韵味？温尚文说，确切点说是美州的城市有特色、有韵味。严梅红好奇地看着他，问，哪儿有韵味？温尚文说，这条美江啊，流成一个半圆形，绕着美州的城区中心流过，从空中俯望，美江就像一条巨型的淡蓝色的飘带。严梅红好像照着温尚文的描绘在想象，说，是很美啊！温尚文说，呵呵，美吧。许多学者和作家看了宣传画后感慨地说，美江就像一位慈祥的母亲，亲吻着美州城，慢慢地吻着，深情地吻着，久久不肯离去。你们这些作家、学者文化水平高，就是会说话，这话传出来后，美州人听得又是激动又是自豪！严梅红笑盈盈地说，美州人真是有福了！

严梅红踮起脚尖，极目眺望美江说，还真是流成了弧形。温尚文说，要站在美州城的制高点，美江流过美州城的全貌就看得清清楚楚了。有摄影家在飞机上航拍，美江的流向图案就像半圆。江两边的林立高楼建在江畔，这片为江南新城，那片为江北老城，江上有许多座桥，造型别致，风格各异。

空中俯瞰美州城，如诗如画。美江上最有名的桥叫美江桥，喏，就是那座。他说着，用手指向前面不远处的江上那座桥，桥两边的围栏形状像梅花的花瓣。客家人喜爱梅花。严梅红说，美江是名副其实的母亲河，把美州城区揽进温暖的怀抱。

温尚文说，严老师还是位诗人吧，出口就是诗。

严梅红说，我不是诗人，美江就像首诗，谁开口，只要如实地说，都是诗。

温尚文说，美江从美州城出去后，一路流去，流向梦好古镇，然后流入大江，最后进入南海。美江的上游连接着其他客家地区，他们也是顺着美江来到梦好古镇，然后“过番”去南洋。严梅红说，看来我不枉此行了。温尚文说，改革开放后，我们温家围人也有不少来美州创业，还有好几户在美州城买了房子，成为新美州人。严梅红说，像你们老家这样的应该不少。温尚文说，美州其实就是一座不断建设发展壮大的城市，像摊烧饼一样，越摊越大。美州城本地的客家人不多，大部分都是外来的、新移民的客家人。严梅红说，从北方迁到南方建围龙屋而居，又走出围龙屋再次起航。温尚文问，严老师，你是否对客家的历史文化越来越感兴趣了，准备大做一番学问？

严梅红举目远眺美江，笑而不答。好一会儿后说，不是跟你说了吗？我的后半生有无收成，就指望你们客家人了。说后开怀爽笑。温尚文立即兴奋地鼓了鼓掌，说，你从今天起一定出彩！

望着美江，严梅红想，眼前的温尚文是有些特别的人。为什么说他特别呢？不是空穴来风。早餐喝三及第汤的时候，严梅红不经意发现，他可能不吃猪肝，因为他碗里只剩下几块猪肝。不吃也就罢了，他用好几片枸杞叶把猪肝遮住，并留下一点儿汤，这样就好像吃剩的样子，而品相仍然不难看。而腌面呢，他则是吃得一丁点儿都不剩，连佐料，比如蒜头油和葱花，都被他吃得干干净净。所以可以判断，三及第汤他不是喝不完，而是不吃猪肝，即便这样，喝剩的汤也还要留个好模样。他为什么不跟店老板说自己不吃猪肝呢……严梅红不时会冒出这样的问题来。从这点来看，温尚文这个人蛮有趣的。又比如，昨晚他明明打了自己的手机，但他又立刻放弃通话。等自己打电话给他，他支支吾吾地说想提醒自己明天不用那么早起床……温尚文的脑筋像美江一样蜿蜒。这样想着，她自个儿笑了。其实，温尚文还有许多很特别的地方。他上厕所，如果碰上蹲盆，他先轻轻按开冲水开关，等瓷盆让水流湿润了后才作业，这样的话，瓷盆就不会因为干燥而沾了排泄物——他连那个字都说不出口，说成排泄物。他在外面应酬吃饭，吃一顿饭，要佯装去接电话或打电话，背着人到别人看不见的地方偷偷掏出镜子照，咧开嘴检查牙缝看有没有留有食物，或抹抹嘴角……

温尚文跟严梅红说，我曾在美州的一间教育学院函授过。严梅红说，应该是二十世纪八十代年的事吧。温尚文说，你猜得很准，一九八六年。那时在镇里那所中学当民办教师。严梅红问，那后来——温尚文说，那年代当老师，尤其是民办的，很苦，不是教书苦，而是工资太低，便放弃了当教师。本来函授要两年的，我只函授一年就逃跑了。后来到县城，再后来到省城办私立学校，这一办就办到现在。严梅红说，难怪你办学校办得好，办了一间又一间。温尚文说，也算是吧。所以美州城我熟悉。函授那一年，常常函授一次，要在美州待一个星期。不过，到省城后就很少再来美州，没想到美州城区的美江上竟新建了那么多座桥。

这时突然下起了小雨。温尚文赶忙从挎包掏出一把折伞，淡红色的，递给严梅红。严梅红愣了一下，下意识地按了按手里拎着的包，才发觉忘了带伞。温尚文递给她一把伞后，又掏出一把，纯蓝的，是给自己的。严梅红心里轻轻地唤了声，温尚文。

温尚文说，去河堤走走，没准堤岸的亭子或长廊里能碰见对唱山歌的。听到对唱山歌这句话，严梅红就兴奋了，说，那还不赶快看看去。温尚文说，美州是山歌之乡，这里的人爱唱山歌，不分男女老少都爱唱。我在美州函授的时候，吃完晚饭，就急忙来到河堤边听山歌。严梅红说，温老板就是有耳福的人，两只耳朵又大又厚，老遇着那么美的事情。温尚文摸了下耳朵，笑了，说那段岁月真是单纯、简单、快乐，美江南堤的岸上，经常有人在对唱山歌，一年四季都这样，即使在寒冷的冬天。而夏天，对唱山歌的人更多，这里在对，那里在对。隔着江，两岸也在对。那时美江河堤虽然还是粗糙的石砌堤，有好些地段还是土堤，不像现在那么宽阔、平坦、漂亮，又是水泥铺的堤路，又是绿化，有好看的路灯，还有凉亭、长廊。温尚文和严梅红打着伞漫步在美丽如画的河堤。温尚文边走边感慨地说，眼前的美江两岸高楼林立，已脱胎换骨，如天上人间，漂亮得认不出来了。但不知怎么搞的，自己现在还是很怀念从前的情景。有一次，他像往日一样，吃完晚饭，洗好澡，急忙坐三轮车从学院赶到美江南岸。美州城区那时随处可见人力三轮车，还没有的士。从学院坐三轮车到河堤，大约半个小时，也就花三块钱而已。还未到岸边，远远地飘来悠扬多情的歌声。歌声撩弄得他心痒难捱。哇！果然在河堤那处稍宽敞的地方围了几圈观众，被围在中央的是位大叔。温尚文顾不上斯文，钻进人群里去。大叔五十多岁，长得精神，双眼很有神韵，可能进入歌里了。他挺胸，引颈，对着前面不远的地方唱。大叔唱道：

好牛食草唔使[①]牵，好马出阵唔使鞭；
好石磨刀唔使水，好妹连郎唔使钱。

挑逗的歌声飞过去，一会儿，那边便传来女声对歌：

阿哥讲话样柬[②]癫，哪有连妹唔使钱；
三岁孩儿脱乳咀，哪人带打俾尔[③]连？

大叔不等对方唱完最后一句，像吃了火药似的，急急唱道：

① 唔使：不用。
② 样柬：那么。
③ 俾尔：给你。

别人打坎用田刀，阿哥打坎用手摩；
别人连妹爱钱使，阿哥连妹用山歌。

那方女的也不等大叔的歌声落地，生气了，立即对唱道：

有好歌声冇[1]好歌，山歌尔莫唱柬多；
山歌唱得阿妹到，耕田唔使用牛拖。

这下坏了，大叔的心被撩拨得突突地猛跳，情绪不断往上涌，一时好像脑子空白、思维短路。这时，有位看上去年逾花甲的大伯压低嗓音提示他说，喂——鸡公相打——鸡公相打。大叔像捡了条命似的，唱道：

鸡公相打脚先来，唔知阿妹柬爱财；
阿哥唔系摇钱树，常年月久哪里来？

没想到，对方那位女的那么有才，立即反驳过来，唱道：

阿哥讲话样柬狂，哪有搓饭唔使糖；
哪有喂鸡唔使米，哪有蒸酒唔使娘[2]？

连着猛轰过来三句“哪有”，大叔被轰蒙了。这下真出事了，什么词都想不起来。躁动杂乱了好一阵子后，对方传来开心的笑声，还夹杂着起哄，对呀，有本事赶快对唱呀。起哄的不止三两位女子，像一群，一大群。温尚文听得手掌心急出汗，他第一次听那么精彩又那么激烈，如针尖对麦芒的山歌对唱，心里暗叫，天呀，天呀，好，好，实在妙！正在这时，又是那位大

④ 冇：没有。
② 唔使娘：不用酿。

伯站了出来。他扯了扯那位大叔的衣襟，提示说，爱银爱——那位大叔一个激灵，唱道：

爱银爱钱偓就冇，阿哥还是叶下桃；
九月重阳放纸鹞，偓今问妹高唔高[①]？

这一唱，气焰就下来了，坦率有了，真诚也有了，投石问路也有方向了。对方那女的故意清了清嗓音，好像把声音调控得恰到好处，唱道：

有钱有势偓唔挑，爱哥人穷志气高；
苎麻拧线放纸鹞，长情长线望郎高。

唱词里有了答案，一出精彩的情歌对唱终于徐徐落下大幕。

温尚文像喝了一壶醇香的陈年娘酒，舒服得伸了伸腰，像沐浴了和煦的春风，由外到里都愉悦快意。这是一个美好的醉人夜晚。回学院的路上，他不坐三轮车了，走着回来，他抬头用醉醉的目光牵着一轮皎洁的月亮回来，才美美地想起：今夜是月圆之夜。山歌，明月，美江……他反复地念叨了一路。

第二天傍晚，温尚文又坐三轮车来到江边的河堤。他在河堤漫不经心地走着，河堤的堤路上慢慢地人多了起来，大家都像等待着一场盛宴似的，那脚步，那神态，那话语，都富于别样的风味，这别样的风味在空气中酝酿，在风中传递，一点一点地，一点一点地积聚。果然，又出现了，这里围了一堆男男女女，那里又围了一堆男男女女，不一会儿便从人堆里起了歌声，对唱又拉开了序幕。温尚文摸不着头脑，弄不明白来龙去脉，怎么就这样了呢？太奇妙了，太有意思了。这次比昨晚还精彩，因为对唱的是一对年轻男女，不是大叔大婶。这情歌对唱起来啊，像是油碰上了火，熊熊燃烧！

---

① 高唔高：交往还是不交往。

温尚文恋恋不舍离开时，他突然发现了一个熟悉的身影——这不是温碧玉吗？他正想把她叫住的时候，她一溜烟从正在散去的人群里消失了。温尚文刚张开的嘴巴又合上，揉了揉眼睛，自言自语说，莫非看错人了？其实他看见的这位女子，正是温碧玉。她也到美州来函授，她函授的学校是一所师范专科学校。因为他们所函授的学校不同，几乎很难碰上同一个时间去美州函授。温碧玉也非常爱听山歌，每次去美州函授，去美江河堤听山歌是她课余的最大兴趣。除了来河堤，她有时也去美州城里的公园，美州城里的每处公园常常有对唱山歌。公园的凉亭里，一年三百六十五天，几乎天天都有男男女女在唱歌，不分晴天还是下雨，不论酷暑还是严寒。天底下这样的城市，恐怕很难找到第二个。

温尚文好多年没有听山歌对唱了。他对严梅红说，今天肯定能遇见我当年遇见的情景，你是有福之人。他一边这样说着，一边又在担心。美州比起二十世纪八十年代已发生了翻天覆地的巨变，变得现代、繁华、气派。当年的丑小鸭，如今成了白天鹅。现在的美州城里人还会像以前那样爱唱山歌吗？白天鹅还会像丑小鸭那样自然、本色、率真、质朴吗？严梅红说，要是碰上唱山歌的，我们都是有福之人了。

也许是因为上午的原因，也许像温尚文猜测的那样——丑小鸭成了白天鹅后，变得含蓄、高贵了。沿河堤走了好一阵，都没有看见有唱山歌的迹象，偶尔有老人在亭子里、长廊下聊天，还有打太极拳的、下棋的、打牌的。温尚文心底泛起淡淡的失落，说那时的美州城江南这边只有一条像样的大街，江北有一条老街，外加几条古巷，河上也只有一座美江桥。严梅红说，你那时常常来河堤听山歌吗？温尚文说，何止常常，来函授一个星期，便听一个星期，每天傍晚都来。听过瘾了，才回学校。

严梅红说，有个请求，你能满足我吗？温尚文问，请求？我？满足你？什么请求，说得那么隆重。哦，当然，总要我能办到的。严梅红说，唱一首山歌，对着美江唱一首山歌，好吗？温尚文嘻嘻地笑了笑，说怕忘了。他说着，轻轻地敲了一下脑袋说，我找找看。严梅红抿嘴而笑，问，敲出来了吗？温尚文说，再敲一下，好像快出来了。严梅红忍不住笑出声来。

温尚文倚着堤岸的石围栏，望着悠悠流去的美江，说献丑了。然后他小声地唱道：

斜风斜雨落斜河，斜竹斜篾织斜箩；
斜针斜线安斜细，斜妹斜眼割斜哥。

严梅红被温尚文唱得嘎嘎笑，虽然不是全听懂了歌词，但最后一句她觉得有意趣。严梅红边笑，边鹦鹉学舌地唱，斜妹斜眼割斜哥，温老板，呵呵，什么是斜妹、斜哥？温尚文一时不知怎么回答，哦，嗯——严梅红便笑了，斜哥莫不是你吧。温尚文赶忙说，哪里？哪会是我呢。

严梅红说，好听，好听，我第一次听山歌。温尚文说，我嗓音不好，别人唱得那才叫好听，特别是歌喉好的姑娘，山歌一唱，如吃了补药。严梅红说，温老板你保健有方，原来是听山歌给听的。温尚文说，那时候美江上经常有竹篷船，有人在船上对唱山歌，歌声从江面上传来，又是另有一番韵味。严梅红的心被撩弄痒了，问，就在那里的江面上吗？温尚文说，有的在江上行驶着的船上唱，也有停在江边的船上唱的。听说八月中秋夜，美江两岸和江面的船上，常常会举行山歌对唱，吃着蜜柚，品着月饼，赏着月亮，听着山歌。严梅红说，不要说了，再说我就醉倒了，难怪美江不愿流走，流连忘返，竟流成了半月形啊！原来是山歌把江水给迷住了！

温尚文说，你说得有道理。严老师，大大的文化人，说话就是很有道理。

雨下得不大，下了一会儿就歇了。严梅红刚合上雨伞，一位大婶从旁边慢慢地走了过来，对严梅红说，妹子，你好福气啊，大哥还给你唱山歌，莫不是当年你们就在这里唱上的？大婶看上去年近六十，但身段依然不胖不瘦，神韵也不像长期以经营家庭为主业的家居女人，眉眼看上去好像刚退下来的文艺工作者。严梅红说，大婶，我们——温尚文开怀地笑了，呵呵呵笑个不停。他止住了笑，说，大姐，你一看就是晓得唱山歌的，给我们来一个好吗？

大婶问，怎么看出来的？

温尚文说，你脸上有山歌，她说的。温尚文用手示意一下严梅红，意思是说严梅红说的。

严梅红在心里哼了一下，你这个温尚文，明明是你自己说的。

大婶说，那就恭敬不如从命吧。她清了清嗓子，唱道：

哥在那边妹这边，隔河两岸样得前；
丝线架桥浮水面，你系敢过我敢连。

大婶唱完后对温尚文说，你对唱对唱。温尚文说，我哪会对。大婶说，还说不会，刚才我远远地听见你唱，我就是被你的山歌诱过来的。严梅红说，你对一个吧。这时，竟然从前面的亭子里传来了洪亮的男中音，声情并茂地唱道：

山歌爱唱情爱交，真心连妹唔使桥；
灯草搭排你敢过，妹送金簪做桨摇。

大婶好像生气了，说又是那个“粘背狗”（尾随者）。严梅红开眼界了，说美江河里全是山歌啊！温尚文问大婶，那是谁在对歌？大婶说，还有谁。原来大婶是美州市山歌剧团的，退下来才两年，而那位对歌的是大婶的同事，比她先退一年，下乡演出时他们经常同台演出，对唱山歌。爱唱山歌的大婶闲暇时，经常到河堤散步，偶尔兴致来了，或遇上对歌了，嘴巴痒痒的，便唱一唱，过过瘾。

温尚文说，真羡慕你们。大婶说，我才羡慕你们呢。

严梅红嘀咕了一下，我们？她生怕大婶再往这方面说下去——大婶误把自己跟温尚文当成两口子了。严梅红想，现实中哪有两口子这把年纪还有闲心寻找当年恋爱的场景的？只有小说、电影、电视剧才会这样胡编。大婶当演员当久了，常常幻想吧，把艺术当成生活了。把生活变成艺术的，常常是幸福、快乐的，而将艺术当作生活的，往往是失落、痛苦的。严梅红问，大婶，来这里对山歌的人多吗？大婶说，白天少，晚上多一些，但比起我年轻的时候也少多了。时势变了，年轻人现在没工夫来这里对山歌，忙其他要紧的事情，忙赚钱的事情。近年来，上面了解到这种情形，出政策、出资金扶持培养年轻人学唱山歌，还办了山歌幼苗班。严梅红说，这样以后就能接上了，后继有人。

望着大婶远去的背影，严梅红想：美州是个很有韵味的城市，名副其实的山歌之城，看了温家围，看了梦好古镇，看了美州城，这些见证着客家历史文化和客家人生活的地方，没想到自己有那么多的惊喜和收获。莫非自己的后半生从事文字工作的生涯会从此而改变？

第十三章

严梅红大学毕业后，先在一所专科学校教了几年书，然后到了一家文学杂志当了几年编辑，边当编辑边创作小说。那是二十世纪九十年代末的事情。文学这时已经开始冷下来了。有人说这是文学回归到它应有的位置，有的人则因失落而远离文学。以前许多作者仅靠一两篇在报刊上发表的作品便走红成名成家的现象已不复存在了。文学冷了，文学编辑自然也跟着冷，成了冷门职业。那些从二十世纪七八十年代一路红过来的文学编辑们一下子不习惯、不适应了，眼巴巴地看着文学凋零衰落，其情状如“古道西风瘦马”，“断肠人在天涯”。后来严梅红调走了，去了一家做民俗和文化研究的杂志社。杂志的名就叫作《民俗》，境况虽有些好转，但也不温不火。《民俗》不饱不饿地办着，上面拨了一点办刊经费，不足部分自己去外面创收。严梅红也跟着《民俗》不咸不淡地活着，就这样一直干到现在。这次她跟杂志的廖主编报了选题——客家围的研究。廖主编说，这个选题还行。廖主编从大学毕业一直在《民俗》杂志干。从一般的编辑干到主编的位置，从二十几岁满头青丝干到快六十了银丝满头。可以说他一生的工作就是守护这本杂志。杂志为双月刊，一年六期，六本杂志就是他一年工作的全部。他还是难得，视杂志如宝，甚至如自己的性命。编辑部的同事们私下评价他，最常用的两个字就是——难得！这两个字有许多解读，比如难能可贵，比如难得糊涂，比如糊涂难得，比如这样活该，等等。从他们的表情和语气里，是倾向后面的几种解读。每每听见同事们这样评论廖主编的时候，严梅红就会在心里感慨自己有一天也会变成“难得”。工作开展不顺心的时候，严梅红会生自己的气，骂自己：你这个死脑筋，让文字绑架了，只会弄弄几个无用的文字，什么都不晓得。生完气后，等心情平复了下来，又会这样安慰自己：说真的，自己也不是饭包一个什么也不会干，就是觉得干文字工作才提得起兴趣，有什么办法呢，看来今生今世就栽在玩文弄字上了。

严梅红调到《民俗》时为编辑部的副主任。一年后提升为主任。又半年提为副主编。其实主要是做编辑部的工作。杂志社也就七八个人。她能被重用，是她用能力和努力换来的。最近有两期杂志都是她筹划的。其中一期为“火龙文化”专号，整期杂志都围绕这一主题来组稿。她调到《民俗》杂志社一年后，接到省民协的任务，跟一批民俗学者、专家去一个镇——火龙镇考察“烧火龙”的民俗活动。火龙镇每年的元宵节都举办“烧火龙”的盛大活动，已有数百年的历史。当地百姓元宵“烧火龙”，祈盼新的一年风调雨顺、国泰民安。火龙是用竹篾、竹枝等材料制作而成，之所以命名为火龙，即龙的全身安装了火药烟花。元宵之夜，几十位壮汉赤膊手擎着数十米长的、燃烧着的火龙在舞动，火花四溅，满天璀璨，非常壮观。恰逢火龙镇要办一场“烧火龙”的比赛，烧八条火龙，看哪条烧得旺，烧得精彩。镇里使出了所有招数，邀请了海内外许多重要的嘉宾、乡贤到现场观摩。还要举办两场大型的活动，“火龙文化”研讨会，“火龙文化”招商会。

严梅红灵机一动，立即意识到机会来了，《民俗》策划一期专号，整期杂志二百多页就讲“火龙文化”。省民协负责人听后高兴了，镇里更高兴。严梅红代表杂志社跟镇里商谈，并当即拍板把出专号的事定了下来，这期杂志所有费用由镇里筹集。有位老板恰巧在场谈筹资的事，他自告奋勇，把镇长拦下来，说，我来资助，我是这里出去的，托了“烧火龙”的福，生意做得旺旺的。这位老板姓张。张老板夸下海口，对严梅红说，给个数，要多少，我捐多少。严梅红的心在快速地跳，第一次遇见那么豪爽的老板，暗喜，天啊，要多少，给多少，到底要多少呢？严梅红一时心里没了数，来的时候，压根也没想到会有这个天大的好事！严梅红怕说少了，想，等会儿再偷偷打电话给廖主编，问他要多少。严梅红转移了话题，说你们开研讨会要多少杂志？镇长还在激动中，说一万本，一万本吧。严梅红以为听错了，问，一、一万本？镇长坚定地说，一万本，可以了。严梅红问，是一万本吗？镇长说，那就一万再加八百本吧，取个吉祥数字。张老板说，火龙都烧八条嘛，一万零八百本这个数字好听。严梅红赶快说，好的，好的。吉祥如意！吉祥如意！严梅红在心里说，我的天呀，杂志每期的印刷发行还不到五千本。好家伙，这一下子，就蹿到一万多本，廖主编要是知道了这个喜讯，还不高兴，还不兴奋得坐也不是，站也不是！

廖主编被严梅红说的这件事差点纠结坏。严梅红回来请示他，说印一万零八百本，镇里让我们自己开个价钱，说要多少钱，镇里的那个张老板就捐资多少钱，他一个人全包。廖主编立马从椅子上霍地弹起来，嘴巴张得能塞下一个鸡蛋，问，我们说多少，他们就给我们多少？严梅红说，是，他们就是这么说的。廖主编还在重复，我们说多少，他们就给我们多少！严梅红白了廖主编一眼，心里骂了句，没出息！严梅红问，你不信我？我什么时候骗过你？廖主编说，信、信、信！怎么敢不信呢！他心里藏着严梅红，说欣赏也好，说喜欢也好。严梅红说，那你就开个价吧。廖主编说，我开？哈、哈、哈，还是你开吧。严梅红说，你是主编，理应由你来开。廖主编说，那你先给个数，供我参考参考好吗？严梅红想，优柔寡断！这次总算让我印证了。严梅红说，我不能开。既然这样，我提议开个会，一块来研究开个价。廖主编说，也好，那么大的好事，从未有过的，让大家一起分享分享。不过，也要先定个基数，再来讨论讨论。他说着，仰着脑袋走了起来，边沉思边走动，走过来，又走过去，走过来，又走过去，如是三次后说，六十万，怎么样？严梅红问，六十万？她知道杂志社一年的收入才三几十万。廖主编被严梅红这样一反问，立即觉得不好意思，说，离谱了？严梅红说，嗯，是有点，不过……廖主编问，不过什么？严梅红说，不过，那位张老板敢夸下海口，我们不妨试一试。

第二天杂志社开了会，六十万的要价很快成了集体的决定。他们旱久了，急需一场甘露，酣畅淋漓的甘露。

镇里果真就给了六十万，由张老板一个人捐助。杂志还没有编印，钱已打到杂志社的银行账户。镇长说，这样也没有其他意思，俗话说，兵马未动粮草先行嘛！还说时间紧，任务重，拜托了。镇长是电话里跟廖主编这样说的。廖主编把这番话转述给严梅红时，绘声绘色，非常生动。严梅红调来杂志这么久，第一次看见廖主编这样生动。

这期《民俗》杂志的“火龙文化”专号，写在封面的大标题经过一次次更改，一直到开机印刷前才尘埃落定。题目定为：天下独一无二的民俗文化——烧火龙。

廖主编长长地舒了口气，说，就它了，开机吧！他像在沙漠里经过长途跋涉后突然看见一片绿洲似的。廖主编这样的表情，严梅红立马联想起那个暧昧的词：快感！廖主编难得的快感！挂在廖主编办公室那面墙上的时钟的时针已指向十一点了，凌晨杂志就要开机印刷。办公室就他们两个人，一直在商量那个封面的大标题。这期内容有六大板块:“烧火龙”的传说、火龙文化、现场直击“烧火龙”精彩纷呈、摄影家镜头里的“烧火龙”、“火龙”制作传承人的别样人生、文人墨客笔下的“火龙”。六大板块的内容由严梅红一手策划，里面的大部分文章也是她执笔撰写。这段时间，她累得够呛。

这段时间，严梅红的丈夫李名望跟她闹别扭。李名望说，我难得早点回家，你夜夜加班？李名望说的早点也过了十点。其实，严梅红是在家里的书房里赶稿，也没在编辑部的办公室。李名望说，好的，你比我忙一百倍，你比我有更多的班要加！严梅红在心里说，不可理喻。李名望看不起《民俗》杂志。被严梅红当成心肝宝贝的杂志，每期出刊后，严梅红把杂志带回家，爱不释手，有时边吃饭边看，睡觉前也看，难得回家的李名望就生气了，说，又不是你的孩子！这句话刺痛了严梅红。严梅红婚后很多年都没有怀上孩子。李名望在床上努力干完那事后，感叹说种子再好，又怎样？严梅红背地里去医院检查，结果出来了，自己正常。于是李名望再这样说的时候，严梅红就来气了，回敬他，说，种子好……你去看大夫，检查你的好种子去！李名望立即从床上爬起来，说，我的种子有问题？哼！不可能吧，不可能！李名望有没有看大夫，她不清楚，但就是一直怀不上。后来李名望就越来越忙，不是开会，就是出差，不是出差，就是应酬；常常不回家，偶尔回家了，也是很晚才回来，即使好不容易睡在一起了，也不播种了。严梅红在一片漆黑中，呆望着黑夜，默默流泪。她有时也纳闷，李名望那个有问题吗？不会的，因为她结婚第二年曾怀过孩子，只是不小心摔了一跤，流产以后便怀不上了。他是不是后来才有问题的？

其实李名望说的是有道理的。严梅红对《民俗》杂志用情很深。但杂志的前景每况愈下，发行量一期比一期少，杂志的员工收入多年没有提高，而物价在涨，房价在涨，而且涨得离谱。房子的首付和按揭主要靠李名望的收入。严梅红对李名望的讥讽，只好忍受，经济基础决定上层建筑。有时她也骂自己：什么都不会，就会写几个字。这样骂自己的时候，就会想起廖主编，暗中感叹：我们同病相怜啊！

廖主编从大学毕业后一直死守《民俗》杂志。听说他的妻子对他也很不满意。听说他们的婚姻多次亮红灯。他的妻子坚决要他离开杂志社，转行干别的，但他就是不听她的话。严梅红有时送稿给廖主编把关、审定，看着他一丝不苟、全神贯注的样子，在心里说，我们都是死在文字里无药可救的可怜人！严梅红有时又想：自己一个读中文的，写文章、编文章不就是自己存在的意义和价值吗？！干文字这一行的，尤其是编杂志的，世局如此，不单寂寞，而且清苦，但文字里寄托着自己活在这个世界上的理想，但呕心沥血写出来的文章、编发的杂志，倘若看的人越来越少，又谈何理想，谈何价值……严梅红常常独自感慨，没完没了，但总也理不清头绪。她常常想起曾看过的那篇文章，里面讲鲁迅谈知识分子的。鲁迅把知识分子分为两类：帮闲和帮忙。扮演帮闲的角色时，写天下太平的歌功颂德的文章，写写诗，猜猜谜语，说说笑话，粉饰太平。天下不平时，看似过着隐居的生活，知识分子则往往扮英雄，高高兴兴地“出山”，为治国平天下“帮忙”，以著文来凝心聚力。但可怕的是，无帮闲、帮忙之才，这样的便是扯淡！她看了这段文字后，感触太深了，读书作文的真要好好地读读这段话，好好悟一悟为何作文。有时她也会拿自己跟李名望对比，你一心想着做官，你的人生价值和人生意义就大了？李名望有时苦闷会发发牢骚，说谁又上去了，他的能力哪里有自己强，怎么上去的，还不是……李名望一边细数这些，而一边也这样干。他在这过程中，还拿了不少钱回来，拿回来的当然不是工资，工资再高也高不到哪里去。严梅红心里常常不安，担心李名望出事。夜很深了睡不着，李名望还不回家的时候，她不开灯，在豪华的客厅走来走去，想：要那么大的房子干吗！李名望你这样当官，追求的就是这些吗？你当官的目的就是这样？与其像他这样让自己心里惴惴不安，还不如自己守着青灯黄卷，读书写作来得心里踏实。于是她更坚定着自己过与文字相伴的干净、清苦、安静的日子。

严梅红和廖主编应邀出席火龙镇举办的“火龙文化”研讨会。当崭新的、由《民俗》杂志特别策划的、以烧火龙为主题的专号出现在与会的专家和学者面前时，严梅红既兴奋又紧张。与会者纷纷赞赏专号编得好，编得全面、准确、好看。专家、学者们如此褒奖《民俗》这期专号，严梅红受不住了，会一结束，她再也抑制不住情感，一个人偷偷地流泪。

严梅红想起杂志就要送去印刷那晚，十一点了，她仍在廖主编的办公室。廖主编端坐着，还在看最后一遍稿子。其实严梅红看了五遍，他也审了三遍，但最后送印时，廖主编还是坚持自己再审最后一遍，好像新娘出嫁上轿前对着镜子一丝不苟地看一遍自己似的。以前可不是这样的，到了廖主编终审，也就审一遍而已。严梅红轻声地说，主编，都十一点了，可以了吧，大家已看了又看，都没有看出什么差错来。廖主编把陷进灯影里的头抬起来，突然说，喂，封面标题最后定为“天下独一无二的民俗文化——烧火龙”，原来的题目为“民俗文化的一朵奇葩——烧火龙”。严梅红没想到这个时候，他还在思考专号封面的标题。廖主编说，这样一改是不是更响亮，更震撼！严梅红说，对、对、对！难为你绞尽脑汁了！廖主编哈哈哈地开怀大笑，脑汁绞尽也值得，你策划了这么好的一期专号，又给杂志带来六十万，杂志社要感谢你啊！

严梅红给廖主编的茶杯续了茶，说你是一锤定音！

廖主编看着杂志，好像对杂志说话似的。一锤定音？呵呵，没有好的策划，好的内容，我拿什么来一锤定音！我也想一锤定音呀！严梅红差点笑出声来，主编今晚怎么那么风趣？廖主编慈祥地欣赏着杂志，说严老师，你这样的，我就一锤定音！我能不一锤定音吗？严梅红再也忍不住了，哈哈大笑，说主编，你喝口茶吧，提提神，醒醒脑，别累晕了。

廖主编说，晕？你看我哪点像累晕了，高兴啊，一万个、一百万个、一千万个高兴啊！严老师，你只用一两个月的时间，就弄来那么大的单，我在杂志社都快干了半辈子了，从来就没有出现过。我好几次想离开的，但我对着镜子里的自己说，廖料啊，你除了干这行，还会什么？你这个世界上就是以办杂志证明你的存在的。说句心里话，我对民俗文化有兴趣，对办杂志有兴趣！其他的去他妈的。对不起，我动粗口了。

严梅红说，主编，你怎么会死在这丘田呢！杂志不是还好好的吗？再说，在你的引领下，一定会好起来的。廖主编说，有严老师你这样的人才，这丘田就会一派生机。严梅红又想笑了，想，怎么了，怎么了，廖主编今儿怎么了！在自己的印象里，他一直是不苟言笑，表情严肃，确切点说是沉重！严梅红突然觉得廖主编原来那么可爱。廖主编说，严老师，不瞒你说，其实我一直不得志。你也许听过传闻，我的妻子对我干杂志这行十分不满，责怪我都什么时候了，你还守着这本破杂志，写着、编着烂文章，人家早就下海经商了，赚个盆满钵满了，房子换了一套又一套，再这样穷酸下去，日子没法过下去了！廖主编的声音有些暗哑。严梅红又给他续茶，不敢出声，不知怎么安慰他。廖主编说，这是他的宿命。

严梅红想，自己的丈夫李名望虽然没有像廖主编的妻子那样把自己数落得一塌糊涂，但也好不了多少，也瞧不起她干杂志写文章。严梅红说，杂志一定会好起来的。廖主编说，严老师，我要感谢你，杂志社要感谢你。说着竟伸出手来，严梅红一时没有反应过来，愣了一下，赶忙把手伸过去。廖主编紧紧握住她的手。严梅红是第一次碰到他的手，第一次被他紧握。严梅红觉得廖主编的手掌厚实、宽大、有力、温暖。

窗外的灯光闪闪烁烁，如梦如幻。

廖主编说，要不来个拥抱吧，庆祝一万册，不，是一万零八百册！

严梅红半张开嘴。

廖主编说，我征求你的意见，来个拥抱吧。

严梅红看着已倾斜过来的廖主编，迎了上去。廖主编眼眶潮湿了，动情地说，谢谢你，严老师。

廖主编早过了五十，严梅红也过了四十，他们既不年轻，又不是恋人。在夜深人静的办公室，他们的拥抱，便有些另类，有点不寻常。怎么说呢，与其说他们在拥抱，还不如说是相拥，同路人的相拥，相同境遇者的相拥，相似感慨者的相拥。这种拥抱，谁会想到暧昧呢？更多的是志同道合者之间的勉励，甚至发狠式地暗示对方要坚守理想，即便现实很骨感。

这是个很特别的夜晚，严梅红哪能忘记。

第十四章

严梅红觉得来美州要尽可能地多走一些，多看一些，多听一些。

严梅红说，温老板，美州城里到处是宝，男女老少对唱山歌是其中一宝，你带我看看美州的历史吧。温尚文说，看美州历史？怎么看？他们在美江堤岸的堤路上慢慢走着。严梅红说，比如……温尚文问，比如美州的变化，但美州的历史现在也看不见了呀，只能听我给你描述。哦，想起来了，有一处地方能看美州的历史，确切点说是客家的历史。严梅红哇地惊叫了一声，说，对，对，对，就是这个，就看这个！

客家博物馆在美江的北边，离美江不远，也在城区，外形像围龙屋。他们打的士去。严梅红越近博物馆，心跳得越厉害，就像离富矿越来越近时的心情似的。温尚文说，我也是第一次来，听说刚对外开放的。的士司机把他们载来的路上，温尚文一直盯着窗外望。踏进博物馆那刻起，严梅红便一直在紧张和兴奋中，生怕漏看了馆内的任何一项内容。当站在“客从何来”这部分展示内容的时候，严梅红说，哇！“众里寻她千里度，那人却在灯火阑珊处”！温老板，你是正宗的客家人，知道自己的祖先是从哪里来的吗？温尚文先是点头，然后又摇摇头。严梅红说，我猜测你顶多是了解你的上几辈人，再往前，往前，就不一定知道了，建温家围的第一人，也是你的祖先，他是从哪里来的，你不一定知晓了。严梅红边说边拿出相机，拍“客从何来”这部分展览的资料。温尚文说，你别费劲了，等会儿向博物馆的工作人员要一份资料不就好了吗？严梅红说，那简介的资料往往是很简单的，简介，简介，就是简单的介绍。你看，客家人先后经历五次迁徙，最后才来到这里的。第一次因受五胡乱华所引起，晋代永嘉以后，中原第二支避难的汉族由中原迁到河北、河南南部、安徽以南及江西的东部。温尚文说，今天不来看，还真不知道。严梅红说，第二次因天灾人祸，客家先民只好迁移，这次迁移有的迁到江西、福建、广东等地。不久又遇着宋高宗南渡，元人的入侵，客家先民迫于外患，不得不第三次迁移，流入广东东部、北部。康熙初叶至乾嘉之际，基于人口膨胀，迁移到广东沿海和台湾等地，这是第四次迁移。自同治六年以来，又开始第五次迁移，部分客家人分迁到广东南部与海南岛、台湾、香港、澳门等地。温尚文说，真不知道。严梅红就乐得像小姑娘似的，说，你看你看，我就晓得你会这样说的。当然，也不是就你这样，许多人也像你一样不知道，我也一样不知道，不过我不是客家人。严梅红这么一说，温尚文就跟着她看得慢，看得仔细，看得认真。他们看了“客从何来”，看“客家风情”，看“地标围龙”，看“人文秀区”，看“客家腾飞”。不知不觉，已过午饭时间。

温尚文的肚子叽里咕噜地响了起来。温尚文说，眼睛看饱了，但肚子饿了，找饭吃去。严梅红说，再看一会儿，就再多看一会儿，这次看了，下次不知道什么时候能回来了。你们客家人素来崇文重教，建了很多孔庙、文庙、书院、祠堂。美州地灵，人也杰啊，出了民族志士“客家三英烈”，出了元帅和女红军，出了二十几位院士，出了“葡萄酒之父”和“万金油大王”，出了清代的大诗人，出了国画大师，出了球王。温尚文说，你都看得那么入心入脑了，又是记录，又是拍照，像看温家围一样。严梅红说，就是怕看漏了，转眼又怕忘了。温尚文的肚子又叫了一阵，都快中午一点了，又催严梅红说，要不下午再回来看，怎么样？严梅红较劲了，说，我听见你的肚子叫了，再看一会儿。娇气的肚子！说后她又觉得话说过头了，说，不好意思，你再坚持一会儿。温尚文说，别说一会儿，就再看半个小时也没关系的，我的肚子我管得住，我怕你饿坏了。严梅红说，谢谢。才过了一会儿，温尚文又说，你听，我的肚子在叫，严老师用餐了。严梅红被逗笑了。

他们笑着，终于从博物馆走了出来。严梅红还一步三回头地望了望博物馆。

如果说午饭吃狗肉还可以理喻的话，那温尚文竟然还要饭店老板上两个茶叶蛋就有点费解了。午餐吃蛋？！美州城吃狗肉，一年四季都吃，不分春夏秋冬。有那么一种说法：美州的“狗”多过“廊”（狼）。二十世纪八九十年代，大大小小的城镇都有很多发廊，美州也一样。但美州吃狗肉的饭店比发廊更多。因为谐音（廊与狼谐音），便有了美州的狗比“狼”多的说法。美州城饭店的狗肉做得好吃，放一点娘酒和酒糟，跟狗肉一起烫或炖，再放些佐料，火候掌握恰到好处，狗肉不韧不烂，口感好，味道微甜，吃着不油腻，还有些许微醉。

严梅红吃了几块炖的狗肉，又喝了几口浓浓的肉汤，说确实不赖。不一会儿有感觉了，问温尚文，午饭，还吃蛋？温尚文说，有谁规定什么时候可吃蛋，什么时候不能吃蛋吗？严梅红嘻嘻地笑。温尚文说，这里的茶叶蛋不比狗肉差，不信你吃一个，我专为你这位稀客点的。他说着，递给严梅红一个。茶叶蛋颜色有些赤红色，蛋壳让茶叶水煮得裂缝可见，但裂纹很细。为什么一定要煮得蛋壳起裂纹呢？因为茶水的味道才会进去。严梅红看见温尚文要给她剥蛋壳，赶忙说，我自己来。她心里想，我又不是三岁小姑娘。不过虽然这么想，但心里面还是美美的。温尚文说，两个都给你吧。严梅红说，你想把我撑坏吗？温尚文说，我以前经常吃，都是点给你吃的，要么怎会只叫两个呢。严梅红说，常吃也要来一个。温尚文说，茶叶蛋一般是早餐和宵夜吃，也不是每间饭店午餐都会准备的。我那时来美州函授的时候，夜色下的美州城有一景，是我最难忘的。严梅红问，哪一景？温尚文说，就是在街角边，经常能看见大娘或大婶在卖茶叶蛋，一个炉子，生着木炭火，上面搁个煲，在煮茶叶蛋，远远便有茶叶蛋独特的香味飘过来，诱得路人流口水，牵住了行人的脚步。尤其在冬天的晚上，看见了，暖意便涌了上来。严梅红说，好温馨好温暖的画面。温尚文说，那时候晚上有两个不变的节目，听山歌，吃茶叶蛋。严梅红说，你真懂生活。温尚文说，这两个蛋还是给你吧。你是第一次吃吧？严梅红边吃边点头。

温尚文说，晚上街角昏黄的街灯下卖茶叶蛋已成为美州城过去的历史。严梅红问，美江边唱山歌呢？温尚文难掩失落的情绪，说，但愿不会吧。严梅红说，老祖宗一代一代传下来的好东西，丢了可惜。温尚文说，不过，要再回到从前那样，大家吃完了晚饭都欢喜地去河边唱山歌、听山歌，要恢复这种热闹的场景恐怕就难了。严梅红说，社会变了，生活变了，心也自然变了。温尚文说，严老师我请教你，别人都跟着时势在前进，而我却退回来，傻不啦唧地花心思保护已空了的老围，别人不要的东西，我温尚文当成宝，你说我脑子进水了吗？严梅红正剥着第二个蛋，停了下来，说，不是在暗示我、取笑我吧，我还捡老古董，研究你们的温家围呢。温尚文说，你是做学问的，做大学问的，我就是有几颗脑袋也不敢取笑你。茶叶蛋的味道不错吧？严梅红说，要是晚上街角边大婶摆卖的，就更好吃了。温尚文说，要不晚上再住一夜？晚上我们到美州城区的街角找找？严梅红说，还是免了，留个念想。

严红梅越来越觉得客家的历史文化能做一番学问，她边吃茶叶蛋边想。这两天来，她的思维异常活跃，觉得自己像坐在船上，面向大海，一望无际的大海，开始起航……

第十五章

严梅红想起那晚，廖主编怎么会突然拥抱自己呢？先是握手，接着便拥抱，那晚十一点多了，在他的办公室审“火龙文化”专号稿件时。事后严梅红时不时就会猜测，廖主编是什么意思呢？他拥抱自己的理由理解起来也是站得住脚，说得圆通的：自己既为杂志社带来丰厚的利润，又创印刊数量新高，自己做了贡献，他作为主编代表杂志社表示对自己的感谢。但还有其他的意思吗？严梅红一直在猜测，左猜测，右猜测，总没有让自己满意的答案，有些答案自己也觉得好笑。比如廖主编会不会对自己有那种意思呢，他的妻子一直对他不好，还公开闹离婚。想到这里时，她赶紧提醒自己说，严梅红你别想复杂了。不过这以后，她又很期待被他第二次拥抱，说不清楚为什么，她就是想再次检验一下廖主编。因为那次廖主编拥抱她，她猝不及防，当时脑子一片空白，一片混乱，想不起拥抱在一起的时候，廖主编的身体有什么变化。她老在问自己，有吗？有变化吗？哪里变化了呢？她有时把自己猜想得面红耳热。如果廖主编真有变化，特别是那里的变化的话，那就说明他对自己还有其他意思的……

严梅红跟自己较劲了，等着第二次拥抱吧。一定要策划一期比上次“火龙文化”更有影响力的专号！机会终于来了，泉乡县举办首届温泉旅游节，承办方是家文化企业，企业的负责人豪言壮语，要把温泉旅游节办得隆重、热烈！火龙镇是泉乡县管辖的一个镇，那期严梅红策划的“火龙文化”的专号，反响非常好，她的名声在泉乡县噌噌噌地飙升。这次泉乡旅游节的承办方直接找到了严梅红。严梅红立即跟廖主编汇报。

廖主编乐不可支，说，严老师你真是杂志社的福星。严梅红知道廖主编说话素来字斟句酌，近乎学究，轻易不说过誉和夸张的话。她不好意思地说，主编，你说大了，我只是尽了一份力。廖主编嗤嗤地笑，说你尽一份力就让杂志社变了样，不得了啊！要是杂志社的其他人都像你一样，《民俗》在期刊界就真的像一艘航母了。严梅红说，刚给你汇报，还没有谈妥。廖主编亲自给严梅红泡茶，说这是我办公室里最好的茶，一位朋友送的，一直舍不得喝，因为喝这种茶的人没有出现。严梅红刚想把手中杯子里的茶喝下去的，立即停下来，说我不敢喝了。廖主编很严肃地说，你能喝的！喝这种茶的人终于出现了！这次你也一定能谈妥的，我信你，信你的智慧，信你的能力。

《民俗》杂志给泉乡县做了一期专号，专门宣传泉乡县如何精心做好温泉这篇大文章。专号作为温泉旅游节的宣传资料，赠送给来宾。泉乡县是远近闻名的“温泉之乡”，是一个很奇特的地方，县城城区随便你往地下挖下去，就会汩汩地冒出热气腾腾的温泉。不只是在县城，全县好多个镇都是这样。这期杂志还是像“火龙文化”专号一样，一手由严梅红策划。组稿和写稿让杂志社其他同志参与进来。廖主编在组稿会上说，一切听严老师的。严老师怎么说，你们怎么干。我相信这次的专号一定会出彩，甚至比上次的“火龙文化”专号更出彩！严梅红给廖主编递了个眼神，暗示他别夸她了，别当着那么多同事的面夸她。廖主编不但不顾及她的眼神，还幽了自己一默，说你们别听我的，因为我也听严老师的指挥。

严梅红发现编辑部副主任刘小倩一脸不屑。刘小倩从编辑干到副主任，冲着主任的位置奔，主任的位置空了两年多了。严梅红竟然抢了这个位置，严梅红比她晚来杂志社，晚多了。为此，刘小倩视严梅红为对手。她比严梅红小一岁，长得颇有几分姿色。严梅红没有来杂志社前，刘小倩是杂志社的红人。廖主编也把她列为培养人选，不过他心里一直在摇摆，因为刘小倩有时办事太情绪化，遇急事了或不顺心了，不但脸色难看甚至还会歇斯底里地嚷嚷。廖主编看见她这样时，也慌了，心里不停地说，这个人，这个人怎么能——他好像突然不认识她，认不出她似的。严梅红来杂志社后，她们两人一比较，孰高孰低就出来了，严梅红不只情商高，智商也高，能力又强。廖主编对自己说，严梅红这样的人不用，用谁?!

廖主编这样无遮无挡地表扬严梅红，刘小倩受不了。她装作听电话，走了。严梅红又给廖主编使了个眼色，廖主编才停止表扬严梅红。他也知道，严梅红不断地给他眼色，说明严梅红不乐意了。他很在意严梅红的一举一动。严梅红虽然不想廖主编这样当众表扬自己，但她还是很感动的。她想：遇上廖主编这样的上司，我严梅红拼了命也要把工作干好。曾在一家文学杂志社干了好几年，自己从没被主编夸过，更别说当众夸了，虽然也为杂志编发过有影响的好稿，挖掘过有潜力的新作者。丈夫李名望呢，别说夸她在杂志社做出的那些成绩，他根本就不关心自己的工作。他对文字不感兴趣，对文学更不感兴趣。李名望有时开玩笑说，严梅红你成天写啊编啊，都是虚的，也难为你干得下去。他其实不是在开玩笑，是他的心里话。严梅红像吞了只苍蝇，说，哦，是没有你在机关干得实，来得实，结结实实，副科、正科、副处、正处一个台阶一个台阶上，实得很。李名望说，谁都在较劲想着进步，有奔头啊，你杂志社倒自在，像世外桃源，人员稳定，职位稳定，主编一干往往就干到退休，谁也上不了，大家只能无可奈何地媳妇熬成婆，甚至还成不了婆。再说即便当了主编也没多大意思，又苦又累又清贫。严梅红无话可说，李名望说的确实是实情。李名望说，你们编发那么多小说、散文、诗歌，出了那么多的杂志，到底有多少人在看？严梅红又无话可说。她把身体背过去，屁股向着李名望，这样的话李名望可能会住嘴，闭上眼睛睡他的觉。严梅红背向李名望想，谈恋爱时，你还说大学时也喜欢看小说、散文什么的，虽然你说过不喜欢诗歌，尤其是新诗，读着读着就生气说再也不读了，读不明白，云里雾里，不会好好地说话。新婚那阵子还老问她最近新发现什么好小说没有。慢慢地，李名望便不谈这些话题了，尤其是自己一直怀不上孩子后。李名望对她越来越冷淡，好像自己只是家里的一件摆设。后来，李名望越来越沉迷做官，回家吃饭少了，连晚上也经常不回家睡，即使回来了，也很晚，带着一身酒气。这几年更坏，开始嫌弃她的工作，说她净做些风花雪月、无影无踪的事情，别说买房，连好一点的小车也买不起。严梅红不敢出声，也不想出声。

严梅红忍受着李名望的数落，但她还是不想离开杂志社。有一回，李名望发狠地说，严梅红你别做了，回家好好养着，给我生个胖小子，我看你怀不上孩子，都是给那些破文字给折腾的，天天费心劳神的，怎么怀得上呢？严梅红想，什么逻辑，编杂志与怀孕有什么关系，你这个李名望，想孩子都想疯了！

严梅红与李名望的关系越来越看不见曙光。李名望晚上越来越晚回家，越来越少回家，即使好不容易睡在一起，也不碰她，更别说干那事。严梅红辗转反侧，彻夜难眠。怎么办，怎么办呢？低三下四求他碰自己，哪怕一个月碰一次也好吧？这样求他有意思吗？求了一次，下一次呢？李名望才过四十，正是如狼似虎的年龄，他不想过“那个生活”了吗？不可能，绝对不可能！他没病，健壮着，一米七五的个头，一百六十多斤的体重，身板硬得很，走路生风，双眼放光，仪表也堂堂。说心里话，自己当时就是被他的好身材好相貌迷住的，至于里面的灵魂怎样，自己则没怎么深究，也深究不了，那时正是色迷心窍。严梅红老在想，李名望在外面跟谁过“那个生活”呢？这样一想，她常常想出一身冷汗，心如冰窖。结婚之初，她与李名望倘若还是重叠在一起的圆心的话，那么慢慢地他们就变成了从圆心射出去的两条线，这两条线越射越远，再也重合不到一块了。活不到一块，想不到一块，这样的日子比蹲监狱还难受。

严梅红不去想李名望，想累了，心也给想死了。她把心思全部转移到工作上。工作成了她生活的全部。没想到，李名望竟然赶尽杀绝，轻视、鄙视她的工作。严梅红对李名望彻底绝望了。李名望你明明知道我除了文字，其他我不感兴趣的，你明明知道我以文字的形式存在，以文字的形式证明自己的价值，为何还要来贬损我从事的文字工作。严梅红越想越气愤，人各有志，有些人以打球方式证明自己的价值，有人以画画的方式证明自己的价值，有人以经商、唱歌、跳舞、搞科研、驾驶飞机等不同方式来书写自己的人生，李名望你以做官而立世，当然没有什么不好，有能耐你就在这条路走得正大而磊落，我严梅红虽然干的是文字工作，但我以我手写我心，用文字来呈现美丑、善恶、真伪、好坏，这是我存在的意义……经过一个又一个不眠之夜的苦想深思，有一天晚上严梅红突然想明白了，像雨夜的天幕划过一道闪电，她望见了那道亮光。

严梅红策划那期“火龙文化”专号大获成功后，她又在捕捉着第二次这样的机会，她像一只飞鹰，目光炯炯，搜寻目标。这次的成功，让她增强专心从事民俗研究的信心。

温泉旅游节这期的专号果然谈成了。虽然资助的办刊经费没突破六十万元，也是六十万元。筹办温泉旅游节的负责人说，严老师，活动的经费确实紧张，下次有机会再合作，有了首届就会有下一届。这位负责人姓赵，成熟，儒气，话说起来听得舒服。严梅红问，不用印一万本吧。赵先生说，也跟“火龙文化”专号一样，一万零八百本，都一样一样。严梅红说，干脆印一万两千本吧，价钱不变。听说你们这次来参加研讨会的嘉宾很多，首届嘛，可能要专号的人也很多。赵先生又翻阅了“火龙文化”专号，他已翻了几遍了，严梅红特意带来送给他的。说着还给严梅红竖拇指。赵先生说，谢谢严老师，我们资助的经费虽然跟“火龙文化”专号一样，但比它多了一千多本。要不，我们把你们《民俗》杂志作为鸣谢单位吧。严梅红说，鸣谢就不必了。

廖主编听了严梅红回来的汇报后，竟然比严梅红想象得更高兴，说这有何不好的，上次突破一万份，现在又创新高，助资六十万也不少了，很不错！办杂志也不光是为了赚钱，只讲经济效益，还要讲社会效益，有时社会效益比经济效益更重要。严梅红看着高兴得在办公室走来走去的廖主编，想：难怪他很难赚到大钱。走来走去的廖主编一次一次走过来，严梅红一次一次地期待，廖主编会像上次一样突然拥抱自己吗？她的心扑扑地加速跳着。结果，廖主编没有抱她。倒是第二天，他召集了杂志社的全体员工开会，报告了这个喜讯，会上又再次郑重其事地表扬了严梅红，说，严老师来杂志社不长的几年就给杂志社带来了一次又一次的惊喜，我提议大家给严老师鼓鼓掌。随即便响起了同事们的阵阵掌声。

严梅红留意了下刘小倩。她也不知道自己为什么会不由自主地看刘小倩。刘小倩没有鼓掌，因为鼓掌是两只手掌相对着击拍的，而刘小倩呢，将两只手掌绞在一起，左右地搓，这显然是在摩拳擦掌，其中的寓意正好相反。严梅红不太在乎对手刘小倩，也认为自己占了刘小倩想要的主任的位置，自己不来的话，这个位置很可能是她的。严梅红刚调来不久，刘小倩就偷偷告诉她廖主编的家庭情况，尤其是他的老婆跟他闹离婚的事情。严梅红听了后，觉得奇怪，她为什么要告诉自己这些呢。事后想想，原来刘小倩在暗示自己别跟廖主编走得太近。严梅红自当上主任后，刘小倩便疏远了她，除了不得不谈的事，其他一切的话都不跟她说。见了她，刘小倩的面部是冷冷的。

这次“温泉旅游节”专号的所有稿子都按时交给了严梅红，但刘小倩负责的那篇稿子迟迟没有交来。出刊的时间非常赶，严梅红催她两次，她两次都说，好的，再等两天，再缓缓。严梅红最后找廖主编汇报。廖主编气坏了，说，好事不过三，这次我来催她。结果竟然这样，廖主编压住火焰，轻声问她交稿的事。刘小倩理直气壮地说，我这几天来例假痛经，疼得吃睡不宁，写不了稿。廖主编无力地说，你去吧。朝她摆摆手。这不是明摆着在气他吗，一切都不用说了，刘小倩。

严梅红不得不加班赶稿，把刘小倩负责的那稿子补上。

“温泉旅游文化节”专号印刷出来时，廖主编的眼泪都差点出来了。

第十六章

温尚文和严梅红吃完午饭回省城。

车刚出美州城，温尚文便接到温顺生的电话，说民协的刘主席来电话，说省里的专家这个星期从省里来考察老围，你最好能一起回来，你能量大。温尚文说，他们有什么任务吗？温顺生说，刘主席说这次专家来很重要，能不能评上省级古村落，全靠他们了。温尚文放慢了车速，说好哇！我一定回来。说着车提了速，他精神为之一振。严梅红惊了一下，赶忙说，温老板，开车最好不要讲电话。温尚文说，不好意思让你吓着了，我戴耳机接听，我放慢速度，我小心就是，我——严梅红说，太慢了也不行的，走高速呢。温尚文呵呵地笑，说刚才的电话是温顺生主任打来的。他正这样说着，严梅红的手机便响起来，是省民协一位副主席来的电话。听完电话，严梅红便笑了。温尚文问，严老师有什么开心事？严梅红坐在后排，把身体往前探，伸长了脖子说，你猜？温尚文说，我怎么猜得着，你的心事我猜不中，我天生愚笨。严梅红想，温尚文心里还装着她不坐在前排副驾驶座的事。这次出来就他们两个人。来的时候，温尚文在严梅红指定的地点载她，在一个公交车候车牌附近。严梅红匆匆打开车门，坐进小车的后排。温尚文笑了笑，想：

随你吧。严梅红这是跟他第二次见面，虽然中间通过几次电话。如果不是写文章做学问的话，她也许不会自己一个人跟他出来的。坐在前排副驾驶的话，严梅红也许会觉得惹人耳目，招来是非，再说她还是官太太呢。回的时候，温尚文本来就请她坐副驾座的，因为有了两天的相处，熟悉了，再说这样的话，两个人一路上方便说话。温尚文甚至设计好了，如果严梅红多想的话，可以在快到省城的时候，佯装去服务区休息，然后改坐后排。没想到严梅红竟主动说，温老板，我还是不坐副驾座好。原来严梅红已知道自己在想什么想说什么了。

车开着开着便慢了，温尚文边开车边想，觉得还是心有不甘，但从车镜看见严梅红那气定神闲的表情，刚想好要说的话又生生咽了回去。他想请她坐到前排来，坐到副驾座来的。

严梅红坐在后排，车走了一会儿后，又有点后悔了，在心里责怪自己：严梅红啊严梅红，你傻子一个！李名望都不在乎你了，你看你看，你看看，出来两天他一个电话也没有。你干吗还要在乎他，还怕别人看见你坐别的男人开的车呢！人家温尚文给你关心，那么好心，你把人家的好心当驴肝肺。出来两天一夜都没干出什么来，你还防他?！哦，你想以自己的善良和完美向世人证明李名望背叛你吗……严梅红望着车窗外，在心里数落自己。

严梅红说，温老板你说你愚笨，你世事洞明，要不成不了大老板，我才愚笨，榆木脑瓜。温尚文说，我哪是大老板，小打小闹，小打小闹的。严梅红说，省民协的领导刚才来电话邀我过两天一起去你老家温家围。温尚文便笑了，哈哈哈地笑。温尚文说，我温某跟着你们一块考察老围，到时严老师我们在车上坐一块吧，有那么多专家在你可以放心了。

过了不到一个小时，温顺生又给他来电话。温尚文说，还在路上呢，开着车，回到家里再给你电话吧。说着把耳机摘掉，从车镜看了看严梅红，提高了声音说，严老师谢谢你的提醒，开车不接电话。严梅红一会儿才应，温家围还等着你保护开发呢。温尚文说，温家围也等着你的关心。

温尚文把车停在小区车库，还没进家门，便给温顺生回电话，他知道温顺生一定有紧要的事。温顺生在电话里说，刘主席暗示我，要热情接待，我问他怎么热情接待，他说你自己去想，好好想。我想了老半天后说，那就送土特产吧，我们这里出陶瓷，很好看的，外面来的人都喜欢买一套茶具或一对花瓶或笔筒或十二生肖。我还没说完，他便打断了我的话，说你想想，让专家、斯斯文文的专家带着泥做的盆盆罐罐回去合适吗？又笨又重的。我也觉得有道理，又请教他，既然这样，给轻巧的好吗？比如茶叶，谁都知道我们这里的茶叶好，高山茶、云雾茶，又香又甘，喝了都容易上瘾。他呢，没说好也没说不好，一会儿说你自己慢慢想吧，我不能做决定，温家围评不评得上，我说不上话的，大家都得多花点心思，害得我一两天吃睡不香，老想这件事。给专家什么好呢？专家嘛，往往有可能是上了岁数的，他们那么大老远来很辛苦的，总不能清汤寡水吧，最后我想，是不是给专家们一点意思，干脆一点吧。温尚文说，意思？哦，来几位专家？温顺生说，刘主席说九位。温尚文突然像悟到了什么似的说，不，不，不能给专家“意思”。“意思”是红包的代称。温尚文说，还是给点我们的特产吧，那就送点茶叶，挺好的，别说专家，一般客人来访，我们都会让他们带点特产回去，再说这也是我们的风俗，说得过去，入乡随俗嘛，至于那个“意思”，我想最好还是不要的为好，免得让专家们尴尬。温顺生问，这样够意思吗？温尚文说，先就这个意思，你认为呢。温顺生说，刘主席要我们热情接待，这样不知道算热情接待不？温尚文说，先这样吧，探一探，试一试，专家是知识分子，别把他们弄难堪了，万一，万一他们拒收我们的“意思”，那就把事情搞砸了。温顺生想，反正村里也穷，拿不出“意思”，便说，这样也好，我是俗人，别把专家也搞俗了。温尚文呵呵地笑，然后说，我也是俗人。温顺生赶忙说，尚文大老板，怎么会跟我一样呢？我俗，我才是大俗人一个！温尚文哈哈大笑。

温尚文想，这次老围评上省级古村落后，申报评“国级”时，再调整接待思路吧，也算积累点经验。

温尚文从地下车库出来，刚来到电梯口，电梯已自动打开在等着他。温尚文望了一眼正等着他的电梯，心情愉悦。每次遇到这种情形，办事就很顺利。他认为这是一种暗示，是好兆头。温尚文走进电梯，吹着口哨。

刚进家门，还没歇口气，喝口水，温顺生又来电话，说刚刚又接到刘主席的电话，说民协眼下实在困难，手长衫袖短，接待专家住一夜、吃三顿要村里想办法解决。温尚文没有看见徐冬娘，也许她去菜市场买菜还没有回来。温尚文干脆就四脚朝天，大着嗓门说，不可能吧？刘主席没钱招待，他可以报告上级接待呀，来调研的都是有头有脸的专家啊！温顺生说，刘主席说他找领导本来也是好的，他说什么来着，哦，文联常常对他说能民协想办法解决的就尽量想办法解决，县里的财政情况大家是知道的。温尚文说，哦，这样啊。温顺生说，你是出名的大老板，在省城办了两间学校。温尚文说，顺生哥，顺生主任啊，你别捧了，接待的钱我出，我出。温顺生说，我想找镇里的，但听说镇里更穷，想来想去，就没汇报了。温尚文说，你也别解释了，又不是你家里的事，是吗？我不是表态了吗？我负责。再说是我们自家老围的事。你估算了没有，接待要多少钱？温顺生说，大约两万多一点。住一夜，预计十间房，每间四百元。两餐正餐，一餐早餐，正餐每顿两台，一台含酒水四千；早餐每台五百。吃和住加起来两万多一些。温尚文说，我又没要你算个一五一十。温顺生说，向你汇报嘛！温尚文说，好，好，没关系，不就是两万块嘛。温顺生说，刘主席说等上面正式组织专家来测评时，他再向县里好好汇报，争取县里来招待。温尚文嘻嘻地笑，没说话。

温尚文刚讲完电话，徐冬娘就回来了。徐冬娘把门关上，脱了鞋，用脚把鞋推向一边，换了拖鞋，哒哒哒地走向客厅，才发现温尚文，问，刚回的？温尚文说，才歇口气。然后无言。他们常常这样。她手里拎了个塑料袋，白色的，里面是蛋，八九个。原来她是去买蛋。徐冬娘进了厨房，厨房占据了她生活的主要内容，进去又出来，问，还没吃？温尚文说，没，不是才六点吗。然后便各忙各的。他们习惯了这样。温尚文又常出门，三天两天甚至更长时间才回来。回来了就多添一双筷子，不回来她便一个人将就着吃，也吃得简单，温尚文回来了便给他加一个菜，或煎一个鸡蛋，或煎一个鸭蛋，除了蛋，还是蛋。温尚文也不计较，在外面吃得那么复杂了，回家吃简单点也是好的。自从女儿嫁了，儿子结婚搬出去以后，家里只剩下他们两口子，已有好多年了。家里自此静了下来，确切点说冷清了。他们好像越来越少话。徐冬娘把要说的话全交给了电视剧里面的人。她做完家务，喜欢坐在客厅看电视剧，晚上看，白天看，一天同时在看几个连续剧，看了这个台，换那个台。

温尚文吃完饭，到客厅泡了茶，弄了一大杯，然后起身离开，主动把客厅让给徐冬娘。他躲进房间，看看报纸，打打电话，想想心事，有时也发发呆。他跟徐冬娘分床已一年多了。各人睡一个房间。是什么理由分床的呢？温尚文记得，那个晚上徐冬娘睡熟了，又起呼噜，好像她打呼噜已经有一段时间了，而且呼噜越来越粗，跟徐冬娘的体重成正比。她其实吃不多肉，也吃不多饭，已吃得简单了，还常常吃剩饭剩菜，但就是要胖，她自己也说，喝水也要胖，没救了。

徐冬娘年轻的时候不打呼噜。步入中年后，不再苗条的徐冬娘慢慢胖了起来，尤其是这些年。呼噜也慢慢地跟着来，起初是轻轻地。温尚文经常比徐冬娘要迟上床。温尚文恰巧这段有点心烦，为再筹办一所新学校的事。其实，事已办妥，就剩下那件事，话又不能说，不说又难受。什么事呢？温尚文在一个偶然的社交场合，认识一位年轻漂亮的小姐付春风。付春风是那种出现在哪里，哪里就有亮光的小姐。温尚文自然也被付小姐的光照到了。后来，温尚文新办学校的事，付春风主动帮了大忙，帮他把最难理的关系给理顺了。一次温尚文约付春风吃饭，就他们两个人。温尚文喝醉了，没喝醉的付春风问他，事成了，温大老板怎么谢我呀？温尚文醉眼望着她说，我都是你的，你说怎么谢就怎么谢。这之前，他们已在外面的宾馆开过两次房。付春风妩媚地笑了笑，轻轻地吻了一下温尚文的额头说，那就给我一百八十万吧。温尚文的酒好像立即清醒了一大半，说，你没说错吧？付春风说，一、百、八、十、万。她说得慢且有力。她说，我帮人跑官，还不止这个数呢。

给了付春风一百八十万后，温尚文晚上就睡不好了，徐冬娘的呼噜让他更加烦躁，常常天快亮了还没睡着。徐冬娘睡得很好后醒来问，你怎么不睡？温尚文觉得火气已从心底升了起来，说，我不睡？你打那么响的呼噜，让我睡得了吗？这就伤到徐冬娘的自尊了。徐冬娘想，我即使再没有文化也有自尊，何况还给你生了一男两女，我服侍你半辈子了，从没怨言，你温尚文狗咬吕洞宾，竟嫌弃我打呼噜。她越想越气，说，你都打了十几年的呼噜，我都没说你！温尚文说，是吗？男人打呼噜没人敢说野样，女人打呼噜那就野样了，公鸡打鸣有理，鸡嫲打鸣该——温尚文差点说出“斩”字。徐冬娘真就气急败坏了，当即抱了被枕去别的房间，出门时还重重地说，分开睡！反正也睡不出什么来了！她还大声地甩了门。温尚文倒开心了，心里说，是睡不出什么来了。徐冬娘，我还有话要说呢，都五十了，五十的女人还想怎么睡？反正自己对她那方面提不起兴趣了，她好像也没这方面的要求，与其这样睡在一起，还不如分开睡好。不单睡不出什么效果来，还互相打呼噜，早就要分床的了！其实，温尚文对那方面还是有需求的，半个月、一个月他身体的那个部分就会暗示他。

徐冬娘分开睡后，温尚文一个人躺在床上，觉得好放松。他想起了付春风。他仰躺在床上骂自己：温尚文你个傻货，竟然给一个小姐勒索了这么大一笔钱。温尚文，谁叫你跟她上床了，还叫人家录了像。付春风，你这个婊子，不是婊子是什么，那个事竟敢录像，不是明摆着要勒索吗？骂来骂去，又可怜起自己来，说，温尚文你办事难呀，付春风不帮你，事情不是一直办不下来吗？

有一天温尚文竟乐了，他打开保险箱，无意中发现了那个小本子，里面记录着办第一所学校时各种费用花去二百五十万元，十年过去了，物价上涨，钱变小了，而办第二所学校拉关系由付春风一手搞掂，才花了一百八十万。温尚文边看小本子边偷着欢喜，这样一对比，他便想起付春风的好来。他想，付春风也不容易，一个刚二十出头、花一样的姑娘为了赚钱，把身体作为赚钱的工具。温尚文两次跟她开房，都是被付春风灌酒喝高的情况下进行的。温尚文摇摇晃晃跟着她，像鱼塘边的猫跟着水里游着的鱼似的。当然，他的脑子还有些清醒。他喝高了，很兴奋，想：开房就开房吧。付春风真有那么一套。两次，温尚文都很过瘾，做了那事后，一会儿就呼呼大睡，一觉醒来，天大亮，付春风已不在了，不知道什么时候离开的。两次都这样，很美的，像做梦。第二次开房，做了那事后，温尚文又累睡了，但没睡沉，好像听付春风自言自语，省城的房价他妈的那么高，再弄几单生意，本小姐洗心革面不干了。温尚文假作睡死，假作没听到，想：付春风真漂亮，脸蛋漂亮，身材漂亮，跟她睡，自己像摧花大盗一样。反正是她勾引自己的。温尚文迷迷糊糊地，有一茬没一茬地想了一会儿，就真睡过去了。睡醒后，又不见付春风的影子。

除了徐冬娘，付春风是他睡过的第二个女人。温碧玉，他只是在心里暗恋，说不定温碧玉一点儿也没有发觉。对温碧玉的那种想法，也就是他仅在脑海里想象而已。温尚文闲暇时会想，其实自己是被付春风睡的，不是自己主动睡她，付春风为了钱，把自己睡了。当然，自己在这种事情就范也是不错的，这就是传说中的“桃花劫”吧。

这次温尚文跑了两天回来，徐冬娘也没问他去哪里。她不问，他也不会主动跟她说，习惯了，一切习惯了就习惯了。温尚文更不会主动跟她说在外面办什么事，徐冬娘也不问他。离家了，回来了。回来了，离家了。但离家的总是温尚文。徐冬娘很少离开家里。她的一天是这样度过的：早上起来，吃完早餐去菜市场买一天的菜，然后回家晾衣服、拖地，然后做饭，然后吃午饭，然后午息，然后把晾干的衣服从阳台收回来，折叠好，然后看一会儿电视连续剧，然后做饭，吃完晚饭去小区的广场跳广场舞，然后回家洗澡，然后看电视连续剧。自从儿子一家搬出去住，不用照顾孙子孙女后，徐冬娘的生活像墙上挂着的时钟，一成不变。温尚文呢，则忙得像陀螺，为办学校的事情，办了一间后再办一间。学校的事交给儿子后，他便忙老围的事。不过，每次回老家的老围，温尚文会告诉徐冬娘。一家人在老围生活了那么多年，留下了很多回忆。徐冬娘问他，老围门前那口井还会冒泉水吗？“照墙”外小溪边的大榕树还在吗？老围后面的风水林茂盛吗？徐冬娘这样一问，好像又把他们的心问近了，仿佛又回到了在老围生活的日子。

徐冬娘是个很简单的女人。温尚文到省城后，见了形形色色的女人后，这样定义妻子徐冬娘，她不单吃得简单，也穿得简单，一年四季不太会变花样，走在大街上，一眼便认出她是城乡接合部的。行也简单，不会开小车，但她也不羡慕其他会开小车的女人，还嗤之以鼻，说，妇人家（女人）开什么车，那是男人的事，危险死了。更主要的是，她的日子，她的心里，她的世界，简单单纯，成天围着家里转。她对丈夫温尚文也简单，温尚文出门也好，在家也好，从不怀疑温尚文在外面有没有女人，还有晚上温尚文跟她过那生活，过与不过也好。他们的两个女儿、一个儿子就是“过与不过也好”中完成的。但她很满意了，常常跟其他人说，我们有两个女儿、一个儿子。听到别的女人说，我们一个或两个孩子时，她便不掩饰情绪说，哦——那口气分明在说我们比你们满足。

温尚文有时想到曾跟付春风发生过两次关系时，心里觉得有点负罪感。后来，他跟付春风断了，又觉得有些失落。付春风给他带来的感觉，是徐冬娘一辈子无法带给他的。温尚文给了付春风一百八十万后，付春风便失踪了。温尚文打她的手机，但她关机了，老是关机。温尚文晚上睡不着的时候会想：付春风啊付春风，谜一样、梦一样的女人，不简单的女人。她身上会闪光，连那生活也过得漂亮，感觉如沐春风。徐冬娘跟她相比，就真是太简单了，一点都不生动，整个过程都没有丁点享乐的样子。如果说徐冬娘不简单的话，就是她从来不只穿内裤、内衫睡觉，穿着长长的睡衣睡，即使夏天也一样，看了就复杂，就招人烦。温尚文心里不舒服，该简单的就不简单，真是！

如果说徐冬娘的思想有些许复杂的话，就是她相信命，相信风水。这十多年温尚文一路打拼过来，顺风顺水，办了两间规模不小的私立学校，家大业大，徐冬娘认为是乡下老围的风水好，特别是听了从老家来省城找温尚文办事或要捐钱的老乡说，听风水先生说老围的屋场风水好，好了三家人，你家和温向财、温顺风他们两家，三家中又算你家得到了老围的保佑最多，所以你家家大业大。这种说法徐冬娘听得入心入脑，很受用。徐冬娘连小学都没有上完，勉强只懂一些简单的字，又不爱看书读报。她看电视剧偏好看古代宫廷剧，尤其是戏说之类，看来看去就进去了，感叹里面的人物说，命啊，一切都是命啊，一切都是因为屋场风水不好！

徐冬娘脑瓜里的这些复杂，其实还是因为她头脑简单，知道的道理不多，不透，才会轻信电视剧和别人。

温尚文从老围回来，徐冬娘特别喜欢向温尚文打听老围的那口井、那棵古榕树、那片风水林的情况。她相信这些就是老围的屋场风水。上辈的人这样说的，上辈的上辈的人也是这样说的。不然，老围为什么要这样建呢？堂屋与横屋构成方形，花台与围屋构成圆形，前方后圆，大门前有禾坪，特别是门前的那口半月形的水塘，屋后面的那片树林，都有讲究的。不是屋场风水是什么？那片树林还干脆叫成“风水林”。温尚文虽然没有一张口就相信老围的屋场风水，其实在心里还是相信这种历史悠久的说法。何况他的家业一年比一年做大，已输不起，怕一说不相信，家业真的就缩水，甚至变没了。换成谁，谁也会这样的：宁可信其有，不可信其无。再说，老围也确实为他们一家人挡风遮雨，全家大小像被老围拥入怀抱一样，感受了无尽的温暖。没有老围的滋养，就没有自己的今天。老围的味道，是母亲的味道，怎能忘，怎敢忘啊！

吃晚饭的时候，温尚文说，过两天要回趟老围。徐冬娘说，什么事？她眼睛看着碗里的饭，没看温尚文。温尚文说，省里有一帮专家要去看老围，我回去陪陪。徐冬娘问，他们看老围的什么？温尚文说，听说如果专家认可了，可以拿牌子挂上去，古村落的牌子。他本想告诉她省级古村这几个字的，又想反正她不懂。徐冬娘问，古村什么呀？温尚文在心里苦笑。一会儿后，徐冬娘说，也好，回去陪陪，给他们留个好印象。他们两口子说话，不习惯看着对方说。温尚文不看，徐冬娘也不看。原因是因为徐冬娘，结婚那阵子，日子还新鲜，温尚文曾看着徐冬娘说话，而徐冬娘呢，则不看温尚文，看这看那，就是不看他，说不上是腼腆，还是胆怯。徐冬娘说话不看着温尚文说，好像看了不会说话一样。温尚文觉得自讨没趣，后来他说话也不看徐冬娘了。不只是说话，连晚上过那生活也这样，徐冬娘一定要把灯关掉，一丁点的光都不要。过程，也很安静，徐冬娘不出声，听见的，是做动作时弄出的声音。温尚文与付春风相好过两次后，便不断地在心里感慨：都年过半百了，才发觉那生活原来可以这样美的，真是天大的享受。这样一感慨，他就埋怨起徐冬娘来，土里吧唧，不懂生活，不解风情，不……他越想就越觉得分居分得对！

分居一段日子后，温尚文的身体一天一天地在积聚能量，毕竟才五十出头的男人嘛！白天忙的时候没感觉，而一到晚上睡觉静下来的时候，好像从体内的某个部位传达出那个需求，又好像从心里传递出来的，总觉得有些胀胀的，莫名地烦躁不安，首先发生变化的是下面。温尚文有意识地回击自己：都老头子了，还想怎么样？然后关灯睡觉。但几天后这种想法更强烈了，温尚文咧着嘴笑，摇摇头，好像拿自己没办法，还做了个鬼脸，说怎么办呢。只好求助徐冬娘。付春风失联了，不然也可以求助付春风的。那个生活不但自己过得好，付春风过得也不错。如果第一次自己是因为喝醉了不清醒，自己是完全被她睡的话，那第二次就不能这么认为了。有了第一次经验后，第二次温尚文便假装醉了，做那事的时候还佯装酒醉主导了几个动作，弄得付春风很享受的样子，嘴巴还不由自主发出了声音。温尚文看见了，心里偷着美。付春风走后，温尚文再也没有遇见像付春风那样主动找他的小姐。他的骨子里还是很传统的，不会变着戏法找小姐的。

怎么让妻子徐冬娘帮忙解决呢？以前这方面不成问题，因为同床一块睡，尽管徐冬娘不主动不生动，但毕竟还是方便的。而现在分居了，而且分了一段日子了。温尚文想了个办法，待徐冬娘回房睡觉的时候，突然想起孙子读书的事情，这当然是温尚文临时的想法。温尚文敲开徐冬娘的房门，徐冬娘刚要睡。温尚文说，我想东东和南南下学期是否考虑转个学校，听说有一所全封闭的贵族学校办得不错，比我们家办的两所学校还要高档。徐冬娘说，哦。也不看他。过了一会儿，徐冬娘说，这么大的事，你跟温雷他们两口子说了吗？温尚文说，先听听你的想法。徐冬娘说，你们讲妥了就好，总要是对东东和南南好的，我能有什么意见。说完便又没话。

温尚文坐在床边，被晾在那里。他想，下面怎么办呢，干脆脱掉衣服赖着不走？躺到徐冬娘的床上睡吧。他正这么想着，徐冬娘拿了水杯去客厅盛开水，让他连一点兴致也没有了，只好回自己的房间睡。这以后，温尚文便再也没有萌生过跟徐冬娘一块睡的想法。他们夫妻俩睡不到一起了。

温尚文想：在徐冬娘心里，夫妻睡在一起，好像只是为了传宗接代的需要，除此之外不会再有其他什么了。而这种事说不得，也不好说，硬是说出来，那味道就寡淡、乏味了。天底下，到底有多少像徐冬娘这样的女人，尤其在农村。生活中，又有多少像自己一样的男人啊！温尚文想起那句话：生活不只是眼前的苟且，还有诗和远方。结婚也不只是因为传宗接代，应该还有诗和远方。他这样想着，兀自摇摇头苦笑。

温尚文回温家围陪了专家两天一夜。温尚文让温顺生感动了，温尚文办两间学校不容易的，事务肯定很多，但他放下手头自己的事情，专程从省城赶回来陪专家。温顺生说，尚文大老板，你都这样全陪了，应该算热情接待了。温尚文说，我这是应该的，分内的事，我回来两天算不了什么，专家才辛苦呢，你都看见了，专家就是专家，不但看得细，还说得好。那些茶叶，还是我来送吧，我合适做这件事，你是村主任，不方便；我嘛，是闲人，代表的是老围的人的心意，合情合理的。温顺生说，那就劳烦尚文大老板了。温顺生想，温尚文真是善解人意，茶叶也是他买的。

温尚文也给刘主席一份茶叶，茶叶品质好，包装很精美。

刘主席给温尚文竖大拇指说，难怪你会成为大老板！温尚文笑了笑，说不成敬意，今后老围这里还有许多事情要劳烦主席。温尚文把送刘主席茶叶的事告诉了温顺生。温顺生说，难怪你会成为大老板。温尚文走后，温顺生便想，你这个温尚文也没想到给我一份，他知道温尚文这次送的茶叶是很贵的，他还从来没有喝过这种茶，为老围的事我也没少操心，再给一份我又会怎么样。虽然是村里的事，虽然我也是老围的人，我也应该出力的，但村里还有很多事等着我忙呢。老围就在那里待着，再待几年又会怎样！你那么有钱，但就是想不到我……

温尚文给严梅红茶叶的时候，说，一点点心意，请笑纳。严梅红说，我就不用了吧，都是熟人了，再说我也不是专家。温尚文说，他们说你是你就是。刘主席说你的材料写得很好。我不是大老板，但我很敬佩你们专家，出一个老板容易，出一个专家难啊！

一个月后，温家围被省里评定为省级古村落。还没来得及挂牌庆祝，县民协又紧锣密鼓着忙温家围申报国家级古村落的事。理由是：评上国字号的头衔，牌子金，才叫得响。

温尚文和温顺生异口同声说，是、是、是，拜托刘主席了！刘主席开玩笑说，那温大老板就要做更大的贡献啰！温家围要是评上了国家级古村落，不单是你们村，也是县里的荣耀！温尚文说，别说贡献，一定、一定的，老围的事就是我们的事，就是我温尚文的头等大事，只要刘主席发一句话，我一定照办。温尚文朝温顺生递了个眼神。温顺生赶忙说，照办，照办，有尚文大老板这个大靠山，村里就不愁了。温尚文说，你那是什么话啊！三个人便哈哈地笑了。

温尚文与温顺生正在刘主席家商量事情，温尚文的手机响了。温尚文捂住铃声来到门外，问什么事？徐冬娘在电话里很着急的样子，说话有点语无伦次，声调又高，说得又快。温尚文问，什么事，到底什么事，不会说话啦！徐冬娘说，我们家办的学校出事，出大事啦！你还不赶快回来。温尚文问，哪种大事？徐冬娘说，温雷说有好几个学生正在医院，听他说什么食物中毒。温尚文问，食物中毒？徐冬娘说，这几个学生中午在学校饭堂吃饭，听说过不了一会儿就说不舒服，然后又呕又拉的。温尚文说，我们学校的饭堂从来没有出过这种事的，怎么啦？今天买进的食材忘了检测吗？徐冬娘说，怎么会呢？温雷说天天都检测的。你赶快回来，等你拿主意呢！温尚文讲完电话，定了定神，回到屋里。温尚文说，刘主席，老围申报国家级的事就拜托你多操心了，我家里有点急事，本打算晚上请你吃饭的，不好意思，下次吧，我这就回去了。

温顺生说，尚文老板对温家围的事那么上心，下回他请你，我也顺便沾你主席的光。温顺生对上次温尚文没慰劳他一下，心里还是有想法。

出了门，温尚文看了眼温顺生，想：村里也可以主动一点请刘主席呀，你这个村主任，怎么当的？看到温顺生一脸没有春光的样子，他的心又软了下来，温顺生能为老围出点力，也就是那么回事的了，别成天喊穷叫苦，说什么“村主任是天底下最难当的”“村主任也算官吗”这些话就好了。

这个温顺生主任。

第十七章

出事的学校是温尚文家办的第二所学校，前年筹办的。这所学校与前面办的那所学校一样，都是全封闭管理的。学校的软硬件都好，收费也高，是人们说的贵族学校。

午餐，学生们像往日一样，高高兴兴地吃着。正吃得高兴，有人喊肚子不舒服，先是一个学生，接着出现了第二个、第三个。后来便把这些喊不舒服的学生急忙送到医院。医院检查了后说，食物中毒。午餐的菜色很丰富，学校便将吃剩的煎鱼、炒蛋、蒸排骨等，以及所有炒的青菜，还有汤，全都进行检测化验，反复化验，就是验不出问题来。这样的结果，温尚文和温雷父子俩稍微安心了一些。最后问题便私了，学校给每位喊肚子痛被送去医院的学生三万块钱慰问金，由学生家长亲自签名按手指印领取，并承诺不向社会公开此事，更不能透露给媒体，因为媒体掺和了，事就多了。中毒的学生很快出院，中毒的学生的家长领了钱便回家去了。事情就这样平息了下来。中毒的学生有八位，学校花了共二十四万慰问金，加上为学生住院的医疗费埋单，温尚文家用了三十多万元。

徐冬娘埋怨温尚文，说，你吃饱了给撑的，学校的正事不管，交给儿子管也就算了，还不在家好好享清福，非要跑回老围去说什么保护开发老围。你看你看，老围的风水给你损伤了。温尚文没想到徐冬娘会拿老围的事与学生食物中毒的事扯在一起，愣了神。他说，你乱讲，谁损了老围的风水了，我们又没动老围的一根头发，只是去看看，看看不行啊？！徐冬娘说，以前你不去看老围，我们家好好的，学校也好好的，你看你一回去，说拿了什么牌子，把它保护起来，你看家里来事了，还不是你损了老围的风水？温尚文知道徐冬娘没文化，又信命理风水，但没有想到一向不太爱说话的她竟然冲他这么说话。温尚文气焰上来了，说，真是长毛短见，没文化说不到一块！徐冬娘说，你今天才后悔说不到一块啊！为什么不早说，你以为我会死缠住你、赖着你一辈子啊，你以为我会像你妈一样？！

温尚文这下就真气愤了，我阿妈也是你能说的？阿妈是他心中一个永远不能让人说三道四的痛。父亲"过番"后一去再无音讯，阿妈一生守着他，把他拉扯成人，再也没有改嫁。徐冬娘你这个不识好歹的，竟然讽刺起我阿妈，取笑她赖着"过番"没回来的父亲守在家里不走。温尚文越想越气，快气炸了。他扬起巴掌正想掴徐冬娘的，温雷见状赶紧把他那高高扬起的巴掌拦下来，说谁都别说了，不就是小事一桩吗？办企业做事情谁能没个小事意外事？办了两所学校，一直顺顺利利的，老天算照顾我们家的了。然后对徐冬娘说，妈，你也别操心，小事情，小事情，这样也好，给我们提个醒，以后学校饭堂的事多留点心。他安慰了母亲，接着又安慰温尚文，说，爸，妈说的也有一些道理，我们家今天能有这么样的家业，兴许是老围的风水好，保佑我们家的结果呢。妈老跟我们念叨，我们家得了老围风水保佑最多，你看从老围出去的，就算我们家最像样了，别人也是这么议论的，人家在暗中嫉妒我们家呢。这么两边一安慰，一场眼看就要爆发的家庭战争平息了下来。

温尚文想，最起码这几天不回家了，不想看见这个衰货徐冬娘。徐冬娘不见温尚文回来吃饭、睡觉，也没听他说要出门办事。她知道，温尚文在生她的气，气头上他怎么会主动跟她打招呼呢。温尚文去哪里了呢？温尚文第三天没回家后，徐冬娘有些忧虑不安了。这不安是从第二天开始的，一点一点在积累，在变得严重。第一天还没觉得，还认为自己有什么错呢？我徐冬娘再怎么样，也是为了我们家好。后来，便觉得自己说温尚文说过头了点，自己千不该万不该，不该说他母亲的事的。徐冬娘抽了一下自己的嘴巴，抽了后，打电话给儿子温雷，说，你爸这两天跟你说出门了吗？温雷说，没说，怎么啦，他没回家吗？徐冬娘沉默不出声。温雷说，要不我打电话问问他吧。温雷知道她不敢打电话给父亲。徐冬娘说，不用打了，你打，他便真认为我错，真生我的气了。温雷说，我爸可能出门办事了。他又不是小孩子，他才不会生小孩子气呢。你放心吧，说不定今晚就回来了。妈，说句公道话，你也真是有点那个，怎么能拿奶奶说事呢。你知道的，我爸最不愿意别人说奶奶的。徐冬娘说，还不是为了你好吗？我怕万一家业败了——家业还不是你的吗？我死了还能带走？温雷赶忙说，先不说了，你放心，我爸不会有事的。

温尚文去哪里了呢？温尚文找老朋友倾诉积聚在心里的话去了。他在外面住宾馆。他的这位老朋友叫陈西东，房地产老板，温尚文买房时认识的。温尚文没想到，他跟自己是老乡，同一镇的，比自己先几年来省城创业。他从建筑工做起，一直做成了老板，自己买地皮盖楼盘越做越大。温尚文跟他很投缘，不但年纪相近，温尚文比他大两岁，而且还有段相同的经历，他也在他村里的小学做过几年的民办教师。

刚坐下，陈西东便不见外地说，温大老板，有什么好事让老弟分享分享。他们习惯在茶馆聊天。这家名叫“品心”的茶馆有些特别，有挂羊头卖狗肉之嫌，名为喝茶，但也可品酒，而且下酒的小吃还特别丰富。他们常常品着品着茶，便改成喝酒了。温尚文曾这样自嘲说，这间茶馆挺合适我的，喝酒呢，证明我的过去出身贫寒，对乡下来人说，喝酒是最想要的事情，品茶是否在说明我的现在，像大城市的人了，追求像模像样的生活。

陈西东便乐了，说，温老板你是不是在暗示我？

然后两个人呵呵地笑。温尚文说，这间茶馆生意不错，看来像我们这样的人不少啊！陈西东说，不少，肯定不少，社会大转型，城乡大转变。

温尚文说，我哪有什么好事分享。服务员，上红酒吧。服务员诧异了一下，问，先上红酒吗？温尚文说，酒喝了，再品茶。服务员熟悉他们。他们是这里的老顾客。她抿着嘴笑着去拿红酒。陈西东也觉着新奇，看着温尚文问，今天倒着来？温尚文说，老弟，你说一个男人，他的老婆如果没有文化，是不是真可怕，他的一生是不是很痛苦？陈西东说，老哥，你是不是哪壶不开提哪壶？明明知道我的老婆不在了。温尚文说，哦，对不起。然后他罚了自己一杯酒，接着敬陈西东一杯，说，你不是有了新夫人了吗？陈西东说，什么新夫人，逢场作戏的，应酬上的事。温尚文说，我，我没你风光。陈西东说，你那个什么春风小姐呢？温尚文一会儿才回过神来，说，早就不见了，给风刮跑了，我只是见过几次，逢场作戏，逢场作戏。陈西东说，那次让我不小心碰到你们俩吃饭，说句大实话，这个春风小姐像她的名字，你跟她一块肯定如沐春风啊！温尚文说，别提她，都不见了。陈西东说，老哥，你不像我，我是没有老婆的苦命男人，你的贤内助在家天天等着你。你好啊，舒服啊，家中红旗不倒，外面彩旗飘飘。小心啊，这样会惹麻烦的，当然啦，在外面偶尔玩玩，吃吃腥也无大碍，但要记得抹嘴巴，把嘴抹干净才回家哟。温尚文说，不怕你笑话，我们都分房了，老夫老妻睡在一块只有互相干扰，都没感觉了，像左手摸右手。陈西东说，也是，像右手握左手。分房也好，女人到了这把岁数是更年期了。来，老哥，走一个。于是他们干了一杯。陈西东说，你身子骨那么好，那怎么办呢？温尚文说，能怎么办？哪有你风光，换了一个又一个。陈西东苦笑，说，你还是我老哥吗？还说我，老婆不在的男人苦啊！中年丧偶人生一大不幸。睡觉连说话的人都没有。你呢？晾着嫂子闹分房。真是肚饱不知肚饿人！温尚文说，老弟，你会到外面找个五十几岁的老女人睡吗？这个老女人还没见识，说不到一块的。陈西东哈哈地笑。

温尚文说，当然，再怎么样，有老婆看着家，还是好的。陈西东说，就是嘛。陈西东把酒杯递过去，跟他的酒杯轻轻碰了一下，说，老哥你不会跟嫂子说不到一块吧？都相处几十年了。温尚文叹了叹气，说，不怕老弟笑话，还真让你说中了，以前我们没工夫说话，白天她干农活，一天从白忙到黑，吃完晚饭还在忙，喂猪，洗衣服，缝缝补补，几乎忙到十一二点才上床，累困了，背一贴到床便睡着，哪有时间说话。陈西东说，不说话还生了三个孩子。温尚文又苦笑，说，别人生孩子那是爱情的结晶，谈情说爱结的晶，而我们没有谈情也没有说爱，是正儿八经很实惠的传宗接代！陈西东嘻嘻嘻地笑个不停。

温尚文把玩着酒杯。

陈西东说，很有道理。他侧着头欣赏温尚文。

温尚文说，后来孩子们长大，各自成家分出去住，总算有闲工夫说话了，才发现我们说不上话，说不到一块，尿不到一壶去，是不是天大的笑话？

陈西东听得心里有点酸的感觉。

温尚文说，说不到一块是因为想不到一块，夫妻想不到一块是很难受的。男人除了家庭，还有事业。家里的事说不到一块已不好受了，如果在外面干事还想不到一块，这个男人的这一生基本就完了。我差不多就是了。

陈西东说，不会吧。老哥你办了两所学校，在省城都小有名气的，很成功了。温尚文说，那是以前的事，学校交给儿子温雷办了，今后就难说了。陈西东说，你事业做大了，见多识广，而嫂子呢，还停在原地。温尚文说，也许吧。你说，我不会是无病呻吟，不会是有病吧？陈西东立即说，温大老板怎么会有病呢？你雄风不减，我才有病呢，糊里糊涂混日子，生活都没过好，连个稳定的女伴都没找到。

温尚文问，你不会笑话我吃饱了给撑坏的吧。陈西东说，撑坏也好，小弟我想向你学习怎么才能撑坏呢。

温尚文与陈西东他们经常一块吃饭喝茶聊天。陈西东是那种朋友，就算是有段时间没见面，见了面也立即能谈得欢的朋友，不用过渡，不用客套。温尚文说对了，他会喝彩；温尚文说得不中听，他沉默当听众，甚至温尚文有时说错了，他说要听对、理解对。他们是很铁的知心朋友。他们一块吃饭喝茶，虽然常常不是他们两个人。两个人不好吃饭啊！有时温尚文带了下属，有时陈西东也带了下属，但他们各自带的下属在变。偶尔他们俩约好品茶喝酒，不带其他人，比如今天就他们俩。

温尚文说，有时老在想，人的一生到底图什么呢？陈西东噘了下嘴巴，说这问题大了，天天瞎忙，真没工夫想，图什么。温尚文说，结婚，生仔，吃喝。陈西东啜着酒，吞不下，在想，说那不这样，又能怎样呢？温尚文说，这过程觉得开心了，这一生是不是觉得活得还算值得？陈西东说，难怪大家都爱问你快乐吗。温尚文问，快乐，是不是觉得做自己喜欢做的事情？陈西东说，大概是这样吧。

温尚文有点喝高了，话里便有了情绪，说你以前跟你妻子在一块时，快乐吗？陈西东觉得今天温尚文跟往常有些不一样，说还行，还好吧。温尚文说，我结婚好像只为传宗接代。陈西东说，怎么讲？温尚文说，怎么怎么讲？你都是过来人了。陈西东像悟到了似的。

温尚文说，当然，她也不容易的，天天忙家务，天天围着孩子转。他说的她是指徐冬娘。陈西东说，你也不容易，在外面打拼，撑起整个家。温尚文笑了笑，说都不容易——不说了，我想请教你一个问题。陈西东这下真就觉得温尚文的表现有些异常了，东说一段，西说一段的。

正这时，温尚文的目光突然穿过陈西东的头顶说，严老师，欢迎，欢迎，来来来，我还以为你不会来了呢。严梅红说，温老板那么盛情，我敢不来吗？温尚文说，我介绍一下。这位是陈老板。陈西东站起来，礼貌地给严梅红一个请坐的手势。严梅红说，谢谢。陈西东把头侧向温尚文，小声地耳语，我还以为就我们俩呢，也不预告一下。温尚文装作没听见他耳语，举了个手势，服务员便款款走来。

服务员用甜甜嗲嗲的声音，惊乍道，哇！那么年轻漂亮！严梅红倒是大方，说你不会是夸我吧。服务员说，我几时夸过人，你问这两位大老板。温尚文和陈西东相视了一下，便笑了。严梅红说，谢谢！服务员还在说，看上去比我小吧。严梅红说，哪里。服务员说，女人的年龄是秘密，不能说的。但我猜您就三十出点吧。严梅红落落大方，笑着说四十多了。服务员又哇地惊叫，真看不出来！好年轻，好年轻啊！陈西东很喜欢这位服务员，胸牌为“九号”。每次来，他都叫“九号”。他来喝茶，总要带女伴来，“九号”都会想办法捡好听的话夸她的女伴，弄得女伴很开心。

“九号”的嘴巴很甜。陈西东看了看“九号”，忍不住偷偷地笑。他想起让他尴尬的那次。陈西东带一位小姐来喝茶，“九号”说，哇！比上次的那位年轻漂亮！那位小姐的脸色立马由晴转阴，拍打着陈西东说，你骗人，还说你老婆走后我是你的唯一。骗人，哼！陈西东的妻子两年前得了乳腺癌走了。陈西东赶忙哄她，没有的事，哪有的事？他边哄边用脚碰“九号”。“九号”才反应过来，纠正说不好意思，我把陈老板看成徐老板了，我喝了酒，眼花，刚才那位该死的肖老板叫我陪喝，我说我不会喝，他硬要我喝！陈西东说，做服务员怎么能喝醉呢，不像话！你不怕被炒鱿鱼？小姐这才温顺下来。陈西东佯装上洗手间，尾随着“九号”，把她拉到转角没人的地方，塞给她小费，说今天怎么啦，莫不是真喝了？“九号”说，不好意思，我说漏嘴了，不过说真的，确实比上次那位年轻漂亮。陈西东说，去你的，以后还让你夸，但不能这样了啊！“九号”说，下回我改，我改。其实陈西东很喜欢“九号”，“九号”鬼精，很会夸他带来的女伴。女伴一高兴，什么都好办了。陈西东在心里鼓励自己说，女人嘛。

经“九号”这么一夸，严梅红舒服了。虽然她也知道“九号”是夸自己的。温尚文轻声地问严梅红，是不是也来杯红酒。严梅红略犹豫了一下，说那就来一杯吧，为温家围喜获省级古村落的称号，庆贺庆贺。陈西东说，哇！那么大的好事，温老板刚才怎么没透露？不够朋友，罚酒一杯。温尚文说，等着严老师公布嘛！她是这次评审的专家，功劳大着呢，我哪有资格公布啊！陈西东说，严老师，不对，是严专家，到时你也百忙中抽空到我老家调研调研，我村子里也有一座好大的围龙屋。严梅红说，我不是专家，只是一名普通的杂志编辑，喜欢民俗文化。温尚文说，严主编在省里那家很有名的《民俗》杂志社工作。严梅红赶忙说，不是主编，是副的。陈西东说，你们搞学问的就是严谨。严梅红说，副的跟正的差得远呢。温尚文说，副主编也叫主编，都这么叫。陈西东说，对，对，对。温尚文这才把陈西东介绍给严梅红，说，这位资深的帅哥是做房地产的大老板，你自己说尊姓大名吧。陈西东说，你这个温老板，就别拿老弟我开玩笑了，资深帅哥？你才是资深帅哥。本人姓陈，名叫西东，是西东，不是东西。他说着，自个儿先笑了起来。温尚文说，严老师，陈老板的名字是好名字，好名字啊，难怪他房地产做得那么大，名字就是广告啊，不上电视，不登报纸也出名。严梅红开怀爽笑。

严梅红又喝了杯红酒，说为陈老板的好名字喝一杯，喝完这杯我还是喝茶吧。

温尚文说，陈老板，要不都喝茶吧，不然，严老师会误以为我们是酒鬼呢。

陈西东说，本来在茶馆就要品茶，正本清源。

温尚文说，恰好严老师在，我想请教两位，你们相信屋场风水吗？陈西东说，宁可信其有，不可信其无，传统文化精深着呢。严梅红笑而不答。温尚文说，严老师，你是研究民俗、研究传统文化的专家，你认为——严梅红品了口茶，说，我信。陈西东看了看温尚文，温尚文也看了看陈西东，两个人互相看着，好像严梅红的回答暗藏着什么似的。严梅红说，温老板你老家的温家围就很有屋场风水。温尚文说，大家都这么说，有些人还说得很玄。严老师你说温家围的风水在哪里？严梅红说，我前后左右、里里外外、远远近近地看了温家围，又查阅了一些关于客家围龙屋的资料，觉得温家围风水好的说法有道理。上次省民协组织一批专家实地调研温家围，许多专家都夸赞温家围无论从建筑历史还是建筑规模，在客家地区所见过的围龙屋来说，是最漂亮的。也很讲究，有“风水”。温尚文站起来说，以茶代酒敬你，严老师你不用起来，我敬，你接受我敬。严梅红吟吟微笑，有些不自在。陈西东说，怪不得温老板家业那么大啊！

严梅红说，温家围集传统礼制、伦理观念、阴阳五行、风水地理、哲学思想、建筑艺术于一体，是不可多得的古民居建筑。温尚文说，专家就是专家，围龙屋被你这么一说，学问大了！陈西东说，严老师，我陈某隆重邀请你莅临我老家调研陈家围，我已是第二次邀请你了，别偏心眼啊。陈西东也站了起来，端着茶杯要敬严梅红。严梅红说，陈老板，你先坐下，找机会吧。陈西东说，你不答应，我坚决不坐下去。严梅红说，一定，一定去。温尚文说，陈老板你先别急，你别打断严老师说温家围的话，我在洗耳恭听呢。陈西东这才坐下来说，洗耳恭听，洗耳恭听。

严梅红说，比如温家围门前的门坪（禾坪）和低矮的照墙、半月形的池塘，从整个平面看，围龙屋形成一个圆形的整体，寓有天圆地方的意义，犹如阴阳两仪的太极图，象征着整座屋宇呈一个小宇宙。

温尚文又站了起来，陈西东也站了起来。

严梅红呵呵大笑，说你们别这样，是不是让你们笑话了，在你们面前班门弄斧。温尚文说，惭愧，我住了三十多年老围，竟然不了解这些。严梅红说，说屋场风水好也对，专家们说，客家围龙屋符合阴阳和谐、天人合一的儒家和道家的传统理念，其实是人与自然和谐的杰作，是科学道理。温家围门前有池塘，屋后有山有树，整座围屋坐北向南，冬暖夏凉，住这样的房屋当然舒服了。舒服了，日子便过得顺心如意。

温尚文说，温家围已数百年，老旧了，我想把它保护好，有些破损的地方小修一下，但有人说动了它，风水就损坏了，也会伤害人。严梅红说，没有道理吧，这样说的人那就是迷信了。温家围已经空了，没有人气的房子，再好的房子久了也会败的，等到全破败的那天，再来护理就后悔来不及了。陈西东说，幸好我老家的陈家围还有人住着。

温尚文不敢说说这些话的正是他的妻子徐冬娘。严梅红是女人中的凤凰，徐冬娘则像乌鸡。严梅红说，我刚才说的“风水”不是温老板说的“风水”，这是科学，不叫迷信。房子建得再有“风水”，如果你不出去创业，游手好闲，房子能让你发财吗？你们两位的事业做得那么大，不只是你们老家的祖屋“屋场风水”好的缘故吧。

温尚文说，我这点家业虽然不足挂齿，但是是没白没黑干出来的。陈老板，你家业大。

陈西东说，不干不闯，哪来好生活，喝西北风去。

温尚文说，太好了，我敬你们两位。茶也好，我温尚文向你们请教的问题有答案了。

陈西东说，你敬严老师吧。

严梅红说，你问什么问题了？

温尚文说，我的问题和问题的答案全在你们刚才的话里面。

陈西东瞪圆了眼睛，说你这个温大老板，原来循循善诱啊！

严梅红说，来的时候差点忘了带杂志给你们。她说着从挎包里取出杂志，把那两期“火龙文化”和“温泉旅游节”的专号各送一本给温尚文和陈西东。

温尚文说，哇！漂亮！

陈西东扶了扶眼镜，认真地翻阅起来，爱不释手的样子。

严梅红说，等温家围评上国家级古村落了，是不是也做一期？温尚文说，好，好啊！那就拜托严主编了。严梅红说，不过，丑话说在前头，要出经费的哟。温尚文说，当然，当然，哪能不出呢。杂志社又不是你一个人的，再说也要成本的。陈西东说，严老师，你也给我老家的陈家围编一期，多少经费，你说。温尚文说，还没轮到你，等你的陈家围评上了，再请严老师还不迟。严梅红说，其实我已在做准备了，去了两趟温家围，说心里话，第一次去便给震撼了，第二次去被迷住了，具体怎么写，怎么编，往后再跟你沟通吧。去一趟美州城后，我对温家围的来龙去脉、前生今世也更有感觉了。比如美州城的人都爱唱山歌，那是有道理的；美州是怎么发展成城市的？那是乡下那一座座围龙屋住着的人一家一家搬出来重新聚在一起成了城市。围龙屋住着的人一代一代都爱唱山歌，连娶老婆都要对山歌来热闹一番，所以美州便延续了围龙屋的习俗爱唱山歌，你们说对吗？

温尚文说，哎，有道理呀！严梅红说，美州那座客家博物馆里的资料不是这样记载吗？客家人前前后后经历了五次大迁徙，我看正在进行第六次大迁徙，从乡下那一座座围龙屋迁出来到城镇发展、去海外创业，这不是新时期的一次大迁徙吗？温尚文说，哎，有道理呀！严老师不愧是搞研究、做学问的专家，我怎么没琢磨出来？陈西东说，都让我们琢磨出来了，严老师就不厉害啦！

温尚文问严梅红，严老师，美州城不错吧？

陈西东说，严老师你什么时候去美州的，也不让我陈某保驾护航？

温尚文微笑着，严梅红看见微笑着的温尚文，才发现自己说漏了嘴，支吾着说，哦，哦，都一两个月前的事了。

回家的时候，温尚文和陈西东都争着要送严梅红。严梅红说，不麻烦了，我打的回去，回去挺方便的。温尚文说，方便？坐我的车不是更方便？既然这样，那就看看严老师跟我们俩谁住得近。陈老板，你住哪儿？温尚文的语调里带了点挑衅。陈西东说，你先说。陈西东怕中了温尚文的圈套。温尚文说，我也不知道严老师住哪儿。严梅红心里有些享受的滋味，说温老板，你说吧，我住哪儿就哪儿，还会转眼就搬家啊。温尚文只好先说了，我住南风路。然后他看了看陈西东。陈西东当然知道温尚文家住南风路，只是没有去过他家而已。陈西东说，我在东风路。温尚文当然也知道陈西东家住东风路，都老朋友了。他们各自说了后，便都在暗笑，像小年轻似的。严梅红说，那我跟陈西东老板的车回去了。温尚文和陈西东便忍不住笑出了声。

第十八章

那晚跟陈西东和严梅红见面喝茶、聊天以后，温尚文觉得整个人轻松了许多，抑郁、沉闷的情绪慢慢消退了。第二天起床，他对自己说，温尚文，回家吧。结婚几十年来，他是第一次跟妻子徐冬娘闹翻。

他跟徐冬娘赌气，在宾馆住了四天，心里五味杂陈。第一天，他还在气头上，觉得以离家出走的方式惩罚她，很解气，但第二天他就有点不适了，一个人睡宾馆还没什么，但一个人吃饭就有点冷清甚至落魄了，但又不想叫朋友来一块吃，怕露了真相，家丑不能外扬。他住的宾馆其实离家不远。因为找吃，兜来转去，竟发现原来有几间小餐馆就藏在附近的巷子里，平时怎么不知道，如果他没有这次离家出走，也许永远不会知道的。比如那间兰州拉面馆、那间翠花牛肉馆，这两间餐馆的口味真不错，但在这两间小餐馆轮流着吃了两天后，觉得胃口又不好了。有时吃着吃着便想，有家不想回的滋味不好受啊！他联想起从未见面的父亲，父亲到底是什么原因不想回家呢？都五十多年了，他一个人在泰国过得还好吗？想着，想着，眼泪滴答滴答掉到碗里。

温尚文一边整理衣服一边对自己说，你别太在意徐冬娘，她见识少，心眼小。这个家谁说了算？还是你说了算吧。从老围出来，风风雨雨一路打拼，今天家里有这样的业绩都是你温尚文的血汗换来的。你徐冬娘虽有功劳，但也没你温尚文的十分之一二。

温尚文刚提起行李箱，又想，就这么回家，是不是很没面子，见了徐冬娘不说话呢，还是说话？又能说什么？万一她的气还没消，给你个臭脸色呢？又想，你今天不回家，明天、后天也得回家的，总不能永远不回家吧？回去吧，这就回去，你徐冬娘能怎么样，我温尚文还是这个家的主人。

温尚文差不多挨到十二点才回家。徐冬娘已经睡了。温尚文松了口气。第二天早上起来，又没看见徐冬娘，她可能去买菜了。饭桌上留了他的早餐，米粉汤里面有荷包蛋，被切得很细碎的芹菜花均匀地撒在上面。还特意地没扣上网罩，也许担怕他没有看见她给他留的早餐。温尚文拿了筷子轻轻一拨，露出两个煎得漂亮的荷包蛋，不是一个，色泽很好，金黄金黄的，形状也好看。温尚文说，徐冬娘，徐冬娘。心里一热，泪水出来了。

温尚文本来打算一起床连早餐也不吃，见了徐冬娘，不咸不淡地说一声这两天我还要出门办事，然后不等她回应，便出去的。但现在他改变了主意，慢慢地吃早餐，吃完后，还要泡茶喝，好好等她买菜回来。

徐冬娘大约在九点半才回来。温尚文在优哉游哉地喝茶。徐冬娘也没跟他说话。温尚文自斟自饮，脸色柔和。他想先让她看到他这样的表情。徐冬娘在厨房里放好了菜出来。温尚文温和地说，我这两天还要出门办事。他细心地用了“还要”这两个字，有意传递出这样的信息——前几天不在家，是因为出门办事了。徐冬娘也没有回应，但脸上看不出埋怨的表情。温尚文回了房间，不一会儿拎了包出来，然后便离家出门了。温尚文想，徐冬娘的心还是软的，她没有胡搅蛮缠，也没有哭哭啼啼。结婚几十年一路结伴过来，她的表现总体还是不坏的。结婚几十年来，徐冬娘好像也是第一次冲自己发那么大的火。

温尚文一个人跑回老家温家围。

他打开门，坐在老屋的门槛上，表情忧郁，一副游子归家的样子。他轻轻地抚摸着门槛，抚摸来，抚摸去，目光好像被门槛牵引住了，呆滞不动。他家的门槛跟别人的不一样。小时候，他喜欢躺在门槛上，母亲在门槛上来回跨过去，嗔怪道，狗子别让阿妈踩着了。他小时候，他母亲爱叫他狗子，几乎没有喊过他的真名温尚文，一直到了他十三四岁有男子汉的模样了，才改口叫他的名。温尚文就喜欢母亲在门槛上跨过来又跨过去的感觉，觉得心里痒痒的，暖暖的。后来母亲实在拿他没办法，只好叫泥水师傅给门槛加了一块长条石板，与原来的那块拼在一起，这样他躺在上面就不容易翻下来。温尚文一天天长高了后，门槛躺不下去了，他便弯曲起身体，把双脚搁在门框上，等母亲要跨门槛时才赶忙把脚放下来。

母亲害怕老鼠，尤其在夜里。发现家里的番薯、香芋给老鼠啃咬得不成样子，母亲气坏了，骂道：老鼠精，老鼠鬼，药死你！卖老鼠药的小贩的叫卖声，温尚文偷偷跟着学会了。叫卖是这样的——“老鼠药，家家用得着，上夜吱吱叫，下夜硬翘翘”。母亲听见他躺在门槛上这么学唱，开心地笑了。母亲难得笑，因为这样，所以他爱唱这首骂老鼠的歌。有时，母亲为哄他睡，便唱《乖乖睡》那首童谣哄他。等他睡了，才把他从门槛抱到床上睡觉。“乖乖睡，快快睡，莫听鸡崽啼，莫听狗哥吠，莫听猪崽拱泥坑，莫听老鼠爬缸盖。快快睡，快快睡。”他的阿妈最爱教他唱这首童谣——“月光光，秀才郎。骑白马，过莲塘。莲塘背，种韭菜。韭菜花，结亲家。亲家门前一口塘，放个鲤嫲八尺长。鲤嫲背上承灯盏，鲤嫲肚里做学堂。做个学堂四四方，兜①张凳子写文章。写得文章马又走，赶得马来天大光。”“月光光，秀才郎”这样开头的童谣有好几首，母亲说她很喜欢这首那后面的几句。她抚摸温尚文的脑袋说，狗子，阿妈盼你好好读书，将来成为会写文章的人。

下雨天，特别是春天，连续下雨不能下地干活的日子，母亲喜欢倚着门框，坐在矮凳上，织毛衣，或缝补衣服。温尚文则躺在门槛上。母亲不知怎的，织着毛衣，缝着衣服，发呆。有时还默默地流眼泪。温尚文则躺卧不安了，安慰母亲说，阿妈，你莫哭，你莫哭。母亲则摩挲着温尚文的头说，妈

① 兜：抬。

妈没哭，狗子长大后，好好读书，读出去闯世界。温尚文不住地点头，母亲的眼泪慢慢地收了。他还小，不知道母亲哭什么，后来知道了，别人有阿爸，自己从来没有见过阿爸。温尚文稍懂事的时候，便这样猜想，阿妈的眼泪是因阿爸而流的吧。这样想着，他的眼里也转动着泪水。

温尚文二十二岁结婚那年，家里突然来了水客，送来了一大笔“番钱”。母亲正愁着没钱为他筹办婚事。这真是天大的惊喜。母亲用这笔钱把徐冬娘娶进了温家，还热热闹闹地请了老围的左邻右舍吃饭，赚足了面子。温尚文知道，这笔“番钱”是父亲托水客带回来的。母亲脸上有了喜色。但这次以后，父亲就再也没有音信。温尚文下了决心，有朝一日一定要去寻找父亲。

如今老围已经空了，万一父亲哪一天突然回来了，找不到家，怎么办呢？老围就这么下去，很快就会衰败、消失的。老屋的门槛如果不在了，到那时再也找不到儿时的时光了。老围不能就这样荒芜下去，不能，万万不能啊！温尚文抚摸着门槛，边抚摸边对自己说，老围不在了，不单自己找不着自己的过去，从老围出去的所有人也寻找不回过去的踪影了，连供他们想念的一砖一瓦也没有了。老围里装着一代又一代曾经在老围生活过的乡亲的时光，老围不在了，老围出去的人就找不到根了，永远漂泊在异乡，成了无根的浮萍。

温尚文对自己说，趁现在自己还有能力，一定要把老围保护起来。

这样想着，温尚文便责怨起徐冬娘来，徐冬娘你真是鼠目寸光，你是不懂这些，不懂这些的，你怎么会懂呢？你是从外面嫁进老围的，你怎么知道老屋的门槛已记录了我和我阿妈的那段日子呢？你不懂的。我不怪你了，我温尚文不跟你计较，你再怎么说三道四，我温尚文都要尽自己后半生的努力把老围保护得好好的……

温尚文站起来，长长地舒了口气说，看看人家严梅红老师，多有眼光。她知道老围是宝——她不是老围的人，但她清楚老围的珍贵，开口闭口夸赞老围，为保护开发老围出气力花心思。

温尚文目光坚毅，在老围走走停停。老围比那年春节前回来时干净整洁多了，厅堂、大门还张贴着红红的对联。上次为了迎接专家来调研，他捐钱叫温顺生主任把老围的内内外外进行了整理、打扮。老围比以前精神多了。

温尚文从老围出来时，换了一副神情，像道士打坐顿悟一样，心里澄明，目光明亮。

第十九章

徐冬娘把儿子温雷和两个女儿温萍、温芬召集回来。她在电话里说好回来的时间，并且强调都不要带小孩，说孩子还小，有些事小孩子不要知道得太多，还说都要读书，读书要紧。

他们刚坐定，徐冬娘便发话了，说我实在郁闷死了，你们看看，他的魂都让老围勾去了。她说的他是指他们的父亲温尚文。徐冬娘确实气晕了。温雷接到母亲要他回去的电话，便猜测母亲一定是要说父亲的事情。父亲离家出走了五天，没跟母亲打招呼，只是在第二天给他打了电话说他出门办事了。当时温萍和温芬也着急坏了，直到温雷给他们电话后才安下心来。她们姐妹知道母亲肯定因为这件事气坏了。温雷安慰说，妈，我爸这是在气头上，过一段时间就好了。徐冬娘说，他竟然要扬起巴掌打我，狼心狗肺的，妈不是一心为了这个家吗？温雷给徐冬娘端了杯热茶，香气缭绕，说，妈，爸也是为了这个家，没有他，就没有今天这个家业。徐冬娘把杯子放回桌上，没喝，说，你还向着他。温芬说，我哥没有只向着谁，妈，说句实话，那天你是不该拿奶奶说事的，你都晓得我爸最不愿意让人家说奶奶。温芬是事后才从哥哥温雷那里知道这回事的。徐冬娘说，我今天叫你们回来，你们就是这样跟妈说话的？好、好、好，既然他全是为了这个家好的，那我说错他了，错怪他了，你们赶紧回去吧。别说了，别再说了！

温雷说，妈你说得有道理，我爸自从那年回了趟老家的老围以后，他的心神就好像走了，老想着老围的事情，吃睡不宁的样子，这样下去怎么好呢？怎么办？

徐冬娘说，有什么怎么办的，老围又不是我们一家的，是全围人的，要保护老围，也要全围人一块来。全围的人都搬走了，都不要老围了，我看他是吃错药了，还把老围当心肝宝贝！那么大的老围，看管起来，要下多大的力气？花多少钱？无底洞啊！老糊涂！没药医！

温雷说，但老围再这么下去就会废掉的。徐冬娘说，废掉也没办法，管它！又不是我们一家的事情。温萍说，没了便可惜了。温芬也说，那以后就回不了乡下老家了，那真就像书上说的，我们变成了没有故乡的城里人。徐冬娘的气焰也下来了，说我也不想老围废了，但再怎么样，也不能光靠我们家。听说，老围搬出去的，都不回去了，门全锁着，锁都锈死了。上次，顺生主任来我们家坐，说了老围的情况。也就是那次他听了以后，就像着了魔似的，这个该死的温顺生！

温雷说，给我爸事干，让他转移转移注意力。温萍说，对。徐冬娘说，他干什么都好，别让他老想着老围的事。温雷说，我看这样，交回一间学校给他管理，别让人闲着。温芬说，本来就是嘛，爸才五十出头，怎么退二线了呢。温雷说，是爸硬要把担子压给我的，我都累死了。温萍说，爸还正当时，不能退下来，退下来闲住了，反而多事，爸一多事，我们就事多。这话说生动了，温雷差点笑出声来。温雷说，那这样吧，让爸打理一间学校，他回来了，我跟他说。徐冬娘说，你就坚决说，你忙不过来，你又不是孙猴子，有三头六臂！温芬问，万一爸不同意呢？徐冬娘说，他不同意，你就发狠话，学校不办了！没钱，看他怎么有闲心去看护老围。没钱，看他能跳多高！

徐冬娘让温雷和温萍先回去，把温芬留下。徐冬娘关上门，说你载我去温仙姑家。温仙姑也是温家围人，嫁到别个村，前几年跟着在省城做生意的儿子，搬到省城安家，跟徐冬娘住得不远，在附近的一个住宅小区。温仙姑其实不叫温仙姑，真名叫温仙英。温家围里用娘、英、花这三个字给女孩命名的不少。这三个字依次把代际区分开来。名字里面有“娘”字的往往是二十世纪四十年代出生的，也有一些是五十年代的，而带“英”的则是五十年代的，至于“花”，可能是六十年代的了。因为温仙英学会了“落神”（做法术），前村后寨的人便叫她仙姑。久而久之，反而忘了她的真名仙英。有一次去菜市场买菜，徐冬娘无意中碰到温仙姑。他乡遇故知，两人惊喜得手牵着手半天不放。徐冬娘的三个孩子小时候生病，没少去找她“落神”。也怪，照着温仙姑神神秘秘的法子去做了，孩子的病竟然好得七七八八。她从不给人开药，病人也不用去给她把脉看病。只要把他的衣服拿来给她，并告诉她病人的生辰八字。温仙姑用一块黑色的布把房间隔开，“问神”的人候在外面，等到轮着了，才能进去。一个一个来，不能急，不能乱，静静地等。

温仙姑闭着双眼，在晕黄的灯光下，对着衣服叨念。叽里咕噜，听不清说什么，然后用手蘸了米汁水（洗过米的水），弹洒衣服。她还会画符，一张不大的纸，淡黄色的，有些古旧，并叮嘱一定要让病人把这张她画的符随身装在口袋里两三天。魂魄散了的，或丢了的，叫温仙姑这么一“落神”，便能把他的魂魄叫回来，又重新变回正常人。

温仙姑很忙，常常忘了吃饭。在给人家“落神”、从里面出来后，像梦游了一番，甩甩头，抹抹脸，揉揉眼，才回到现实来。

温芬说，妈，你去找温仙姑干什么？

徐冬娘说，让仙姑把你爸的魂魄叫回来，别丢在老围了。你小时候得病，没少叫仙姑给你“落神”。

徐冬娘的包里装着温尚文的睡衣，听说睡衣比其他衣服还要灵验。

温芬偷偷地笑。她想，仙姑真能把我爸的魂喊回来吗？

在去仙姑家的路上，徐冬娘说，不能告诉你姐和你哥，更不能告诉你爸，这事就我们俩知道。

第二十章

温尚文和温顺生去县城找民协的刘主席，还是像往常一样去刘主席的家里找。

刘主席说，温家围已是“省字号”的了，下一步要把“国字号”的金字招牌拿回来。他说的“国字号”是指中国古村落的称号。温顺生说，这么大的事，还有劳刘主席出大力。刘主席说，出大力的是温老板，这次拿“省字号”的牌子，温老板出了大力了。温尚文摆了摆手，说不成敬意，我是老围的人，应该的。拿“国字号”牌子，主席你说要我办什么，我全心全意尽心尽力照办，一定。刘主席给温尚文、温顺生递烟。他说，顺生主任，有温老板的鼎力支持，是温家围的福，更是你村里的福，当然，也是我们县里的好事，如果温家围评上“国字号”的称号，听说不只是在你们村、在你们镇，就是在我们县也算第一个。温顺生说，那温家围就真要出大名啦！

刘主席掏出一份材料，说这是严梅红老师写的。上次评省级古村落的时候，专家们看了这份材料，都夸奖说写得很好。严老师还谦虚地说，不是她写得好，而是温家围确实好。刘主席翻了翻手中的材料，问温老板，你看了严老师这份材料吗？温尚文说，没有，我哪有你的眼福。刘主席说，当时你忙里忙外的，哪有工夫看，你看看，也许你们在温家围生活了几十年甚至一辈子的人，都不一定很好地了解你们的温家围。看了，就知道你们住在温家围有多幸运，所以这次冲“国字号”，我对温家围非常有信心！

温尚文认真地翻阅起来。一会儿，他便被这段文字吸引住了，眼睛瞪得又大又圆。这段文字这样写道：温家围是客家围龙屋最精彩的代表作。客家围龙屋是客家精神和客家文化凝固的史诗；走进温家围，像穿越了客家悠久的历史；从温家围的建筑方式和形式，到温家围丰富的社会和文化内涵，无不凝聚着中原的传统文化；温家围是一部“夯土的史书”，是一座中原传统文化的宝库，很具研究和观光价值；温家围靠山面水，背阴向阳，强调人与自然的和谐，自然美与人文美的统一，住在围屋里，很舒畅；温家围规模宏大，八横四围，像一个很大的城堡，温家围的布局严谨，以祖祠为中心进行布局，彰显了“聚族而居”的思想；温家围功能完备，集生产、生活、文化、教育和防御等功能于一身，比如围屋内有风车、砻、碓、磨等工具。有公共水井，公共厕所，有学堂、花园、戏台、围墙，还建有碉楼；温家围的内涵丰富，外刚内柔，外武内文；祠堂里有功名碑，祠中有楹联，雕刻在石柱上；围屋那副堂联“家声不坠唯端品，壮志欲酬必读书”，充分展现了温家围世代崇尚读书的追求……

温尚文坐不住了，说主任、主任老哥，你看，你看看严老师是怎么写的。不只是我不知道我们老围的这些知识，你当村主任的，我敢说也不一定知道，即使知道，也可能像我一样知道一鳞半爪，一知半解！

温顺生赶忙凑上前去，脑袋都快碰着温尚文的脑袋了。

刘主席坐在一旁，抽烟，喝茶，欣赏他们在认真翻阅材料。温尚文看了老半天，看了又看，抑制不住兴奋，说给严老师这些专家这么一研究，温家围拿“国字号”的牌子，底气足了。

温尚文很高兴，他当着温顺生的面，给了刘主席一个信袋，鼓鼓胀胀的，说专家们说不定哪天找到你，叫你陪他们去研究温家围，你代顺生主任和我陪他们吧，拜托了。温顺生说，就是，就是，尚文老板的事业大着呢，村里有什么事我也找他要，不找他找谁去。他是从我们老围出去的最厉害的大老板。

刘主席说温家围评上省级古村落后，我向县有关单位汇报，他们又向县领导汇报。县领导已表态，申报“国级”是县里的大事，并要求县民协一定要全力以赴。

回来的路上，温顺生说，县民协比村里还差劲，村里的事有时上面还给点经费，民协一点没有。温尚文说，老围的事还要麻烦刘主席。温顺生望着车窗外没接话，窗外那一座座青山飞快地后退，仿佛在向他挥手告别似的。他在想：你这个尚文老板，也不给我三几万的，村里也要请上面来的人，自从评了省级古村落后，时不时有人来参观，有些还推不了，一定要他来陪，陪来陪去，弄不好就得请他们吃饭，村里哪有钱接待他们。

温尚文问，村主任老哥，你看老围评上“国级”能成吗？温顺生还是望着车窗外说，你尚文大老板想办的事没有办不成的。温尚文说，老围是块宝，不是说我能办就能办成的。温顺生说，我是说你有眼光，有眼光又能办事。温尚文说，老哥你当村主任都当出经验来了。温顺生把眼光从车窗外收回来，说，你别表扬，哎，我想向你提个要求，本不该说的。温尚文握着方向盘，车在平稳地行驶，温尚文说，你说，你说。温顺生说，以前老围的大门一锁，没什么事，现在好了，去看的人多了，有些人，特别是有些小孩不讲究卫生，扔卫生纸，扔塑料袋，扔吃剩东西的，老围的垃圾就多起来了，隔三岔五叫人帮忙收扫垃圾，但终究不是办法，可村里又拿不出钱来请人打扫卫生。温尚文说，哦，没想到。温顺生说，老围的事本是村里的事，但村里还有很多事要办要花钱，再说村里还有其他老围，再说我又是老围出来的人……温尚文说，知道了，老围雇请人打扫卫生的费用暂时由我来出吧。你看，要多少？温顺生想了想说，能否先给三几万。我真不好意思开口的，村里确实穷得叮当响。老围如果没有你，评不上省级，更别提申报评国级了。温尚文说，我们老围的人一块来出力，老围今后的事你当村主任的更要多花些心思。这样吧，五万。

温顺生没想到温尚文一开口给了那么多，远远超出了预期，心里乐开了花，说，老围出去的，要是多几个像你这样的就好了。

温尚文说，先别夸我，还有很多很多的事要做呢。温顺生说，老围的风水好，会保佑你尚文大老板的。温尚文呵呵地笑，说你怎么也信风水啊！温顺生说，严老师在材料里不也是这样写的吗？两人便笑开了。笑声飘洒在路上，像闪闪发光的阳光。

温尚文望着前方，车行驶在县城往温家围的公路上，满眼的青山。温尚文问，顺生哥，你还记得严老师吗？温尚文问这个问题，温顺生觉得奇怪，跟严老师见过两次，吃过一次饭，还是在他的家里吃的，喝了不少娘酒。温顺生说，怎么不记得呢？架一副金边眼镜，笑起来露酒窝。温尚文说，你还观察得挺仔细的。温顺生说，我是老土，干的是基层得不能再基层的工作，很少看见这样的知识女性，不好意思就多看了几眼。尚文大老板，莫不你还没看清楚啊！温尚文微笑着。一会儿后，温尚文说，这位严老师就是不简单，你看她把我们的老围研究出那么多宝贝来，老围要是评上“国级”了，有她的功劳。温顺生说，你是大老板，评上了你想怎么感谢她？村里没这个能力，本来应该要由村里来感谢的。温尚文问，你说呢？温顺生说，我怎么晓得你想怎么谢她。温尚文说，刚才刘主席不是跟我们说了，他说是严老师的点子，为了扩大老围的影响，建议搞两个活动，一个是摄影比赛，邀请摄影家来老围，拍老围的照片，然后评比，把得奖的照片挂出来让人欣赏；另一个是征文比赛，请一批文人墨客来老围采风，把采风写出来的好文章结个集子出版，并从获奖作品里挑出十几首诗歌，搞一场诗歌朗诵会，这样一来，老围的名声就大了，对老围评“国级”有帮助。宣传宣传，能看能听就是宣传。温顺生说，严老师的眼镜不是白戴的，但估计两个活动的费用不少啊！

温尚文说，我已跟刘主席说了，劳他去办，聘请严老师为两场活动的顾问，也是对严老师出的好点子的回应，也算是给她的一种感谢吧。温顺生“哇”的一声，说你这也是感谢啊。温尚文问，那要怎么感谢？办两场活动的费用由我来负责。温顺生问，又是你来呀？他看了看温尚文，又对着车镜望了望自己，说不是你尚文老板来，又谁来负责呢？我来不了，刘主席来不了，其他人不会说由他来。温顺生边说边摇头苦笑。

温尚文说，这点费用，我还是有办法的。

温顺生说，像你这样的老板，老围就要好好保佑你。温尚文说，更要保佑的是你，村主任好了，村里就好了，老围就好了。温顺生像被烫疼痛似的立马说，保佑我有鬼用，连打扫老围的卫生费都没能力解决。

两场活动都办得有声有色。

诗歌朗诵会在温家围的门坪进行。夜幕下，灯影里的温家围，散发着古香古色的神韵。省、市、县来了一批专家和作家。严梅红也来了，而且很讲究地来参加朗诵会，她的服饰和发型都与朗诵会的氛围很匹配。主持人知道这次活动的经费全部是由温尚文资助的，很受感动，精心挑选了其中一首获奖诗歌，请他朗诵。温尚文既意外又惊喜，他动情地走上台朗诵：

温家围，梦中的家园
作者：甄情深

温家围
你像艺术大师
在青山绿水间画了又大又美的圆
这个圆啊，很特别
依山面水，背阴朝阳
里面有水井、禾坪、半月形的池塘和“照墙”
有布局讲究的房屋、龙厅、祖祠、戏台和学堂
多像一首诗啊
长长短短，平平仄仄
你就是立体的诗歌
你是夯土的史诗

你是客家人一部南迁历史的写照
一次，一次，一次，一次，一次
向南，向南，向南，向南，向南
最后扎根在这里

你是数百年来许多人的汗水和智慧的结晶
像构筑一个伟大而神奇的梦想
你锲而不舍终将梦圆

你宁静，但又热闹
古朴，且又厚重
你舒适，而又养心
你是一个很大很大的世界
装着一代又一代人的
喜乐与忧愁
生活与日子

游子走啊走
但最终啊，走不出对你的挂念

温尚文朗诵到最后两句——“游子走啊走，但最终啊，走不出对你的挂念”，禁不住热泪盈眶。听众们报以热烈的掌声，掌声久久回荡在温家围的上空。

温尚文回到座位，相邻而坐的严梅红握了握他的手。温尚文说，不好意思。严梅红说，你感动了我。温尚文说，几十年没有这样读诗了，还是以前在老家当民办老师给学生上课时读过诗。严梅红说，这首诗写到你的心里去了，我虽然不是温家围人，但也写到我的心窝里了。

第二十一章

温尚文的女儿温芬在电话里说，妈，我爸上报纸、上电视了。徐冬娘问，你爸，上电视？温芬说，我刚看了报纸，上电视是听人家讲的。徐冬娘不做饭了，干脆把煤气熄掉，问什么事情上报纸的？温芬说，他在老围搞诗歌朗诵，他还诵了呢。报上说，他都诵哭了。徐冬娘愣了下，问他犯傻呀，老大不小了还哭，很多人看见吗？温芬说，当然很多人在看着他诵哭的。徐冬娘哇的一声惊叫，说他真是傻到家，太丢人了！温芬问，我爸这段时间都在家吗。徐冬娘把围巾拦腰扯下，甩在地上，说他都不要这个家了，老想着往老围跑。温芬说，我爸以前教过书，难怪他诵诗诵哭，莫不他又回想起以前教书的时候。

徐冬娘说，你也傻，别讲这些糗事。他的魂真是让老围勾走了。温芬嘻嘻地笑，说你不是去仙姑那里叫她“落神”了吗？徐冬娘说，这个死仙姑，她说进城后她就不“落神”了，怕儿子儿媳不愿意，她说在城里的套房里找不着调，神也老不上她的身，不像在乡下。温芬说，那那天我载你去不是白跑了？徐冬娘说，后来，我见她家里没有其他人，便求她给我“落神”。她犹豫了半天，我塞给她五百块，她神秘地把我叫到她房间，关上门，便偷偷给我“落神”。温芬说，仙姑落了神，怎么我爸还在想着要回老围？不灵了？徐冬娘生气了，提高嗓门说，鬼晓得，真不会是像这个死仙姑说的那样，她进了城，“落神”就失灵了？

温芬哈哈哈地大笑，笑了老半天后说，妈，我知道了。徐冬娘说，臭丫头，你知道什么鬼？温芬说，我爸又没病，你不是说生病才要“落神”喊魂的吗？徐冬娘的语气硬得像石头，说他魂魄丢了，还不是病？生的是大病，无药可医！温芬又忍不住大笑起来，说，妈，我做饭去，都快十二点了。

徐冬娘从厨房出来，心烦意乱，从茶几桌下面的抽屉里找出电话号码本，边叨念儿子温雷的手机号码，边在打电话，急促地说，阿雷，你吃完午饭过来，有事问你。温雷问，有什么急事？能电话里说吗？下午我要出去办事。徐冬娘说，你爸上报纸、上电视的事，你知道吗？温雷说，上午我听温芬说了。徐冬娘说，你看你看，你爸的魂真是丢在老围了。温雷说，我爸毕竟从小到大生活在老围，感情深。徐冬娘说，我看他越老越糊涂，别人都不要老围，他还跟捡到金元宝似的。我不也在老围过了十多年吗？你们不也是长到好大了才搬走的吗？谁不是？走了就走了，还回去喝西北风啊？真是一个大傻瓜。温雷说，我爸他愿意回去，就回去看嘛，反正学校的事暂时我管着。徐冬娘的心火突突突上来了，说，听说他还为老围的事花了一大笔钱，全是捐出去打水漂的！温雷紧张了，声音发紧，问谁说的，捐出多少钱？温雷也曾听过这方面的传闻。徐冬娘听到温雷的声音因为紧张而有些走样，情绪反而平和了，说老家的人来省城走亲戚，都夸奖你爸，夸他钱多大方，什么时候捐了多少，老围的什么事又捐出多少。温雷赶忙问，到底捐了多少？徐冬娘说，他的钱又没交给我看管。温雷说，没跟你说吗？徐冬娘的火气又上来了，说，你不是看见了吗？上次我只说他几句，他就……温雷不想听见母亲说出下面可能会说出来的话，抢白道，妈，你也是，什么不能说，扯出奶奶来说。徐冬娘说，怪了，怎么你跟你姐你妹说话一个调？我看再这么下去，我们这个家早晚会倾家荡产的。

温雷说，快想想办法，让他收收心。徐冬娘问，你知道他有多少私房钱吗？温雷说，我怎么知道？你做老婆的都不知道。温雷急了，急得口不择言。徐冬娘问，他动用了你学校的钱了吗？温雷说，这个倒没有。徐冬娘悬着的心咚地落了下来，踏实了，声音也回归正常，说，说不定接下来他就要向你要，咳，这个大傻瓜！

徐冬娘跟温雷通了电话后，暂时安宁了一下子，但过不了多久她又坐立不安，吃睡不宁。她草草地吃了晚饭，给大女儿温萍打电话。徐冬娘说，萍啊，你爸最听你的，你说怎么办？温萍说，我爸又不是三岁小孩子，他做事有分寸的。徐冬娘说，你看，他像有分寸的人吗？这段来，老往老围跑，几百公里的路，也不嫌累。温萍说，我们家原来一穷二白的，不是靠他领着我们全家拼出来了吗？慢慢地才有了今天。他没分寸，能这样？徐冬娘说，好、好、好，他有分寸，我没分寸。我看他都老糊涂了。总之你要多劝劝他，叫他悬崖勒马，回头是岸，再这么下去，我们受不了，要不，让你弟一次给他多少钱养老，今后就别再想要家里的财产，免得他把家里的钱用光。没钱了，看他还怎么往老围跑得勤快！温萍差点笑出声来，没文化的母亲竟然会随口来“悬崖勒马”“回头是岸”的词，可能是心急之下脑瓜里存着的从电视里看来的词蹦跳了出来。温萍说，我爸还不老，别老说养老的事。徐冬娘问，你记住了我刚才跟你说的话吗？温萍说，你看我不是记住了？

徐冬娘洗着澡，突然想到村主任温顺生，立即把大半桶水往身上倒，哗哗啦啦，快把卫生间响炸。她快速地抹干身体，快速穿上衣服，冲出卫生间，急忙从茶几下的抽屉找出电话号码本。温顺生来她家做客时，曾给她留过手机号码。徐冬娘问，顺生主任，尚文他这段时间有找你吗？温顺生在检查孙子的作业，说有呀，为老围的事。没想到尚文大老板那么忙，还对老围的事那么上心，弄得我也跟着忙，有时村里的其他事都顾不上了。徐冬娘说，他办老围的事捐了好多钱，够热心的。温顺生正被孙子的作业弄得晕头转向，六年级的数学真不好对付。他没多想徐冬娘的话，说，是啊，没有他，老围的事办不下去，感谢你们家。徐冬娘忍着生气，说，也就是一点心意。温顺生说，还一点心意，不少了，你家的尚文大老板虽然没有说已捐了多少，但我估摸一下前后那么多次加起来不下八十万了吧。感谢你们家。徐冬娘立马圆了嘴，瞪大眼珠，半天说不出话。温顺生问，手机信号不好吗？徐冬娘才回过神来，说，是，嗯，对，信号不太好。说完便中断了通话。

第二十二章

再过三个月专家们就要来了，但温家围一些保护修缮工作急着要做。严梅红一再提示刘主席、温顺生、温尚文，并强调说这是专家们的意见，不然对今后申报“国级”会受到影响。

老围的第二围有间房屋倒塌；第三围有两间也坏了，一间的房顶垮了，瓦砾遍地，屋梁歪倒，一间的后墙倒了一半。专家们建议，要尽快按原貌修复。前阵子刮了一阵台风，大风大雨狂袭了一天两夜，第三围的这两间房屋屋漏偏逢连夜雨，损坏更严重，还牵连了相邻的房子。台风过后的第二天，温尚文急切地从省城赶回老围，像关心自己的孩子似的牵挂着老围。他叫温顺生仔细查看老围，当看到这几间房屋受损严重时，温尚文边骂台风边叹气。温顺生说是不是让房屋主人回来修。温尚文没说话，点了点头。一会儿他问，能找到房屋的主人吗？温顺生说，好像这十多年屋主没有回来过，第二围的那间有人说是温木材家的，第三围那两间，一间是温水生家的，一间是温火生家的。温尚文问，他们家搬到哪里去了？不在镇里，在县里吗？温顺生说，听说都不在镇里、县里，要找的话得费好大的劲。

看了老围后，温尚文和温顺生到县城找刘主席，商量迎接评“国级”的事。听了温尚文和温顺生说了温家围台风影响后的状况，刘主席急了，说那得赶忙把倒塌的房屋修好，而且要让懂行的专家来指导修缮，上次那位姓尚的老专家一再这么说。严老师也说一定要按专家的意见来修。不然的话，房子是修好了，但修坏了，与整座围屋的面貌不一致。温顺生说，好在才三间，修起来时间还来得及，估计用不了一个月的时间。问题是，修的钱谁出？刘主席说，当然由屋主来出。温顺生说，一时半会儿找不到他们啊。刘主席说，想方设法尽快找，这半个月内就要找到，再迟来不及了。温顺生说，我会叫人分头找，但万一找不到了呢？温尚文说，万一这样，我出钱修吧。温尚文想，你这个村主任只会说“万一”。刘主席说，主任，主任你看，你看，人家尚文大老板。温顺生说，他是我们老围出去的最大老板，没有他，老围这些好事就难办，办不成了。听了温顺生的话，刘主席心里也不是好滋味，温顺生的话，话里有话。

温尚文说，别瞎说，谁说我是老围出去的最大老板，大老板多着呢，听说去东莞的温南风、深圳的温财生家业大着呢。刘主席说，难怪说你们温家围的风水好嘛。除了他们，应该还有大大小小的老板和各方面的人才吧。温顺生说，我跟尚文老板商量了，这次评“国级”要筹集一笔费用，除维修那三间坏掉的房屋外，还要将老围内内外外有些破损的地方请专家来指导着修，为尽地主之谊，要热情接待前来指导的专家。“国级”申报成功了，还要好好热闹一番，请所有从老围出去的人，每家都派人来参加挂牌仪式。在老围摆几十甚至上百台宴席，庆贺庆贺！

刘主席没想到他们心中已有一套工作安排，说，好啊！你们思路清，想法好！温顺生说，老实说我在老围住了半辈子，都不知道珍惜老围，专家们说后，我被惊着了！刘主席说，找人，筹钱，工作量很大，能来得及吗？温尚文说，已经叫人去找了，兵分几路，这次难得找人，借这次难得的机会，到时我们要把所有的屋主的姓名保存起来，搞个通讯录。温顺生说，村里没有钱，找人的费用也是由尚文老板捐助的。刘主席对温顺生说，你呀，你呀，真是幸福了。温顺生说，尚文大老板就是我们老围人的幸福。温尚文说，说反了，老围是我们老围人的幸福，我们都是老围的孩子。

倒塌的三间房屋的屋主找到了两位。第二围的那间没有找到。有人说这家搬到外省，有人说那家代代单传，传来传去传没了，又有人说不是传没了，是传着传着传没了男丁，只有女的，女的嫁了，嫁到了外省。第三围的那两间屋主呢，一个在吉市做小生意，一个在普市的农村。他们都明确表态，不修了，修了又怎样呢，反正不回去了，破房子我们也不要了，你们要修就修吧。那户在普市农村的，还说得不好听，说老围又没保佑我们家，保佑我们发财，不修了，不修了，别浪费钱！

找人的工作还算是取得了成效，两百多户的屋主找到了一百九十五户。这项工作是海量。分成三组分头去找人，每组两个人，前后找了一个多月，跨了四个省，行程难于统计，花了十多万元，不单要车票钱，还要吃和住。

通讯录印制出来后，温顺生拿着小本的通讯录，幽默地说，这是尚文老板花十万元换来的。温尚文说，哪能这么说呢？不能用钱来衡量的。温顺生说，没有你捐的这笔钱，能有这个本子吗？本子出来了，还要寄给他们呢，再贴进邮寄费。温尚文说，等申报“国级”成功举行挂牌仪式，他们回来聚餐时，再发给他们吧。温顺生说，这样也好，没来的，才寄，省点力，省点邮资。温顺生说，这次找人，基本摸清了老围出去的人的情况，当官的，做生意的，打工的，干农活的，县内的，省内的，省外的。温尚文笑眯眯地说，找个时间，那两组出去找人的好好坐下来，吃顿饭，仔细说说这方面的经过，我们的老围，就是大啊。温顺生也笑盈盈的，说还筹到了一笔钱，大多是捐资一百、两百或一千八百，有七八位老板捐得多一些，但也有三千五千的，最多的捐了一万元，叫温南风，在吉市开了间大型的沐足中心。这些捐资合起来，虽然不多，不足十万，但也算有收获。温尚文说，不错，不错，已经很不错啦。温顺生说，还没你一次捐得多，抵不上你捐的十万元路费呢。亏了！老围如果评上“国级”，这笔钱挂牌时办几十张台吃一顿，可能勉强够用，可老围修缮的费用还差一大笔钱，还有那三间倒掉的房子要修。

温尚文想了想，说我想想办法吧。

这段时间，温尚文一直在思考怎么找钱的事情。正在发愁的时候，温顺生给他来电话，说，尚文老板你为老围的事已出了不少钱，我本想尽力筹一些钱修老围的，但我的能力实在太小。温尚文说，你是村主任，我是你的村民呢，你能力还小？温顺生说，别拿我开涮了，哪里是官，比家长还不如，我给镇里反映了老围要修的事，镇长说镇里实在拿不出钱，我说干了口水，他最后表态给两千元。他还说镇里有许多老围要修，如果全都向镇里要钱维修的话，我这个镇长就得把锅头挂起来，揭不开锅了，念在温家围是全镇最大的老围，又评上了“省级古村落”，就表示一下吧。我出门的时候，镇长一再叮嘱，这事千万别传出去。温尚文说，难为你了。温顺生说，我这个村官只值两千元，能力比蚂蚁还小！嘻嘻，我算个鸟毛官！温尚文说，记得你当过老师的，说话别动粗口。温顺生苦笑说，都是给这个村主任给当粗俗的，哪像你做大老板的，越做越斯文。温尚文哈哈地笑。

温顺生等温尚文笑完，说刘主席刚才给我来电话说，他也把修老围的事向文联反映，文联又向县领导汇报，最后县领导表示财政拨两万块。县领导说希望你们能理解，县里的财政是吃饭财政，心有余力不足，温家围要冲“国级”，财政再怎么困难也得支持，县领导还要求修的时候，一定要听专家的话，请专家指导，不然修走形了，那就等于拿钱办了坏事。

温尚文哦哦哦地应着，一时找不到合适的话。温顺生说，刘主席说他尽力了，他说他没用，让你们笑话了，希望你能理解。温尚文哦哦哦地应着，心里在想：你要我理解，刘主席要我理解，谁来理解我？

怎么办呢？温顺生和刘主席只争取了两万两千元。这点钱能修什么？略略动一下土，就不止这笔钱。温顺生说，我还有话向你汇报。温尚文说，向我汇报，我又不是镇长，你糊涂了。温顺生说，老围的事你出力大，我便向你汇报，镇长才给两千块，我怎么会糊涂。前天，有位做建筑的包工头来我家坐，我跟他聊起老围要修的事，还带他去看了，叫他估算估算修的价钱，他看得仔细，看得实在，一五一十认真地算了算，他说少说也得一百万。温尚文说，我想应该也要过这个数。温顺生说，你先别误会，我只是让他看，让他算，没承诺叫他来修，我没这个资格和权力。温尚文说，你怎么没这个权力和资格，你是村主任，不过要请专家指导着修，修得好，谁修都一样。温顺生说，既然要那么一大笔钱来修，我看算了吧，别修了。温尚文说，你这个村主任，怎么能讲泄气的话！温顺生说，我心疼你累，老围就算评上“国级”了又如何呢？还不是一样在那里吹风。温尚文说，如果真拿了金字招牌就不一样了，以后的事再好好筹划。不修是评不上“国级”的，专家都这么说了，严老师也说了。这个时候千万别动摇军心，不能泄气。温顺生说，好吧，我不泄气，你吹，使劲地吹着，我鼓着，鼓得像只又圆又大的皮球。温尚文被逗笑了，说你就这么鼓鼓胀胀吧。

温顺生突然说，哎，哎，碧玉，别爆了，快快把火拧小点。温尚文问，怎么啦？温顺生自个儿先笑了起来，说不好意思，高压煲正煲着粥，气咝咝在叫。温尚文笑出了眼泪，说奇怪，你说话没头没尾的，你老婆怎么会爆了，吓死人。哈，哈，哈……温尚文笑够了，缓过气来问，你晚上喝粥？温顺生说，习惯了。温尚文问，要你来煲？温顺生说，她在洗菜，水声哗哗，听见了吗？

温尚文从温家围回来后，吃不好睡不香，维修老围和那三间倒塌的房子的重建需要好大一笔钱，这笔钱怎么办呢？徐冬娘不跟他说话，上次的事情，她心里还存留着怨气。这段日子来，温尚文往老围跑得比以前更勤，而且一回老围就是好几天。徐冬娘心里的气一点一点在积攒。老仇未报又添新恨，觉得快气爆炸了。温尚文反而柔和下来，不跟徐冬娘闹别扭，主动跟她搭话，有时问，温雷这段有回来么？有时问，东东和南南最近的学习成绩怎么样？徐冬娘爱理不理，爱答不答的。温尚文也不计较，好像也不太在乎她的回应，只是问问而已，只是为化解尴尬的气氛，只是表明自己对她的态度。徐冬娘有时候会淡淡地回应，边走进厨房边答，好像要走着才能回答似的。温尚文呢，边听边离开饭桌，去客厅泡茶。

晚上，温尚文躺在床上，想：好在分居了，不然两个人没话，睡在一起难受啊！

睡不着时，旁边没有徐冬娘，他反而更理性，换了位想：徐冬娘上次那样生气也是有她的道理，不只她，从老围出去的人，很多都是像她这么想的。老围空就空吧，还保护它干吗，反正都不回去住的了。这次找人，听出去找人的回来说，好多人都是这么想的。当然也有人像自己一样的，对老围怀有感情，捐了钱，但老围即便申报“国级”成功了，以后怎么办呢？不会因为评上“国级”了，他们就会重新回到老围里生活的，不会的。

温尚文起来喝了口水，重新躺下，还是睡不着，这笔钱怎么办呢？总不能放弃不修了。不能，不能的。他们不要老围是他们的想法，但自己不能不管老围。老围没有了，自己的过去找不到了，父亲再也找不到家了。再说，严老师和专家都说老围是祖宗们留下来的宝！老围更值得保护起来，不然愧对了祖先。

温尚文盘算了下自己的私房钱。温尚文和他的儿子温雷像机关工作者一样领工资，他们领的是自己家办的公司的工资。定工资标准的时候，温尚文说，我一万，温雷你也一样，一万。温雷不敢要，说怎么敢拿跟爸你一样多，我八千吧。就这么定了下来，以后每月他们就领这么多。温尚文一万，温雷八千。温尚文有一笔一百八十万的私房钱。那年小女儿温芬出嫁了，他把儿子温雷叫来，就父子俩商量这件事情。在公司的办公室，温雷进了办公室后，温尚文把门关上。温雷意识到有重要的事情了。

温尚文说，雷啊，跟你商量个事。温雷下意识地看了下被关上的门，又看了下父亲给自己泡好的那杯放在面前的茶，赶忙说，爸，不用商量，你说了算。温尚文说，不能我一个人说了算，今天不叫你妈和你姐、你妹来，就我们父子俩。这件事，也没必要说给她们听。我就你一个儿子，按照祖先传下来的说法，你是我们家传下去的香火。嫁出去的女儿泼出去的水，这话虽不好听，但祖先就是这么说的。家业传男不传女。温雷小心翼翼地、恭恭敬敬地听着，想：父亲说了老半天，到底是什么事呢？

温尚文说，家业今后虽然是你的，但你姐和你妹也得分一些，她们是你的亲姐、亲妹嘛。我看就一次性分给她们姐妹吧，作为你妹的嫁妆钱。你姐呢，补给她。你看这样好吗？温雷小小心心地给温尚文端了杯热茶，茶香缭绕，说，爸，我听你的，家业是你一手打拼下来的。温尚文呷了口茶，顿了下，又呷了一口，说那就这样吧，拿出一笔钱来分成四份，你姐和你妹一人一百五十万，我们父子俩每人一百八十万，比她们多三十万，算作个人的私房钱吧，想怎么花就怎么花，这件事不用告诉你老婆，也不能告诉你妈，我也会提醒你姐和你妹，这是我们四个人的事，不要说给其他人知道——没必要，说了，反而会惹是生非。温尚文说完笑了笑，说就算是我们四个人的“小秘密”吧。

温雷仔细地听着，几乎快竖起两只耳朵了，觉得这件事有点意外，但又有些窃喜，自己也有一百八十万的私房钱。他仰望着温尚文，想：父亲真是不简单的人，他的内心世界丰富到自己想象不了。

温尚文说，我知道，公司正在扩建学校，等着用钱。但再怎么样，也得给你姐和你妹分一点家财吧。温雷说，爸，你说得对，她们是我的亲姐、亲妹，也是你和妈的孩子。温尚文说，为什么给她们一人一百五十万呢？因为省城的房子贵，一套一百平方米的都要一百多万。就算给她们买房买车的钱吧，安居才能乐业，房有了车有了，其他的事便小了。温雷说，爸，你真是想得周全，我们做你的孩子，都享你的福了。

温尚文说，不过，我们父子俩还有另一个“小秘密”，我们每人比她们多三十万，也不可以说给她们知道，只能说是一样的，每人都一百五十万。

温雷乐了，像小孩子玩游戏玩结束了，放松而开心，说我们父子俩比她们又多一个“小秘密”了。

温尚文说，男人嘛！然后，两人哈哈大笑。

捐了那么多次钱办老围的事，花去了不少私房钱。温尚文的私房钱已剩下不多了，即使全部花光，也不够修缮老围和那三间倒掉的房子。

温尚文睡不着觉，尿意便趁机上来。他软塌塌地从房间出来，瞄了眼那边的主人房。主人房二十多平米，配套有卫生间，本来是他们夫妻的卧室，分居后他主动搬了出去。因为是自己提出来分开睡的。分居的第一夜，徐冬娘因为生气，甩门搬到别的房间，第二晚温尚文把她的东西抱回来，也不说话，很严肃的样子。他自己搬离主人房。徐冬娘也不阻止他这样做，心里反而很高兴很解气，想：自己不能示弱！温尚文你要这样装风度，我徐冬娘巴不得呢！如今主人房不属于他了，他走进公用的卫生间，连门都没关上。借着卫生间的灯光，他看了下手表。已是凌晨两点了。他突然想起严梅红，她在熟睡中吗？她不会跟自己一样吧？怎么可能呢，她那么有学问，那么聪明，夫妻关系肯定经营得很好。经营？他嘲笑了下自己，温尚文你什么都是说成经营，那不是经营是什么呢？人的一生都是在经营！徐冬娘跟严梅红没得比，浅薄得很，一不开心就上脸，一高兴也上脸，什么心事全在脸上，看了索然无味。因为老围的事对自己不满，见了自己成天都阴着脸，你看人家严梅红，相识那么久了，从她的脸上一点也看不出什么事来，脸上总是阳光，看了就是那么舒服。她从来不讲她家里的情况，当然自己也没有问过她。一般的女人，多多少少会说丈夫说孩子的，比如丈夫的工作，比如孩子的学习。她是知识女性，做学问的，哪里像一般的家庭主妇，鸡零狗碎的，俗死了！上次跟自己去了趟梦好古镇和美州城，就两个人，相处了两天一夜，她只字不提家庭情况。这么一比较，温尚文的头脑清醒了，尿意竟下去了，挨了一会儿，才硬把尿屙出来。

重新躺回床上，睡意便彻底没有了。睡不着，头脑便天马行空起来。倘若自己现在才二十几岁，多好啊！谈恋爱肯定不会找徐冬娘的，就算找十个也还轮不上她，哪怕找付春风一样的也好。严梅红虽不敢高攀，但也敢想想，想一想总可以的。他在黑暗中叹气，自言自语道，这样假设有什么意义呢，以前你那么穷，又是“没爹”的人，成分还不好，能娶上老婆已经烧高香了，哪有资格挑三拣四的，如今你条件好了，有钱了，见识多了，才越来越觉得徐冬娘的不好。长见识有长见识后的苦恼啊！

他还在拿妻子徐冬娘与严梅红做比较，好像思维刹不住车似的。徐冬娘像条浅浅的小溪，一目了然；而严梅红像条又宽又深的大河，里面有许多让人遐想和向往的内容。

第二十三章

也巧，温尚文昨晚想起了严梅红，第二天上午便接到她打来的电话。严梅红说，晚上请你去上回那个茶馆喝茶，我还邀了陈西东老板。温尚文说，严老师，我和陈西东正想请你的呢，但又怕你忙。严梅红说，那就不谋而合了，我还请了我杂志社的主编。温尚文说，让我受宠若惊了。严梅红说，请他来，想谈谈我们上次说的温家围出专号的事，尽快定下来。温尚文说，太好了，几点见？严梅红说，九点吧。

温尚文挂了电话，仍觉得脸红耳热。严梅红是否真的知道自己偷偷拿她与妻子徐冬娘做比较了。她又没钻进你的脑子里，怎么会知道呢？温尚文你别美了，你想多了，多想了。

温尚文进茶馆的大门时，严梅红、陈西东和一位看上去五十开外的男人已坐在那里了。茶馆的灯光不光不暗正好，音乐不急不慢，音量不大不小，正好。其实他在八点五十分就到茶馆了，但他有意挨到九点出一点才进去，在茶馆附近的一间小超市瞎逛。为什么这样呢？他认为提前了不好，准点赴约也不理想，万一自己一个人先到了呢？孤零零地一个人坐在那里就有点那个了，毕竟是严梅红邀请的，要有主有次，有先有后，不能喧宾夺主。陈西东也比严梅红慢到吧。他想。

温尚文正要进门时，手机响了。陈西东问，温大老板，到了吗？温尚文说，快了。陈西东说，我看见严梅红他们已坐在那里了。温尚文说，我就到，你先把你那位服务你的“九号”定好，别服务别人去了。

还是坐上次他们一起来喝茶的那张台。严梅红先介绍廖主编，两位老板，这位是我们杂志的主编，正的，正宗的主编，廖主编。廖主编戴着眼镜，头发有些稀和白，神情温和，五官周正，脸上的皱纹写着年龄。廖主编被严梅红这么介绍弄笑了，说什么正宗不正宗的。陈西东说，严老师感谢你让我们见到正宗的。温尚文说，荣幸，荣幸。严梅红说，有人称副主编也叫主编，他们叫我主编，我说我不是，他们说爱怎么叫是他们自己的事。廖主编说，严老师，你也真是，干吗那么认真。严梅红说，传出去，别人以为我老想夺你的位置呢。廖主编说，这位置迟早是你的，不，很快就是你的，我快退下来了。温尚文说，主编多有眼光，多有胸怀，培养接班人了。

严梅红说，这位是温尚文老板，办了两间贵族学校。温尚文跟廖主编握了手。严梅红说，这位是，还是你自己来吧，我怕说反了。陈西东说，本人姓陈，在省城打工。温尚文打断他的话说，房地产界的大老板，西东先生，目前处在单身的快乐幸福状态。陈西东也抢白温尚文说，这位温老板忙老家温家围的事，分不出精力，听说暂时选择与老婆分居。严梅红和廖主编顿时哈哈大笑。廖主编说，有你们这么互相介绍的嘛。温尚文说，你乱猜，跟忙温家围的事没有半毛钱的关系。严梅红说，你们俩看来是知心朋友，够知心的。廖主编想，自己跟老婆分居与忙杂志的事才是真正没有半毛钱的关系呢。

气氛一下子活跃了起来。

廖主编说，严老师约你们两位大老板来，我想有两个理由，一是严老师写温家围的论文拿了全国性的大奖，既是温家围的喜事，也是我们杂志社的喜事；二是谈谈出温家围专号的事情。严梅红说，我的小作能拿奖，不是我写得好，是温家围确实好。温尚文说，哇！严老师真厉害！陈老板，叫你的

“九号”上红酒，好好祝贺！陈西东说，好嘞！严梅红说，又喝酒呀。茶馆里喝酒真有你们的。陈西东说，这间茶馆好就好在这方面的特色。廖主编说，枉在省城生活了几十年，第一次见识这间茶馆。陈西东说，今晚的酒钱温老板出。温尚文说，那当然，温家围出名我高兴。廖主编说，我们杂志社来吧，买喜酒这点钱还是能出得起的。严梅红说，都别争，今晚是我邀请大家的，我来，用奖金请不是更有意义吗？下次温家围评上“国级”了，温大老板再请不迟。廖主编说，说得很有道理啊！

“九号”服务员没来，来了“八号”服务员。“八号”服务员虽然也是女的，一举一动有章有法，规规矩矩，不多也不少，很正版的，但比起“九号”来便少了生动，少了味道，说不出来但又是让人很想要的那种味道。她有板有眼轻轻地给每位斟上红酒，然后又轻轻地走了，不说话，更不会像“九号”那样夸人。“八号”好像不认识陈西东。“九号”换成了“八号”，别说陈西东不适应，温尚文也不适应。温尚文问陈西东，“九号”呢？陈西东说，走了。

严梅红和廖主编不晓得他们说的“九号”是什么意思。严梅红说，温老板，有机会你邀请廖主编去看看温家围，我跟主编说了，温家围真是了不起。

廖主编说，严老师就怎么出温家围专号的提纲和目录弄出来了，严老师对温家围的研究仔细、用心，光是温家围内的石刻、木刻、绘画和楹联上的文化内涵，她就写了篇很精彩的长文章，源远流长、博大精深的客家文化和儒家思想的精华都给她从中挖掘研究出来，比如她列举的那副祠联——“思亲忆祖光宗耀祖，教子诲孙善读勤耕”。我都让严老师笔下的温家围给迷住了。你们知道我为什么不称呼她什么，叫她老师吗？就是她的文章写得漂亮，我要好好向她学习，向老师学习。

严梅红赶忙把廖主编的话盖住，说主编你这是谦虚。

廖主编说，我实话实说。温老板我盼着你带我去温家围学习。说着敬了他一杯，说敬了，你才会记得。

陈西东说，主编，我敬你和严老师，再次隆重邀请你们莅临我老家的陈家围考察!

严梅红说，主编，你看是不是就定在下个月。别说莅临了，弄得那么高大上的，去看就是了。廖主编说，严老师，你说了算，客家围龙屋的研究我听你的，你的论文都拿了大奖啦。温尚文说，温家围出专号的事，不用商量了，我上次说了，全听严老师的。严梅红说，还是要听听你的意见，毕竟是你花钱印的，廖主编来了，当面谈谈吧。

廖主编说，听说温老板为温家围捐了不少钱，其他人没有出钱，村里、镇里、县里没给多少，让我听了很感动。今儿我表个态，杂志社就是亏本，我们也要给温家围好好出一期专号。

严梅红愕然了，温尚文动情了，陈西东愣住了。

严梅红好一会儿回不过神来，掐了一下自己，说，哦，哦——

廖主编说，谁叫你写温家围的论文得大奖，这厉害啦！你这篇大作发表在我们杂志，杂志跟着火了。温家围接下来再出个专号，杂志肯定更火！所以我们杂志社感恩温家围。

温尚文说，印专号的钱我出，再怎么样，这笔钱我还是能出得起的，谢谢你们。陈老板，你说呢?

陈西东说，是、是、是，温老板是大企业家，资产早就过亿了。我永远只可望着你的背。哦，是难望你背。

温尚文说，看、看、看，你又夸了不是？酒还没喝多少。我不是东西，你才是东西。

严梅红和廖主编笑得前仰后合。

温尚文说，让你们俩笑话了，别看我们都是知天命的老男人了，一块时也爱像小年轻一样互相掐。廖主编说，我才是十足的老男人，但找不到人来掐，苦恼啊！严梅红说，廖主编一丝不苟，一本正经，谁敢掐你。今晚喝了酒，还好点。温尚文说，有件事拜托你，严老师。老围想在近段时间找人来修缮，你帮我请个专家来指导。严梅红说，什么时候？温尚文说，越快越好。廖主编说，听严老师说只是一些小修。温尚文说，应该不用一个月能修好吧。严梅红说，这两天给你答复。廖主编问，要多少钱来修？温尚文说，叫人估算了下，大约一百万吧。廖主编便担心了，问，钱怎么来？不会又是你捐吧。温尚文笑了笑。陈西东说，哎，我外婆的外婆听说也是温家围人，我捐十万。温尚文说，这、这怎么好呢？廖主编说，陈老板不忘来路，饮水思源，吃水不忘挖井人啊！严梅红听乐了，廖主编随口这几个词连着说出来动人了。严梅红说，陈老板，你的事业一定会做得更大，温家围风水好，会保佑你顺风顺水。陈西东说，严老师你也信风水呀。严梅红说，我信。温尚文说，陈老板，我敬你，你表示一下，我满杯。

四个人边喝边聊，都忘了喝茶，只顾喝酒了。

温尚文突然站起来，眼睛盯着前面的某一处，快步走去，像被什么牵着似的。接着，严梅红也跟着温尚文，丢了魂似的。不一会儿，他们又先后回来了。陈西东觉得纳闷，侧了身附着温尚文的耳根，悄悄地问，你刚才怎么啦？不会是肚子不舒服上洗手间吧，不像。温尚文小声说，好像看见了付春风，但转眼不见了人影。陈西东偷偷地笑，说难怪，难怪，你是想她想渴了，还是看错了。严老师呢？温尚文小声说，我怎么知道。陈西东说，她尾随你，你不知道？温尚文小声说，她可能去解手吧。陈西东说，不像，不像那回事，看她的神情。

严梅红见他们小声嘀咕，心扑扑地跳，好像自己刚才反常的举动被他们觉察了似的。她转过脸，跟廖主编说话。

他们过十一点了才离开茶馆。

温尚文回到家刚要洗澡，陈西东便来电话问他，你看见严老师上洗手间了吗？温尚文没反应过来，说严老师上什么洗手间？陈西东说，装傻呀，刚才在茶馆的事。温尚文说，哦，原来那回事啊。我也觉得她不像去洗手间，不像，她去干什么呢？陈西东说，我特意向茶馆的老板娘打听了，你没看错，你的付春风小姐确实去了茶馆。温尚文说，怎么我的，别乱说。陈西东说，她刚坐下便说有急事离开了，跟一位风度翩翩的中年男人，就他们两人。听说，说有急事的是那位男士。温尚文说，哦。温尚文想，付春风不会因为偶遇了自己才离开的吧。陈西东说，那位男的偶尔也来这里喝茶，有人说是当官的，应该不会是严老师看见他了吧？温尚文问，严老师看见他？陈西东说，你今晚怎么啦，好像脑子不好使，不像你，不像一贯聪明的温尚文先生啊！他就是跟你的付春风小姐一块来的那位男人。温尚文问，那又怎么样呢。陈西东有些生气了，说那又怎样呢？你今晚怎么啦？不会喝酒喝糊了脑子吧？想想，好好想一想，会不会那位男士是严老师的什么人？温尚文才恍然大悟，说不会吧，不会吧，应该不会吧。陈西东说，不会什么？温尚文说，不会是她的丈夫吧？说后还觉得不敢相信自己刚才说出来的那句话。陈西东便哈哈哈在电话里笑，笑够了，问，你认识严老师的丈夫吗？温尚文说，我不认识，不过我刚才也没有看见那个男人。我正要走近的时候，付春风他们已走了。

陈西东说，我想，我想的啊，完全有可能那位男士或是严老师的丈夫，或是她的相好，或跟她亲密的人，我的猜测倾向前面两种。温尚文说，这不会只是你的推测吧。陈西东不说话，呵呵呵地笑。过了一会儿，他又说，你知道“九号”今晚怎么没来服务你吗？温尚文说，服务你，哪会是服务我，你是常客。陈西东说，“九号”给老板娘炒了，听说与一位常来喝茶的老板勾搭上，跟着老板走了。才几天，又给那位老板甩了。她自作自受，都怪她命苦。温尚文说，我还以为给你包养藏起来了。陈西东说，你就这样看我的？老朋友，别乱说。温尚文问，最近又是哪位姑娘跟在身边？陈西东说，其实啊，都是逢场作戏，孤单时找个说话的。温尚文说，你可以放开手脚大胆去找，你老婆不在了，她若是在天有灵，也不愿你形单影只的。陈西东说，难呀，别说称心如意，合适的都难。温尚文说，你走马观花似的换，没一个看上的？陈西东说，老朋友，我说了你也未必相信，我老婆去了后，还没跟哪位上过床。温尚文说，哦，这样吗？陈西东说，我说你不会信的。温尚文说，我试着相信。陈西东说，不说了，看来我要向你学习，把生意的事交给儿子，回老家把老围保护好，精力放在这方面，叶落归根啊！

温尚文说，不会吧。陈西东说，正在考虑，自从认识了严老师以后，更想做这件事情了。温尚文说，做起来挺难的。陈西东说，想象会是这样，但不是谁都有机缘和能力来做这件事的，严老师不是说，老围到了我们这一代，如果没了，我们这一代是有责任的。所以她说她挺钦佩你的，钦佩你出那么大力，捐那么多钱来保护温家围。温尚文说，没办法啊，总不能让我就这样眼看着老围完蛋吧。陈西东说，也对，其实有能力办这件事也是你的福，别人要么是没能力，要么是有能力没觉悟，有的甚至说风凉话，甚至阻碍，他们没有这份福气，你干成这件功德无量的事情，以后会让人记住的。温尚文说，没想那么多，尽力而为，心安就好。

陈西东说，严老师说得很有道理，人哪，这一生不能光为自己一个人，或只为家人而活，尽可能为社会为后人做点好事。小时候不懂，长大后成家立业为了一家人，自己好了，家人好了，就要考虑为社会了。

温尚文说，严老师是学者，站得高，望得远。比如我吧，五十岁前一直为改变贫穷而拼命工作，坦白点说办学校也是为了赚钱，后来才慢慢觉得不能只为赚钱，还要善待老师，善待学生，多出人才。保护老围也是这几年才有的想法。其实，人能活明白一天，就能活明白一生，只是喜怒哀乐加加减减的问题，这个道理，有些人悟得早，有些人悟得慢，有些人甚至一生都没有悟明白。陈西东说，温大老板，都快成哲学家了！温尚文说，照着严老师的话，把剩余的岁月活好。

陈西东说，你明白了，便快乐、幸福了。

第二十四章

用了一个多月，温家围小修修好了，实打实算，其实修了二十五天。中间下两次雨，不得不停工。

专家来温家围指导小修前后来了三次。专家姓李，对古民居、古村落的研究很有建树。大家叫他李专家，六十多岁，没有一点架子，走在人群里，看不出是专家，是严梅红从省城请来的。

专家的指导费也可说是劳务费，温尚文考虑到了。因为专家这次不是上面派来的，说明白点不是公差。严梅红将温尚文的意思转告给李专家，李专家表示默认。第一次是温尚文开车载他去温家围，然后把他介绍给村主任温顺生。后面两次，李专家自己乘大巴来温家围。每次他都住在县城。温家围离县城不远。李专家第一次来温家围指导一天，第二次四天，第三次两天。

工程由谁来承包呢？温顺生打电话征求温尚文的意见。温尚文说，听李专家的。李专家说，给谁都关系不大，能按照他的意思修就行。既然这样，温顺生便把工程给了肖平生。上次温顺生带着去看温家围的那位工头。肖平生问，修好后，找谁拿钱？主任，我这个人是大老粗，有话直说，你不在意吧。

温顺生把他的话告诉给温尚文。温尚文说，找我吧。温顺生说，工头不认识你，你看，怎么办？县里和镇里才给两万两千块，要一百多万啊！温尚文说，你看这样行吗，叫工头找你，钱我会尽快给你，尽快，信我吗？

温顺生说，信，我信。但一百万实在不是小数目，你捐啊？明白人都晓得捐出去是收不回来的。我知道你是大老板，但你已经捐不少了。

温尚文说，肯定是捐，我是明白人。温顺生问，真捐啊？温尚文说，让工头认你，行吗？温顺生咬咬牙，咽了咽口水，很艰难的样子，说，好吧，就认我，我相信你。

温家围的小修，因为李专家的精心指导，修得又快又好。工程完工后，温顺生按照温尚文的意思一次性付给李专家指导费。李专家从中拿出两千元，说，我第三次来的那两天的指导费不收了，算我李某人的一点心意吧。温尚文老板捐了那么多钱，太让我感动了。

工头肖平生找温顺生要钱，温顺生说，先给你六十万，剩余的慢点给你。肖平生说，慢点，什么时候？我也得给人家付买材料的钱和工人的工资。温顺生说，你谅解一下，总之尽快，我催催温尚文老板。肖平生说，这几天我等你的电话。温顺生说后才觉得没把话说好，怎么能催温尚文老板呢？温家围又不是他一个人的，凭什么催他。

温顺生把李专家少拿两千元指导费的事告诉温尚文，接着才告诉工头催款的事。他想，这样温尚文听起来心情可能会好一些。

温尚文说，德高望重的李专家啊！不能，不能要他的辛苦费，你还是赶快把两千块还给他，他大老远地从省城来，很辛苦的。

温顺生说，我不收他的，但他执意要这样，还说不关我的事，他是被你给感动的，你看，你看看。

温尚文说，工头的钱叫他再缓一缓，很快就给他。

温顺生说，我突然有个主意，说凡捐钱修老围的，到时把他的名字刻在石碑上，竖在老围大门的一边。风声放出去后，接着照着上次搜集整理的通讯录一个一个打电话。效果不错，这几天已陆陆续续收到近五万元，捐款的数目估计还会上涨。把名字刻上石碑还定了标准，要捐两千元以上的，我想总得比镇里给的多吧，这个点子，还有点灵。

温尚文说，真有你的好点子，不愧为村主任啊！

温顺生说，有好多出乎意料的事，我给你说一个，温水桶大叔你有印象吗？

温家围的人实在多，命名时名字里面起码不能跟前三代的重复，命来命去就难住了。实在没办法，就拿日常用品的名字来命名，比如水桶、铁犁、竹筛等。

温尚文说，是不是原来住在第一围的？想起来了，听说他进敬老院了。温顺生说，对，就他，他的儿子和女儿都随他们的孩子出国定居了，他儿子要带他们夫妻俩出国，但他们死都不去。前几年他的老伴走了，他便进了敬老院。这次他竟然捐了五千块，把钱交到我手里时说有朝一日他不在，儿子想家回来了，看见老围，看见他小时候玩耍过的地方，他死也瞑目了，说着说着还抹起眼泪来。

温尚文说，所以啊，再怎么难也要把老围保护好。哦，差点忘了，有位叫陈西东的老板，也是我的朋友，他捐了十万元，到时候记得把他的大名刻上去。他说他的外婆的外婆是我们老围的，你帮我查查看是谁。

温顺生问，外婆的外婆？一会儿，温顺生便嘎嘎地笑，说，哪有这样说的，外婆的外婆？不是明摆着他是看在你尚文大老板的面子上捐的吗？

温尚文豁然开悟，呵呵呵地笑，说，难怪他不肯告诉我她外婆的外婆是谁。

一个星期后，温顺生又打电话给温尚文，说肖平生这两天老在催他。温尚文问，不就只差五万吗？温顺生说，我跟他说大头的都给了，就差那么点零头，我记在心里不会少他的，但他还是要我给他一个明确的时间。温尚文在苦笑，谁给我明确的时间，你跟他说再过几天吧。温顺生说，前天我不知道他怎么知道的，我的小孙子发烧，他竟捉了一只鸡来慰问我孙子，还拎了一袋鸡蛋，我老婆数了下，八只；并且还关心说烧要是还退不下来的话，他带我老婆去找邻村那位“落神”婆，查查看是不是撞了鬼或给土地爷给吓坏了，吓发烧了。

温尚文掩着嘴，嘻嘻地笑，说，这个工头真有意思，他给你来温柔术了。

温顺生说，苦肉计，我都快受不了了，我老婆让她感动得不行，老说我，温顺生，你看人家也不容易！我说尚文老板才不容易呢！

温尚文说，好吧，好吧，后天给他，一分不少！

修老围，温尚文把自己的私房钱全都捐了出去，最后只得硬着头皮跟大女儿温萍借了五万块，把欠工头的钱付清。温萍说，爸，借什么借？我的钱也是你的钱。温尚文说，你的是你的，慢点爸会还你，借钱的事你最好不要说给你妈和你弟、你妹知道。这次，我看中了一个股票，势头不错，我想多买一点。温萍说，好呀，我也随你买一些吧，什么股？温尚文立马制止道，投资股票有风险！你不能跟，爸有时也看不准的。温萍说，老爸，股票赚了，要请我撮一顿，龙虾不能少哟。温尚文干笑，心里说，我的宝贝女儿，你从小开始老爸便教育你不要说谎话骗人，对不起，老爸今儿说谎骗你了。

修老围欠包工头肖平生的钱终于还清了。温顺生舒了口气，肖平生天天变着戏法跟他要钱，换了谁，谁受得起？肖平生其实是跟温顺生的老婆沾点亲带点故的亲戚，温顺生的老婆温碧玉她本人也不是能说得很清楚，是她母亲那边的亲戚，好像叫她母亲表姑母什么的。温顺生从老围搬出去，住的小洋楼就是他做的。房子做好后，仍欠他一笔钱。因为是暂时还不上了，便拖着，然后温顺生与肖平生便有一个“君子协议”。温顺生给肖平生介绍工程，工程不论大小都好，谈成了，肖平生给温顺生回扣，回扣费是工程总造价的百分之三，一万块便有三百块的回扣。温顺生是村主任，介绍起工程来比别人容易，大小也是村主任嘛！就这样，温顺生这么多年来一直不遗余力，想尽千方百计给肖平生介绍工程。修老围这一项工程，是温顺生介绍给肖平生的所有工程中最大的一项。光这笔，温顺生就拿了三万多元回扣。也正是这笔回扣，让温顺生彻底还清了欠肖平生的钱。

其实温顺生也不是真的没有钱还肖平生。没有钱怎么过日子？只是他不想就这么一张一张地看着把不容易挣来的钱交给肖平生，他怕自己难受。从这个角度来说，温顺生是个很吝啬的人。还钱的事他能拖就拖，再说用回扣费来抵债是最好不过的事情，反正看不到现金，眼不见为净。温顺生是那种看不得现钱的人，钱到了他的口袋里，就很难再掏出去了，掏出去就像从他的身上割了一块肉似的。他的妻子温碧玉买衣服，想从他那里拿一点。他说，你不是有工资吗？温碧玉生气了，想：我当然有工资，但你给钱和我用我的钱，感受差远了，说明你对我的感情，说明你关不关心我，说明我在你心中的分量……温碧玉说，你看人家温尚文，他老给他老婆钱买衣服。温顺生说，他老婆没领工资。温碧玉眼睛瞪得大大的，气得只出气不入气，想：温尚文家比我们家穷，温顺生你嘴甜只会唱山歌把我骗到手……温顺生又说，温尚文每月也有工资，跟你一样。我呢？温尚文那时也做民办教师，虽然有工资，但少得可怜，他要用工资养活一家人，很不容易的。温顺生那时已不做民办教师了。温碧玉不说了，她清楚温顺生的心事，在暗示她给他钱买衣服，倒打她一耙，这个温顺生！

温顺生不只对妻子温碧玉吝啬，对自己也一样节俭。他很怕花钱，一花钱心就疼。他很少给自己买值钱的衣服，吃值钱的饭。他说，还不是一样的穿，遮住羞了就好，一样的是吃，吃再好明天就不吃了？山珍海味吃进去不是照样存不住，一样要拉出来吗？一时口快，忍忍就过去了！温碧玉不知道怎么来反驳他，懒得动口。温顺生这样的人会请客吗？人家背后说他，想等他请客，等“冬雷阵阵夏天下雪”吧！温碧玉有时想，嫁给温顺生也好，家里的钱比别人家的结实，不会像那些浪荡男人一样花钱如流水、视钱如粪土，把家给败光。但自从温尚文捐钱保护老围以来，温顺生好像变了，穿得周正，抽的烟也讲究，有时竟敢掏出“中华”来。有一次，温碧玉问他身上的变化，温顺生倒坦荡，说当然要穿好一点抽好一些，为老围的事，时不时要见上面的领导，见专家，寒碜了，怕辱了尚文老板的面子，损了老围的形象。温碧玉觉得他说得也有些道理。温顺生又说，你看人家县民协的刘主席，那个大胖子，他前后变化才大呢，他穿的抽的才是真正的名牌，我估摸，他是花尚文老板给他的钱。

温碧玉说，他怎么花尚文老板的钱？温顺生说，尚文老板当着我的面给了他一笔钱，说方便他接待专家，还说拜托他。你看办老围的事，尚文老板他什么钱都舍得花。温碧玉说，莫不是尚文老板也给你钱了？温顺生说，给了，当然给了，村里那么穷，不给，村里哪里来钱？老围的卫生要搞，上面来人要接待。温碧玉问，你最近穿得体面，抽得体面，也用尚文老板的钱？温顺生嘿嘿地笑，轻声细语地说，自己的钱用一些，他给的钱贴一点，公道吧？温碧玉说，尚文老板真不容易的。温顺生说，我就容易吗？为老围的事我没少操心呢。温碧玉最烦温顺生的就是这一点，她一说别人好，他就要她也要说说他好。温碧玉说，是、是、是，你们俩都不容易。温顺生说，当然啦，尚文老板比我不容易多了。

修温家围被欠的钱全部拿到手，肖平生心情大好，平时不苟言笑的他开起玩笑来了，说，主任大人，钱虽然还清了，但日后别忘了一样给我介绍工程，我给主任大人的回扣再多一点，百分之三点五，怎么样？

温顺生想，什么主任大人？讨钱的时候也没想到我是主任大人，什么办法都敢用，只差没有给我行刑了！但又一转念，其实这样也不错的，工程介绍成了吃点“软钱”，比赚什么钱都容易，介绍不成呢，又不亏，只是多说几句话，浪费点口水而已。比当村主任拿的这点冤枉钱强百倍，这点冤枉钱压根就不能说是工资，说得那么好听领工资，笑死人。温顺生说，肖工头，看机会吧。

温顺生叫温尚文回来看捐款芳名碑。芳名碑立上去的那天，也是老围修好的那天。

因为石碑立在老围大门的旁边，温尚文先看了芳名碑。排名以捐款数额的多少为顺序。温尚文虽然事先已意料自己的名字会排在第一位，他捐资一百万。但真看到这样时，心还是扑通扑通地跳，觉得这事做得有些张扬了，虽然是温顺生他们的想法，但自己也是默认的。

陈西东的名字排在第二位。在芳名碑上，他的姓名显得特别、醒目、另类，因为只有他一位外姓的。

捐款的情形像瀑布飞泻而下似的，排在第三位的只有一万元，往后的越来越少，恰似瀑布飞溅的水珠。温尚文看了一会儿，突然眼前一亮，再定睛一看，石碑上确实有温顺生的妻子温碧玉的名字，她捐两千两百元。温顺生呢，捐两千三百元。温顺生捐款在意料之中，只是少了点，但温碧玉捐款，便大大出乎温尚文的想象。温尚文笑吟吟地看着温碧玉三个字，想：温碧玉呀温碧玉，你还真是不一样的女人！

女人捐款名字刻上芳名碑的，只有温碧玉一人。温尚文看了又看温碧玉的名字，脸上浮过笑意。陪在一旁的温顺生说，尚文老板，碧玉她的这份心意差点让我感动了，她坚持要用自己的私房钱来捐。我说我捐不就是代表我们夫妻、我们家捐的吗？人家都是这样的，要不出你的名字，她呢，没想到生气生大了，说温顺生你是你，我是我！温尚文呵呵地笑，说碧玉她这是表达她对老围的感情，捐私房钱啊！她这份心意，你说差点让你感动，也感动我了！

温尚文想到了妻子徐冬娘，徐冬娘你是不会像温碧玉一样捐钱的，别说花你的私房钱，就是我给你钱让你去捐，你也不情愿的。这就是你与温碧玉的差别，不要说跟严梅红比，就是跟温碧玉比也差得远呢，差距在对人生、对世界的认识……

温顺生为什么捐两千三百元呢。他为此动了一番脑筋，不能比妻子温碧三捐得少，比她少，面子撑不住，捐多了又心疼。再说，他们夫妻俩合起来捐出了四千五百元，已算不少了。他对自己说，很可以的了！在五十多位捐款者中捐四千五百元，排名第九位。

温尚文和温顺生他们离开老围后，温碧玉接着去看老围。望着芳名碑，思绪一波一波地出来。温碧玉看着温尚文的名字，看了又看。温尚文就是不简单，捐一百万。他话不多，但重在行动。女人啊，不能嫁给太会说话的男人，这种男人往往只会动两片嘴皮，不实干，没太大出息。但也不能跟了闷葫芦，这种男人没趣，不爱说话在外面往往吃不开。像温尚文正好，既不油腔滑调，但又不闷，说话不多不少，恰到好处。温顺生的嘴碎，不但话多，还爱唱，年轻时动不动便即兴唱山歌，自己那时太年轻，就是给他唱得晕头转向，缴械投降的。父母说他不稳重，但自己听不进去，还是心痒痒地嫁给了他。现在年纪多了，见识广了，回想起来，父母这些过来人说的话是有道理的。这就是自己的命啊！不过温顺生虽然比不了温尚文，但还过得去，他虽然没挣到大钱，但他守财爱家，大小还当了村主任，对自己呢，也算尊重，这次捐钱，他最后还是听从了自己的意见……

第二十五章

美州城有处微缩景区，像深圳的“世界之窗”那样的，吸引了很多人去看。深圳的“世界之窗”微缩的是世界各地风景，而美州城这处微缩的是客家世界。景区很小，但又很大。很小是指景区不大，听说走走停停，看看想想，大半天或一天便可以走马观花把它看完，走完。很大是说景区里把客家的历史文化等方方面面展现得很充分很清楚，如果很用心，很仔细地边走边想边研究的话，可以看它一个星期或半个月，甚至更长时间。

温尚文早想去看的，但一直忙老围的事走不开，老围修缮好后，他便想着要去好好看看，看里面能否找到与老围相关联的东西。

温尚文想起了严梅红，试着打电话给她，没想到她竟然爽快地说，刚好有空，好的。上次一块去古镇和美州城，严梅红考虑了又考虑，直到温尚文要开车出发了，她才答应。严梅红这次不但回应得爽快，听语气，还很喜悦的样子，说这么好的地方，温大老板也不早说。温尚文想象着正在说话的严梅红的表情，说，真不好意思，我也是第一次去，听说景区建好对外开放才不久。严梅红说，因为你老家的温家围，弄得我的研究方向都转向了，研究起客家历史文化来。温尚文听得心里美滋滋的，说，听说研究客家会上瘾的。严梅红噗地在笑，说，是吗？像吃辣？像喝酒？像——温尚文说，严老师就是会打比喻，大概是吧。严梅红说，你还听说了什么，什么都是听说，没有你自己说的？温尚文在电话里嘻嘻地笑，想自己说话的方式真的像她说的这样吗？严梅红说，哎，还让你说对了，你看，我已上瘾，如何是好！温尚文忍不住哈哈地笑起来。

上午八点多从省城出发，中午快两点了才到景区。午饭在高速公路的服务区吃。这次，严梅红倒是大方地坐在副驾座，还说视野比后座好。温尚文说，那当然。温尚文想，俗话说得对，一回生，二回熟！熟悉了就好办，熟悉了容易成为朋友，朋友就是这么来的。自己跟严梅红差不多可以算朋友了吧，交往了这么一段时间了，彼此也不陌生了。

两个人在景区随意地走，随心地看。

景区有泥塑，一块一块地连接着砌在道路两旁，像两扇很长很长的泥塑墙似的。泥塑的内容是客家的历史和文化，客家的五次大迁徙、客家名人事迹、客家耕读文化、客家民俗风情……全在泥塑那一幅幅图文里。温尚文和严梅红慢慢地从泥塑旁走过，边看边说，有时只看不说，在沉思。

景区的大部分内容还在后面，如果把景区比喻成为一部长篇小说的话，道路两旁的泥塑只能算是小说的引子。

不知不觉便用了一个小时。望着有些弯曲的长长的石块铺就的道路，温尚文说，严老师，看来这么看下去一个下午也是看不完的。

严梅红说，看快一点吧。她这么说着，可双脚挪得很慢，慢如蜗牛。她说，一尊泥塑就是一段历史、一个故事。

温尚文说，你是研究客家的学者，你是看不快的。

严梅红便笑了，说好吧，我们也像其他游客一样走马观花好了。

温尚文说，你像游客吗？

严梅红打量一下自己，问哪点不像，不像吗？

每副泥塑的内容各异。温尚文爱看有客家人文故事的，而严梅红则偏爱客家历史文化。这么走了看了一段路，两个人便看不到一起了。温尚文时而在严梅红后面，时而在严梅红前面；温尚文时而在路的这边，严梅红时而在路的那边，这样一来，便越发地慢了下来。谁也懒得提醒对方，谁慢？谁快？不好说了。

光看泥塑便花去两个小时，严梅红看得心满意足，开玩笑说，客家历史也不长啊！温尚文说，高度浓缩了还那么长。来这里，来对了吧？严梅红说，这条路不一般，可以说是展现客家历史文化的天下第一路了。走过这条路，看了路两旁的一个个泥塑，对客家便有整体的印象了。

温尚文走累了，坐在路边的石凳上休息。严梅红也跟着停了下来，说虽然腿走酸了，但没有累的感觉。温尚文说，严老师，看来晚上要住在景区里了，景区有客家小客栈，听说仿客家传统古民居建的，里面的摆设也是仿制的，古旧，很有客家味道，要不要做一回从前的客家人？他边说边掏出景区的宣传画，指给严梅红看。严梅红说，好啊，大有意思了！穿越一回。她很兴奋很意外的样子，说这哪是微缩啊？这景区大着呢。温尚文说，还真不小，不来不知道，眼见为实，真不小啊。刚才站在路边的高处望过去，整个景区像座古城堡。严梅红说，虽然是仿造的，估计仿得不错，看那一座座房子和一栋栋建筑便知道。你看，宣传画是这么写的，景区像一幅原生态的客家风情画，有复古的客家建筑，有客家墟日的民俗风情的赶集场景，有客家特色的歌舞表演，有各式各样的客家美食……天啊，真是这样的话，那简直是一个完整的客家世界的集中展示。

严梅红的兴致已经上来了，说温大老板，要不这样，你看行吗？她把宣传画递给温尚文。温尚文说，别叫我大老板了，要不干脆叫我的名吧。这张宣传画给你，我买了两张，你怎么安排，我听你的。严梅红说，等会儿，我们各走各的，各看各的，定个时间在哪里吃晚饭。温尚文说，好啊，我不敢说出来，生怕没跟着你，让你走丢了呢。严梅红掩嘴而笑，说原来如此啊，我都不惑了，还会像小孩一样走丢，谢谢你，你是不是解放了？温尚文呵呵地笑，说晚上住这里了。他说着，观察严梅红的反应。严梅红说，听你的。温尚文说，你是搞研究的专家，看的跟我这样的粗人看的不一样，你看得高、看得远、看得深，我呢，找找我过去的影子，想想我父辈祖辈的生活。严梅红说，温老板这么会总结，你还粗人啊！你才是专家呢。温尚文说，我看的是表面，你看的是里面；我看的是形，你看的是神。严梅红问，比如——

温尚文说，你看前面那架水车，我想起我小时候，我跟着我阿妈去田里劳作的情景。你呢，很可能把水车放在客家的历史文化中去研究。

严梅红问，又比如——

温尚文说，刚才看的泥塑，我看了便直接回忆起我的童年，里面有许多图案，就是我小时候的生活再现。你呢，很可能从中去研究客家的民俗、风情等等。

严梅红问，再比如——

温尚文咧嘴笑着，说你别比如了，你觉得我说的有点道理吗？你说各看各的就各看各的吧。

严梅红说，都看个够吧，看够看饱了，当晚饭吃，晚饭便省了。

两人相视而笑。

温尚文看见严梅红从道路前面那远处的其中一个岔口走进景区内，直至看不见她的身影了，他才扭头往回走。他要重新看一遍泥塑，其实他的这份心思，严梅红已读懂了几分。她从岔口悄悄折回来，望见温尚文往回走的背影。严梅红笑了笑，嘴里叨念着这个温尚文啊，才深入景区。

温尚文在这尊泥塑前停了下来。这尊泥塑的内容是一位母亲背着大约一两岁的男孩，戴着斗笠，卷起裤腿，手扶着犁在雨中犁田。他久久地凝视着，脸上的神情在一点一点地变化，然后眼泪吧嗒掉了下来。他依稀记得小时候他的阿妈背着他在老围门前那块自家的菜地劳动的情景。稍懂事的时候，春婶曾笑温尚文调皮，说他老叫嚷着要他阿妈背，一看见背带就高兴得手舞足蹈。在他的阿妈背上背久了，他有时会使小性子，朝他阿妈的肩膀上咬一口，疼得他阿妈背手拍他的屁股蛋，骂“小狗子乖乖莫调皮”，有时还会扯他阿妈的头发，疼得他阿妈龇牙咧嘴的……春婶说的这些往事，温尚文都已淡忘了，今天突然看见这尊泥塑，心里像被什么猛击了一下似的。

这时夜幕已经降临，灯火朦胧，游人少了。温尚文边抹眼泪边看这尊泥塑。因为父亲“过番”一去不回，爷爷和奶奶思念成病，田头地尾的所有粗活重活，都是母亲一个人包揽。他边想边流泪水，止不住眼泪。流着流着眼泪，竟呜呜地小声哭了起来。老围，有母亲太多太多伤心的记忆，难怪搬出老围后，母亲便再也不想回去。

在水车旁，温尚文又走不动了。灯影里，水车转呀转。他望着不停转动的水车，望着水圳里的流水，像丢了魂。母亲踏水车，把水引进沟渠浇地的情景，他太熟悉……泥塑里的图案，景区里的一切一切，都仿佛在叙说他的童年生活，母亲苦难的过去。

严梅红边走边看，边在做记录。她把景区里看见的事物进行归类：客家历史、客家民俗、客家方言、客家山歌、客家诗文、客家名人……她看得有滋有味，看得忘了自己，看得高兴时，打电话给温尚文。依山谷而建、错落有致的石板街两旁，这里一栋仿造的围龙屋，那里一栋仿造的小四合院。她兴奋得不行了，打电话问温大老板，你在哪儿？还不赶快来看看这里微缩的围龙屋，不但有圆形的，还有方楼、半月楼呢。温尚文说，等会儿我马上去看。严梅红说，你不是想听我告诉你这些楼这些屋的来龙去脉吗？有仿明朝的客家围，有仿清朝的。你老家的温家围很像我刚才看见的那座。温尚文说，好的，我这就去，哎，跟温家围有区别吗？严梅红说，怎么说呢，大致相同，但也有不同。温尚文快步走着，气息也粗了，说好的，你等着我。

石板街从山谷一路下来，来到视野开阔处，不知从哪里来了一条小山溪，虽不大，但清亮，随着流势，时而轻声细语，时而哗哗作响。小溪架了桥，半月形的石拱桥，把两边那些仿造的客家特色古民居连接起来。小溪的那边，建了座水车，又圆又大又高的水车转个不停，边转边把溪水引上来，又摔下去，不歇昼夜，只是不为灌溉，只为欣赏，只为怀想。临水车处，有间纯木材搭建的饭店，前后左右挂满红灯笼。这里的游人最多，有在桥上的，有在饭店边吃边漫赏街景的，有在水车旁拍照的……

晚饭一直挨到七点多才吃。街上到处都是客家小吃。温尚文说，我们也在水车旁边那间饭店吃吧。严梅红说，你怎么跟我想一块去了。温尚文说，等会儿点菜，说不定又点到一块了。严梅红扮了个鬼脸故意做思考状，然后才说，客家酿豆腐，梅菜扣肉，红焖猪肉，三及第汤。温尚文说，哎哟，还真想到一块了，再点呀。严梅红说，怕吃不了，两个人，牛肚啊！要不，少叫一样吧。待来到饭店刚坐下来，温尚文便说，老板娘，刚才她说的全要。老板娘笑了问，她刚才说什么菜了？温尚文和严梅红同时笑坏了。温尚文说，你再把刚才点的菜名报一遍。严梅红忍住笑，便一字一句再说了一遍。温尚文说，老板娘，这些都要，都是最出名的客家菜，让这位专家品尝品尝，做做广告。严梅红问，真的全要啊？温尚文说，还有很多客家特色菜，明天接着品尝吧。

街路两边的店铺，有许多卖客家娘酒的，大大小小的、圆圆的、深褐色的泥瓮，张贴着红色的商标，上面写着“客家娘酒”，整间店里全是泥瓮，全是娘酒，很诱人，很喜庆。

严梅红想起街道两边的那些店里摆满的娘酒，说，温老板，我们喝点娘酒吗？

温尚文说，来到这里，一定要喝娘酒，不然，就白来了。

严梅红说，我怕喝开了，会醉的，后劲很足，上次在温顺生主任家差点醉倒了。

温尚文说，女人喝特别好，滋补，舒筋活血，要不怎么叫“月子酒”“月嫂酒”，后劲嘛，有那么一点点。

严梅红说，你教我怎么喝。

温尚文说，一口一口地喝，没讲究的，当然啦，最好不要一大口一大口。

严梅红娇嗔道，因为甜滑，我怕一不小心喝大口了。

温尚文说，就是喝大口了，也不要紧的，不要呛到就行。喝舒服了，大口也可以的。

严梅红问，到底大口呢，还是小口，还是慢慢地品？

温尚文说，我的大学者，你想怎么喝就怎么喝，行了吧。

严梅红用目光剜了他一下。

吃了一会儿菜，温尚文说，饭菜垫底了，我们开始喝了吧。说着给严梅红递上一杯娘酒。

严梅红说，你先喝，我再等会儿吧。

温尚文不同意，说，一起来，我敬你。他用酒杯碰了碰严梅红手中的酒杯，然后一饮而尽。严梅红拿着酒杯，没有反应过来，瞪大眼睛。温尚文说，就这么喝啊，你跟着我学，喝吧。

严梅红问，能这么喝吗？你不会骗我吧。

酒杯不是小酒杯。

温尚文急了，说相识那么久，我有骗过你吗？

严梅红望着温尚文问，真的可以这样喝吗？可以吗？边说边望着他，真的便一大口把杯中的酒喝了下去。

酒是美妙的可人儿，喝开了，酒胆就壮了起来，酒量好像一下子就噌噌噌地增大！

他们两个人望着饭店外灯影里不停地转呀转的水车，吹着凉风，心旷神怡。喝尽兴了，喝到最后严梅红说，温老板，感谢你，因为你老家的温家围，让我幸运地研究上了客家围龙屋，跟着又喜欢上了客家文化。

温尚文说，要说感谢的是我，你为温家围出了那么大力。

严梅红微醉地看着温尚文，说不瞒你说，我在研究客家文化之前，在学术上碌碌无为，现在研究客家文化才有了收获。你跟我说心里话——

温尚文等着她说下去，但等了一会儿严梅红没有说出下半句。温尚文问，什么心里话？

严梅红说，听说你为温家围的事捐了不少钱，且经常为温家围的事忙前忙后，你的妻子、你的孩子有意见吗？

温尚文被问住了。严梅红说，实话实说。温尚文干了一杯酒才说，我老婆要是像你那样就好了。严梅红问，像我一样？温尚文说，像你一样鼓励我。严梅红说，像我一样你会不乐意的，我啊，照顾不好家庭，老忙工作的事。不过，你妻子不太支持你为温家围的事操那么多的心思也是可以理解的，她认为为什么大家都不干偏偏是你来干啊。她也许认识不到温家围有多宝贵。温尚文说，她家庭妇女一个。严梅红说，我要是没有从事这方面的研究，也可能认识不到的。你有这方面的自觉，我很钦佩你的，温老板。温尚文说，我应该做的事情，好在有你在后面打气，不然遇着困难解决不了时，会萌生打退堂鼓的念头的。

严梅红说，你的妻子真的不理解，你也别太生气，因为认识上的差异。我也遇着你同样的问题。温尚文觉得新奇了，看着她。严梅红说，我丈夫也不理解我从事的学术研究和从事的编辑工作，他认为当今谁还有心思看文章，有闲心搞老掉牙的学术研究啊！他说我死脑筋，不会跟着潮流挣大钱过轻松的生活，骂我过青灯黄卷的书斋苦日子，活该！

严梅红第一次在他的面前讲她的丈夫。

温尚文问，听说你丈夫是当官的，他也会这样认为？

严梅红说，跟他做什么的关系不是很大，关键是认识问题，往大的说是人生观、价值观、世界观“三观”的问题。他在机关，他走的是仕途。

温尚文问，我的“三观”有问题吗？

严梅红的醉意上来了，娘酒的后劲一点一点地增加。严梅红说，他认为他来到这个世界是为了当官，而我呢，是以写文章的方式存在，温老板你如果只一味地想着挣钱、拼命地挣钱就没多大意义了，钱是生不带来、死不带走的身外物，当老板可以把挣来的钱为社会多做有意义的事，这是老板立世的价值。当官的若只一门心思想着当大官，不想为百姓为社会做实事，也失去立世的价值。我干文字工作的，只有把文章写好，把学术研究好，然后转化为对推动社会进步的作用，哪怕是细微的作用，哪怕是温暖人心也好，才不枉为从文。所以，当官也好，经商也好，为文也罢，不管干何种工作、从事何种职业，最后殊途同归，目的、意义、价值要为造福社会。你说，是吗？我是不是喝多了？

温尚文说，听你一席话，胜读十年书啊。

严梅红说，酒话，今晚喝高了，话多了。说得云里雾里，不着边际，让温大老板见笑了。

温尚文说，酒后吐真言啊！

吃完晚饭，严梅红说，温老板，你看这样好吗？温尚文说，听你的。严梅红说，要不先住进客栈，洗完了澡再出来逛一逛。温尚文说，怎么又想一块去了。

他们约定九点，在水车旁那处露天的木造的亭子集合。恰是秋天，月亮挂在水车上面的天幕。这样的月夜，在如此别致独特的景区里，温尚文仿佛觉得像在梦里。他刚到亭子里，严梅红也随着来了，像从幻境里袅袅娜娜地走来。游人这一搭那一搭的，漫步的，坐在长条木凳上的，树下荡秋千的，拍照的。这情景，不是白天的样子；这情景，也不像是现实的样子。严梅红有点迷醉了，也许是喝了娘酒的原因。她刚要走进亭子时，从水车那边的小溪旁传来了轻柔的歌声。天啊，是山歌，与上次在美江河畔听到的是一样的腔调。

先是男声，唱道：

春风吹醒遍地花，蝴蝶飞上又飞下；
妹妹有情先开口，莫作杨梅暗开花。

歌声刚隐进夜色中，还拖着尾音，女声便响起：

风吹水面水波多，妹个[1]心事哥爱摸[2]；
浅水分明见石出，为何还要问柬多[3]？

---

① 妹个：妹妹的。
② 爱摸：要猜。
③ 柬多：那么多。

好像男的在小溪的上边，女的在小溪的下边。歌声在转动的水车的两头飞来飞去，乘着习习的夜风。

女声刚下，男声又起：

难得女子情谊深，花针落海我会寻；
饭甑肚里放灯草，寻妹两人都蒸心。

女的好像等不及了，压住男子唱的最后一个字，唱道：

春暖花开好时光，郎爱妹来妹爱郎；
莫学蝴蝶见花采，爱学蜜蜂共酿糖。

不得了，不得了，双方斗歌斗唱起来了。温尚文和严梅红竖起耳朵，专注地听着，借着月色和灯光，互相能看见对方脸上荡着陶醉的笑意。严梅红抬头望着月亮，有些害羞的样子。这对男女对唱的，是带有挑逗意趣的情歌，听得心跳加速，脸颊发烫。她偷偷地瞥了眼温尚文。温尚文呢，他也在眺望天空上的月亮。严梅红没由来便生气了，望什么望，月亮里的嫦娥再美又怎样，你望嫦娥，我还望吴刚呢！

晚上睡觉，温尚文做梦了。先是梦见了严梅红，把两个人在月色下小溪边的水车旁听山歌的情景做进了梦里，慢慢地，情形便变了，自己嘎嘎嘎地笑着追赶严梅红，追了老半天，终于把严梅红追上了抱在怀里，然后就啊啊啊地叫着……温尚文兴奋地叫着，觉得下面潮潮的，赶紧起来，打开灯，跑到卫生间，往下查看，裤衩那地方湿了一小片，原来是梦遗。不可能吧，怎么可能呢，都五十好几了，怎么会呢？

他躺在床上，想来想去，想了好一会儿才想明白跟妻子分居一年多了，其间也没碰过女人。他又想起那次做梦，但那次他没有醒过来，第二天起床才觉得裤衩有一小块地方被什么弄湿又干了，有些发硬，他压根就没有去联想是怎么回事。

温尚文强制自己不去想严梅红，怕越想越不靠谱。但他又有些开心，心里说，温尚文你行啊，身子骨还不错啊！真好。老围的事不愁没精力去做了。

他重新睡着时快凌晨了。没想到，他再次从梦中醒来。这次他梦见了他的父亲，父亲变成了一只迷失的小鸟，在漆黑一片的夜空中飞来飞去，哇哇哇地叫着，怎么找也找不到栖身歇息的地方……温尚文望着那只父亲变成的孤独的小鸟，跳着，喊着，哭着。他号啕大哭，泪水滂沱。他哭着醒了过来，直到天亮再也睡不着。他一直在想：老围啊，你不能消失，不能就这样眼巴巴地看着消失了，消失了，父亲就再也找不到家了。

远处传来了一遍遍的鸡啼。

景区不远处是村庄。

上午，温尚文和严梅红去看昨天还没有来得及看的地方。在石板街那处小广场，围了好几圈游客。场面喜庆，热闹。原来在举行迎亲表演。严梅红惊喜地说，来巧了，有眼福，有眼福。她情急之中拉了下温尚文的手说，赶快找个地方坐下来，看样子表演马上就要开始了。

温尚文便大胆地牵着严梅红的手说，喏，那里还有两个空位。说着他们手拉着手快步走了过去。温尚文问，你是第一次看客家新郎迎亲表演吧。严梅红突然意识到什么，把手缩了回去，说头一回。温尚文好像若无其事，也把手收回来，说这里的表演可能比现实中的迎亲更好看，你搞研究，观赏这样的，更有意思。严梅红说，这好像看戏，人生如戏，戏如人生，看戏比观察人生往往更精彩。

迎亲表演开始了。先是鸣锣开道，两个壮实的汉子肩各扛着一面大锣一只大鼓走在最前面，敲着锣，打着鼓；接着又两个汉子，手举着两端带枝叶的竹竿，竹竿两端系着长长的红布；然后又是两个汉子，每人都高擎着一对大红灯笼，灯笼上面写着姓氏。紧接着便是抬礼轿的了，礼轿用红毯盖着，由两个人抬着，里面坐着一名男童，手捧帖盆，盆内是礼单和红包。接着是吹鼓的，由好几个人组成。接着是送礼的队伍，送礼队伍由“且郎（伴郎）”组成，分成好几组，第一组抬猪，第二组抬酒，第三组抬羊，第四组又抬酒，最后是花轿压阵。花轿即新娘轿，由四个人抬……哇，迎亲表演真好看。表演还未结束，便博得观众的阵阵喝彩和掌声。有些观众还在回味之中不愿离开。

严梅红啧啧称道，大开眼界，眼界大开啊！

游览完景区，吃过午饭，温尚文说要回去了，老围申报“国级”还有很多事情等着要做。严梅红说，温老板，不好意思，你先回吧。温尚文愣了下，问严梅红，你想留下来？严梅红说，是的。温尚文说，要不我陪你再留一天。严梅红说，你别操心，我想多住几天，不是一天，再好好地走走，好好地看看，难得遇上这样的地方，把客家的东西全部浓缩在一起。温尚文说，做研究的，就是认真。严梅红说，不这样的话，能出点成绩吗？既然选择了研究客家，就得专下心来，沉下心去，多下笨功夫，多花时间。温尚文说，那就随便你吧，不过你要回去的时候告诉我一声，我开车回来接你。严梅红感动了，霎时鼻子便酸酸的，说不必了，不必麻烦了，你够忙的，谢谢。温尚文说，一定要的，我把你请来，就得负责把你接回去，再说你所做的事情，都是为了研究我老家的温家围，研究客家。严梅红说，到时再说吧。

温尚文走后，严梅红一个人在景区随意地走，随意地看，随意地问。身边来来去去的游客不少，但没有一个是认识的。刚开始还觉得，这样也挺好的，想走就走，想停就停，自由自在，但慢慢地便觉得有些孤单，看见的事物，有想法有感慨时，没有人可以交流。街两边的店铺，有仿明代的，有仿清朝的，不但建筑风格和里面的陈设在模仿，连店里的员工的穿戴也模仿，看起来十分有意趣。严梅红很想说说自己的体会，才想起结伴而来的温尚文回去了，只好把话吞回肚里不说了。

她完整地游览完景区，有了收获，景区里的一切都跟温家围有或多或少或深或浅的关联。这番感悟她本来要跟温尚文好好分享的，但也只好摇头作罢。

她虽然已经主攻客家历史文化这个课题，但同时还在研究民俗文化和其他传统民居。她发现街上有些仿造的客家古民居和一些摆卖的服装、纸扇、木雕、古陶等，所标注的朝代与当年的历史事实有出入，她嘴巴痒痒的，不吐不快，温尚文不在了，最后只好找店主说。店主说，不好意思，我也不清楚。其实他们只是看店的，不是真正的店老板。她无奈地苦笑着离开。

严梅红看得很细致，往往一座仿造的围龙屋，一小段仿古的店铺，便看了、研究了老半天。有些地方，有些东西，她还不止看一遍。

晚上快九点了，严梅红才回客栈。服务员彬彬有礼地叫住她，说你好，有位姓温的先生把你住一个星期的住宿费都交了。这位服务员是客家妹。

严梅红说，姓温的先生，哦——他什么时候给交的？

服务员说，中午他退他那间房的时候。她的声音又甜又柔。客家妹子那软、柔、慢的口音出来的普通话，别有韵味，很动听。

严梅红笑了，说要是我住不了一个星期呢。

服务员说，多出的钱，退还给你。

严梅红问，不是退还给那位温先生吗？

服务员笑眯眯的，两个可爱的小酒窝爬上了脸颊，说你住的房，所以退还给你。

严梅红心里美滋滋，她是故意这样问服务员的。严梅红掏出手机，想打电话给温尚文的，想了想，又将手机装回袋里。

严梅红微笑着，边笑边迈着轻盈的脚步走回房间。

第二十六章

温家围申报中国古村落的请示已经以县政府的名义递交给中国民间艺术家协会。专家将于年底到温家围做实地调研。

温尚文打电话给温顺生说，这个阶段是最紧要的冲刺阶段，你当村主任的再辛苦一点吧。温顺生说，刘主席也来电告诉我了，我还好，最辛苦的怎么轮得上我，你是最辛苦的，我心知肚明。温尚文说，为老围的事，哪能说苦呢。

专家们终于来了，在十二月上旬的那天。

温尚文在专家们来之前一个星期住进了温家围。回温家围的当天，他站在温家围的大门口，感慨万千。眼前的老围精神抖擞。门前的路的两边杂草除得干干净净，路面整平了，还铺上了沙子和碎石，看上去像一条新修的道路。等老围评上了“国级”，他计划将路铺上水泥。照墙外那条将近干枯的小溪重新疏通，清柔明亮的溪水从山涧引来，绕老围的照墙欢快地流过，滋润着老围前面那片农田，水来了，田也不再荒芜，有了生机。小溪边那棵古榕，没有颓败之相，精神得很。温尚文豪迈地走进老围。老围既干净，又整洁。月牙形的池塘清澈可鉴，微风吹过，鳞光闪闪，像有无数的金子在那里闪光。温尚文慢慢地走，慢慢地看，背着双手，越看越喜欢。老围内内外外十分洁净啊！何止洁净，还很有喜气，因为评上了省级古村落，因为在老围办了摄影比赛、诗歌朗诵比赛，红红的对联、红红的灯笼点缀其中。老围也重新通了电，供了水。老围又活过来了，老树发新枝啊！

温尚文回想起那年春节前回老围，心情沉重、悲伤。老围门前的路杂草疯长，大门紧锁，了无生气，就像一位被冷落、遗忘、遗弃的老人。这些年温尚文将一手创办的很红火的两间学校交给儿子，他全身心投入到老围的保护工作中。温尚文畅想，如今的老围，越来越接近心中描绘的样子！

温尚文要搬回老围住，引发了一场家庭争执。从微缩景区回家后，温尚文对他妻子徐冬娘的态度有了转变。严梅红说得有道理，徐冬娘对老围的认识跟自己有差距。人的方方面面的差异决定了他对事物认识的差异。人跟人是不同的，因为不同，世界才那么丰富而复杂。温尚文主动跟徐冬娘拉话，有时还没话找话，想尽快结束冷战和冷战带来的不快。徐冬娘开始还爱搭话不搭话的样子，几天后慢慢地变了，觉得不能对丈夫温尚文太过分。其实她的心里在惦念着他，担怕他在外面一个人照顾不好自己。好不容易气氛有了转机，没想到新的危机又来了。温尚文说，我想回老围住一小段日子。

徐冬娘怔了一下。

温尚文说，老围要评国家级的古村落，专家们要来老围调研，我想先回去住，做些准备，等着专家来。徐冬娘不解了，问，住在那里等专家？你不会吃错了药吧？老围那么多年没人住了，还能住？温尚文说，正因为没有人住，我才要回去住，不然专家去了，连一个人影都没有，说得过去吗？徐冬娘问，为什么要你去住呢？大老远地赶回去住，要住，也轮不上你，让旁边的人去住呀！温尚文知道徐冬娘的火气又上来了，语气里的反问、质问又来了。温尚文不说话，他想这种时候不适宜再说话，用沉默让徐冬娘降火降温。他放下筷子，到客厅倒了杯凉开水，一咕噜灌了半杯，提醒自己不要跟着她闹情绪，千万别，闹了一回，怕了！

徐冬娘端起饭碗，离开饭桌，边走边说，不是我要生你的气，是你老惹我生气，你都快六十的人了，还上蹿下跳为老围的事瞎操心，万一操坏了身体了呢，对得起孩子吗？我倒无所谓。

温尚文说，我知道你无所谓，但我只是跟你打个招呼，明天我就回老围住，你就当我出差，别管我。我身体好着呢。我温尚文不回老围住，谁会回去住！他的这后两句话好像说给全老围的人听的，当然首先是说给身边的徐冬娘听。温尚文又想起严梅红的话，使劲地压住已从心里往外冒的火气，说等老围评上了“国级”，你回去看看，老围大不一样了。徐冬娘说，我早都不管你了，我不回去！

温尚文住进了自己的老屋，他的老屋在第三围的那三间，其中一间隔得远一点。温顺生本来也不主张他回老围住的，但没办法，温尚文执意要这样。温顺生不主张的原因有两点：一是觉得没必要；二是如果温尚文住老围了，自己不能假装不知道，知道了就得陪他。第一天温顺生陪了温尚文几乎一整天。第二天，温顺生又来陪温尚文。温尚文说，你不用陪，有事了，你再过来，你忙你的，村里有那么多事情。温顺生说，其实你不用吃住在老围，白天回来走走、看看就可以了。温尚文说，我不会在老围吃饭、睡觉，只是把老围弄得有点人气，有点烟火味的意思，要么你也把你的老屋整理好，像我的老屋一样，看上去像有人住的样子。温顺生说，没必要吧。温尚文说，我想老围如果评上“国级”后，要保护，要开发，在老围设个办事处，我们现在整理的房子，日后可以用作办事处。温顺生说，怎么保护开发？温尚文说，还没想周全，变成旅游区或摄影、影视基地，供人摄影和拍摄电视剧、电影什么的，像山西的平遥古城，听说很火，很多游人去游览。温顺生说，你想得那么长远啊！这样一来老围就真的再也不会荒废、冷落了。

温尚文说，这才叫保护开发嘛。温顺生说，这要天大的一笔资金投进去啊。温尚文说，我天天在想这些事，你看我的白发又多起来了。温顺生说，你的不白、不白，我的才白，快全白了。我不会想大事，但头发又白，真是白得没道理没意义啊。让你笑话了！你的那点白，全都是真金白银啊！温尚文呵呵地笑，说你这个大主任又在逗我开心。

温尚文问，那你的老屋还想整理不？温顺生说，整，像你的一样整理，听尚文大老板的话准是错不了！温尚文说，你别夸老哥了，整理你老屋的钱我来负责，其实也用不了多少钱，无外乎添置一些摆设，看上去像个样子。温顺生说，那怎么好呢。温尚文说，以后用作办事处的，你还要做贡献的，不过你老屋真是用作办事处了，会给你租金的。温顺生说，尚文老板真是做大事的，看得远，远到我的这双鼠眼望不见。

温顺生整理了一间老屋，他的老屋在老围的第二围中间。

温尚文开怀朗笑说，主任啊，专家来老围调研，看了老围这个样子，一定会高兴的。

温尚文吃、住在县城，白天才回老屋来转转，像个忠诚的卫士一样天天去老围站岗、巡逻。

《民俗》杂志推出的“温家围”专号赶在专家来温家围考察前几天印好。严梅红打电话给温尚文说，温老板，专号出来了。温尚文说，我天天在盼，终于新鲜出炉，太好了，劳你们把杂志直接运到温家围吧，要不我叫人去载。严梅红说不用，不用，你给个联系人和手机号，印刷厂会把杂志运过去的。温尚文说，出书的钱汇到你们那里了吗？别让你们亏了。严梅红说，你问廖主编吧，廖主编说，温家围是块宝，给“宝”出专号，杂志社不问亏和赚的。温尚文说，你主编他又没来过温家围。严梅红说，他看了我的稿说从他当主编以来，温家围这期专号最精彩，他还说杂志社跟着温家围真要出名了，挡不住啊！温尚文说，都是严老师的功劳，妙笔生花啊！严梅红说，巧妇都怕无米呢，何况我不算巧妇，没有温家围的精彩，再想把文章写好也难哪。温尚文说，感谢你老在鼓励我保护温家围，说心里话，我开始为老围做事，没想那么多那么远的，当时的想法就是怕它消失了，我回不了老家，找不到根，成了没根的人。年轻的时候也没去想这方面的事，五十岁过了后，在外面打拼累了后，这种感觉便来了。还有一个更重要的原因——

严梅红说，哦——她等着他说下去。温尚文欲言又止。严梅红问，不方便是吗？温尚文说，我怕、我怕我父亲有一天回来，找不到家了，我出生前他就“过番”去了南洋，听说是泰国，从此他再也没有回来。严梅红说，那你没见过你父亲？温尚文说，没有。严梅红说，你母亲还好吗？温尚文说，她很多年前病逝了，我们家二十多年前搬离温家围后，她就一直不愿回温家围去看，她生前一再叮嘱我不要把她的骨灰带回老家。严梅红说，她老人家可能心里有解不开的结，她跟你说过为什么吗？温尚文说，她从来不说，我也不敢问，她一生太苦了，我怕不小心揭了她心里的伤疤。

严梅红说，你也不要太难过。

温尚文说，我保护好老围原来是这种想法，后来你发现了老围那么有价值，我才知道的。以前生活在老围，不知道自己住的竟然是宝。老围的人没有人懂得老围是宝，有些知道的，也只是知道一些，知道得不多。真的，要感谢你，严老师。

“温家围”专号出刊的钱是温尚文捐资的。这钱也捐得让温尚文有点闹心。出专号给杂志社的费用是二十五万，温尚文与廖主编谈好的，也签了协议，但温尚文的私房钱已为办温家围的事花光了。怎么办呢？温尚文找了他的儿子温雷。在温雷面前，温尚文不想转弯抹角地说话，他是自己的儿子，再说家里的事业是自己一手打拼出来的。在公司温雷的办公室里，温尚文把门掩上，让温雷停下手中的工作，他们父子俩正正规规地坐着谈。

温尚文说，老围申报“国级”，正策划出一本宣传老围的杂志，请省里的《民俗》杂志社来做，赶在专家们来考察老围前出版，出刊经费由我们家来捐赠。温雷不出声，不断地给温尚文泡茶。温尚文问，你的意见呢？温雷看着茶杯说，你决定，我没意见。温尚文说，二十五万。温雷不看茶杯了，看着温尚文的嘴巴说，那么多呀！温尚文说，已经优惠再优惠的了，整本杂志都是讲老围的，别人出一样的，远不止这个数呢。温雷说，县里、镇里、村里不能出吗？我们家可以捐一部分。温尚文笑了笑，说，你说得有道理，但都能出钱的话，我们就不用捐了。温雷说，你们不是说老围是宝吗？既然是宝，便是大家的宝，大家的宝大家都来珍惜、爱惜，大家都有责任出力出钱把老宝宣传好，宣传出去。温尚文说，你说得对，你说得都很有道理，眼前的问题是急得很，但一时又找不到出宣传老围的专刊的资金。温雷说，再怎么也不能只我们一家捐吧。温尚文说，我们家不捐就出不了这本书，出不了这本书，评“国级”的时候就拿不出系统的东西来向专家们宣传。温雷说，让村主任出去发动捐，老围在外面那么多人。温尚文说，哎，说到这里我们家就有点自豪了，我不是跟你讲过，顺生主任说从老围出去的人就数我们的事业做得最大。阿雷你别计较了，出书的钱我们家来捐吧。温雷顺着父亲的口吻，开玩笑说，老爸，这回听你的，下不为例哟。

温尚文没应，想，什么下不为例，兔崽子！暂时不训你。没想到，温雷又说，你当我没问，哎，你的私房钱呢——温尚文说，都用在老围的事情上，花完了，你别告诉你妈和你姐、你妹，别惹是生非！温雷瞪圆眼睛说，你那么大方，过百万哪，全扔进老围了？温尚文说，很多吗？老围是钱买不来的，哪能用钱来衡量。温雷说，不能，真不能，我不懂。温尚文觉得讲不到一块了，说你先给我拿二十五万给杂志社，以后的事以后再说。温雷又装乖巧了，说，老爸，还有以后啊？

温尚文从温雷的办公室出来，心里不自在——温雷把钱看得太重了，把钱看得太重的人不好，对别人不好，对亲人不好，对自己也不好，他还没把钱想明白，人的一生有许多比钱更重要的东西，把握不好，就会吃苦头！当然创业挣钱很重要，节俭不乱花钱很重要，积累财富也很重要，但是该花钱的事还是要去做，该花钱的时候不能吝啬，做公益又不是投资，该捐的钱还是要捐，这些利与弊，温雷还理解不透。好在他才三十出头，还年轻，日后历练多了会长进的，自己年轻的时候，也常常犯糊涂……

专家们终于来了。那天上午九点左右，专家们走进温家围，走严梅红选的线路。县里把专家调研温家围的线路安排交给县民协的刘主席，刘主席交给温顺生和温尚文，温尚文和温顺生最后想到了严梅红。因为严梅红不但熟悉温家围，又是专家，而且给温家围出了专号。没想到严梅红竟爽快地答应了，说这次我就不谦虚，这个光荣的任务我领了。

听了这句话，温尚文和温顺生差点高兴坏。

谁来给专家解说温家围呢。刘主席、温尚文、温顺生三个人同时想到了严梅红。严梅红又爽快地答应了，说不谦虚了，我来就我来吧，至于补助嘛，就不用考虑给我发了，我自愿为温家围做回义工。

严梅红和廖主编在专家们来的前一天，温尚文开车把他们从省城接到温家围。廖主编对温尚文说，看了温家围这期专号，我一定要来，饱饱眼福。严梅红说，廖主编，眼见为实，别只看纸上的温家围。廖主编说，你说温家围是客家围龙屋的代表，代表看了，其他看不看就好办了。

初冬的阳光真好，把温家围照耀得明丽亮眼。温家围像古色古香的油画，张贴在天地之间，与青山绿水融为一体。

陪专家考察的，有县领导、镇领导、刘主席和县有关部门负责人，还有廖主编、温尚文、温顺生，以及媒体记者等。温尚文还是紧张，他已经紧张兴奋好几天了。紧张是担怕温家围得不到专家们的认可，兴奋是因为如果温家围真的像严梅红说的那么好，专家们也同样认为那么好，温家围就有戏了。他小心翼翼地随着专家们走进温家围。

一身职业装打扮的严梅红今天显得既高挑又端正，嘴边挂着麦克风，小小的扩音器系在腰间，导游范十足。麦克风传递着她清亮柔和的声音。温尚文跟温顺生耳语，严老师的声音好听。温顺生小声回应，她说话本来很好听，现在从麦克风传出来，那就更好听了。

温家围大门三个石刻隶体字“温家围”是当时皇帝亲笔题写的，写于明朝嘉靖十二年。这也是温家围的“出生”时间。温家围始建时是八横两围，然后经历几代人最终建成。创建人温春光是客家人南迁大军中的一员。从温家围可以看出客家的历史文化、风俗、风情，严梅红从温家围这三个字开始说起，然后按照着调研路线边走边解说，温家围是客家围龙屋的经典之作，情系中原，根在河洛，可以从温家围找到依据。从温家围可以看出中原文化的传承，温家围是中原建筑文化的传承、聚族而居的躯壳、中原古代礼制的活化石、儒家思想的体现、小农经济的基地、滚动发展的营垒、人与自然和谐的杰作。温家围的建筑特色鲜明，选址精心，规模宏大，布局严谨，功能齐全，祠住合一，防御坚固……严梅红的话不多不少，恰如其分，恰到好处，选择讲解的时机也是最佳的，既不影响专家们看温家围，又说出了专家们最想了解的知识。一眼能看明白，一目了然的，她不说，看不明白或看不见的，她便好好地说，说得好好的。她的讲解，听罢如沐春风。

那位叫郝定调的老专家，他是专家考察组的组长。他听得笑眯眯的，说严老师讲得真不错。

严梅红不好意思地说，在各位专家面前献丑了。她虽然这样说，但还是很自信的，她在心里为自己鼓劲加油，严梅红你行的，专家们你们等着，还有更精彩的解说在后面呢。

郝定调说，你讲得真像专家，你已是专家了。

旁边有位姓吴的专家幽默地说，定调老师是研究古民居、古村落的权威，他说你已是专家就是专家，定调了。话音刚落，惹得大家哈哈大笑。

刘主席跟着笑，说，郝老，那本放在招待所你们住的房间里的温家围专号，就是严老师撰写策划的。

郝定调说，原来你就是严梅红啊！我还以为你是讲解员呢。但又纳闷，哪有那么精彩的讲解员。昨晚拿起这本杂志来看，看了便放不下了，边看边在脑海里起问号，温家围真是那么博大精深的一座古村落吗？

讲解古民居、古村落容易枯燥、呆板、乏味，但严梅红讲得一点都不会。她会挑一些很生动、很形象的词，或打比喻，或穿插讲小故事，讲得引人入胜。她说温家围像一位慈母，日日夜夜，年年岁岁，为孩子遮风挡雨，精心呵护着怀抱里的孩子们。这位慈母快五百岁了，呵护了多少孩子啊！她说，那次我游览以客家历史文化为主题的微缩景区，住在景区里，晚上做了个梦，梦见一个又一个巨大的蘑菇蓬勃地生长在蓝天白云下，秀水青山间，激动着醒过来，竟是一场美梦，原来是因为白天看了景区里那一座又一座的客家围龙屋。

严梅红问，郝老，你不会认为我把温家围讲走了、扯远了吧？

郝定调说，恰好，正好，刚刚好，你写得精彩，讲得更精彩！

严梅红趁机向郝定调介绍廖主编说，这位是我们杂志社的主编，编温家围这期专号是他拍板的。

郝定调说，这个板拍得好，拍得好啊！

廖主编说，我们杂志高攀了温家围。

郝定调拍了拍廖主编的肩膀说，你们杂志这期想不火都难啊！

他们这番对话，温尚文听得心花怒放。温顺生悄悄地对温尚文说，老围评上“国级”，板凳钉铁钉，十拿九稳了。

专家们在调研照墙、池塘、小溪、古榕的时候，温尚文已在大厅祠堂摆好桌椅，沏好了热茶，准备了刚出锅的香芋、番薯，还有香蕉、苹果等。当专家们来到祠堂时，纷纷被眼前的情景感动了。郝定调说，温家围，好温暖的温家围，这也许是温家围过去的一个场景。专家们走累了，正好歇一歇脚。温尚文吩咐装扮整洁的大婶热情招呼专家们喝茶。大家吃点心，品水果，场面好温馨。郝定调剥了一条番薯，慢慢品吃，说香甜、好吃。他然后问严梅红，温家围能够保护得那么好，听说有位很热心的大老板出了很大力，是吧？温顺生指着正在给专家们端茶的温尚文，说，郝老，就是那位。温尚文没想到郝老会问这个话题，赶忙说，哦，哪里，只是出了点小力。郝定调说，听说捐了两百多万了，那就不是一点小力了。他对陪在旁边的县领导洪县长说，这位老板有眼光、有境界，不简单啊！县里要多宣传宣传这样的老板。洪县长说，是、是、是，县里也要感谢他。

严梅红说，这座祠堂过去是温家围做红、白好事的地方，也是围里议事的地方，比如做寿宴、摆喜酒。客家人以前结婚做喜事喜欢唱山歌闹新娘，祠堂正是伴娘、伴郎对唱山歌的场所，客家人那么喜欢唱山歌，也许跟这个风俗有关系。

郝定调说，严老师，你能否在这里唱首山歌，让我们开开眼界，饱饱耳福。

严梅红说，不好意思，我不会唱，正准备学唱呢。她然后问温尚文，这几位大婶肯定会唱的。大婶们在忙着沏茶，端茶，分水果。

温尚文说，秋娘大婶，你来几句吧。

秋娘大婶用手指了指旁边的那位说，这位稻娘大婶比我唱得好。

郝定调说，两位大婶都唱，好吗？

其他专家便一起附和说，都唱，都唱吧。不等她们答应，响起了一片掌声。

秋娘大婶放下手中的茶盘，眉眼一挑，唱道：

一树杨梅半树红，哥系男人胆爱雄；
交情爱哥先开口，女人开口面会红。

专家们说，唱得真好！轮到那位大婶了。

稻娘大婶张口便来：

蝴蝶采花入花园，哥想连妹先开言；
世上只有藤缠树，唔曾见过树缠藤。

郝定调说，哎，不对劲哟，怎么没有男的接歌对唱？两位大婶好像唱的是情歌，哪位男士来对唱呀？

温尚文立马把温顺生推了出来，说顺生主任你来，你是我们温家围出了名的山歌手。

爱唱山歌的温顺生早已心痒难挨，他回想起自己那年结婚时，新婚之夜闹新娘正是在祠堂里对唱山歌的，伴郎与伴娘唱得不可开交，缠斗到十二点多才散场。那终生难忘的情景仿佛又重现了，他抬头挺胸引颈唱道：

阿妹生得桃花面，眼拐丢来一条线；
妹子姻缘有佢份，身家畀你都甘愿。

郝定调说，这首是唱给那位大婶的吧。再来一首，唱给这位大婶。

温顺生又唱道：

桃花开哩李花开，阿妹问哥哪里来；
阿哥好比蝴蝶样，因为花香随风来。

温顺生唱完山歌，才想起妻子温碧玉也在一旁给专家们倒茶递水。温碧玉心里酸溜溜的，瞪了一眼温顺生，虽然知道这是逢场作戏。温顺生别过头去，假装没有看见，说唱不好，唱得不好，出丑了。

郝定调说，没想到你这个当村主任的，还真能唱啊！

郝定调这么一说，温顺生更来劲了，得意地唱道：

客家山歌特出名，条条山歌有妹名；
条条山歌有妹份，一条无妹唱唔成。

大家刚想鼓掌的，温顺生又唱：

要唱山歌只管来，拿张凳子坐下来；
唱到鸡毛沉落水，唱到石头浮起来。

专家们听得大呼过瘾，又响起一片热烈掌声。

严梅红说，温家围正是客家人精神生活和精神家园的缩影，写照。

郝定调说，热茶喝了，山歌听了，温家围便活了，客家先民过去的生活又重现了。

严梅红说，温家围所有的一切都能印证客家人过去的生活。有些堂联，反映了客家人崇尚耕读文化，圆形的照墙反映了客家人的团结和睦，祖祠置于上堂，突出“聚族而居”的特征，反映了敬祖睦亲是客家遵循的礼制。

郝定调说，严老师你已是研究客家围、研究客家文化的专家了。严老师，我有个问题想请教你，客家山歌的由来和特点。

严梅红说，我查阅了一些资料，结合我的观察和研究，觉得这种说法很有道理，客家山歌产生于劳动，客家人在劳动过程中即兴而歌，通过唱歌忘却劳累，抒发内心和交流彼此的感情。客家山歌与古代汉族民歌一脉相承，先秦民歌的主要表现手法赋、比、兴、双关、重叠在客家山歌中大量出现。客家山歌既保存了中原文化的神韵，又形成了自己独特的艺术风格。

郝定调拍拍手掌，说，说得好！刚才吴老师吴专家说我定调说我说了算，你们听听，我是乱定调的吗？严老师真是研究客家文化的行家了！

郝定调的话逗得专家们大笑不已。吴专家又来了，说，郝组长，大家吃了番薯，喝了好茶，听了山歌，再劳你组长大人代表我们说说体会，定定调吧。

郝定调说，又是你老吴，专爱给我出难题。专家们跟着吴专家起哄，来吧，来吧，郝组长。郝定调不温不火地说，番薯好甜，香芋好香，热茶好甘，山歌好听！专家们说，好，总结得好，定调了！大家乐得合不拢嘴，笑声在祠堂里回荡。

严梅红领着专家们从温家围的照墙的左边大门出来，然后走正大门，然后是八横一横一横地看，再是四围一围一围地观，最后是老围后面的风水林。专家们从上午九点一直考察到十一点多，午饭安排在县委招待所。午休和下午三点召开的专家组评审反馈会也安排在县委招待所。

温尚文坐立不安。他找到刘主席，征求他要不要给专家们“那个意思”。刘主席知道他说的 “那个意思”是什么意思。刘主席说，昨晚专家们入住的时候，我偷偷地问了省民协的朱主席，朱主席说不要轻举妄动，等他征询了郝组长后再说。这批来考察温家围的十位专家，来自北京和其他省（市）。

温尚文说，朱主席怎么说？我都把“那个意思”准备好了。

刘主席说，别紧张，专家们上午看了温家围，个个都看得很高兴，我看有戏了。

温尚文问，万一——

刘主席说，还能怎样？你温大老板不要说万一了，谁能保证万一呢？我也紧张啊！这是县里的荣誉。

温尚文吃不下午饭，也睡不好午休。他在煎熬着，一直熬到三点开会。他旁听了会。当听到郝定调代表专家组反馈意见，充分肯定温家围的价值时，他流泪了，悄悄走出会议室，快步走到门外远处的那棵古榕树下，仰天大喊，老围，我的老围，我的前世今生啊！

第二十七章

春节刚过，从北京传来喜讯——温家围评为“中国古村落”。

温尚文兴奋激动得“难受”，他想了又想，这个天大的喜讯要告诉的第一个人是谁呢？严梅红吗？不用了，她全程陪同专家们考察了温家围，听了专家们的评审反馈会，已能预知结果的，再说估计她也许比自己先知道这个喜讯呢。温顺生、刘主席也不用自己告诉他们。这个人选是谁？妻子徐冬娘？儿子温雷？女儿温萍和温芬？不、不、不，都不是，他们不关心这件事，别说关心，还不太愿意让自己为老围的事花太多的心思。谁呢？谁呢？谁呢？哦，有了，陈西东！

温尚文的心情像那缕从云层里透射出来的阳光。他立即给陈西东打电话。陈西东说，温大老板，没午休啊，那么好的精力。温尚文模仿严梅红的口吻说，午什么休啊，告诉老弟你一个天大的好事。严梅红说话喜欢在惯用的词语里放进“什么”这两个字。比如，厉害，她会说成厉什么害。陈西东说，都那么一把年纪了，还有什么事是天大的好事？温尚文说，温家围终于获评“中国古村落”了，刚从北京传来的消息，新鲜着呢！陈西东呵呵呵地笑，说热烈祝贺！狠狠地祝贺！祝贺温家围！祝贺温大老板！温尚文说，你陈老板捐了一大笔钱修老围，感谢你。陈西东说，这你就别挂在嘴上了，一点心意而已。

温尚文突然小声地说，有了这个金字招牌，温家围保护开发起来便更好办了，陈大老板，我觉得自己今后还能为温家围做许多事情。

陈西东说，那肯定，你身体那么好，牛一样健壮呢。

温尚文嘿嘿嘿地笑，也许是因为激动过头，竟无厘头地说，哎，上次你说你老婆不在后没跟其他女人睡过，哪有猫不吃腥的，你走马灯似的换身边的女人。我不信，不信，怎么可能信你呢。

陈西东说，怎么不信，带着女人只是找个伴说话，对付孤独的。

窗外好像有鸟儿在树上叽叽喳喳地调情。

温尚文说，对付孤独？鬼才信你的话。

陈西东说，我说话是我的事，信不信由你。

温尚文由小声变成了神秘，说你信吗？这件事我只说给你听。

陈西东来兴趣了说，你还没说，我怎么信你？

温尚文说，我不是跟你说过我已跟老婆分居了嘛。

陈西东说，对，你是说过。

温尚文说，分床后就再也没一起过“那种生活”，我又没像你一样在外面带小妹。

陈西东说，那个付春风不是小妹，是什么？

温尚文说，那是很久的事了，在我与我老婆分床前的事了，你想会怎样，我……我……

陈西东说，我，我什么？突然结舌啦。

窗外传来鸟儿更纵情放肆的叫声。

温尚文说，我竟然梦遗了，第一次我没发觉，也没往这方面去想，都五十几岁了，那是十几二十岁年轻人的事情。第二次做着这个美梦，好着的时候醒了过来，真真实实地证实了。

陈西东哈哈哈地笑个不停。

陈西东在电话里的笑声像窗外鸟儿的欢叫。

温尚文问，你笑什么？笑我脸皮厚，笑我老不正经吗？

陈西东收住笑，说为你开心，老哥你身体那么壮，那个还那么厉害，我羡慕嫉妒恨啊！我说我老婆不在后没碰过女人，难怪你不相信。

温尚文说，你笑我，你肚饱笑我肚饿的，你还是东西吗？

陈西东想，温尚文把这种事都拿来告诉自己，真是把自己当知心朋友了。陈西东说，我不是东西，我是西东。你不会是梦见了哪位情人了吧，能否透露一下，老弟我绝对给你保密。

温尚文说，梦醒来后，我认真回想，没有梦见哪个女人，想不起来。言归正传，这章翻过去了，我给你说个正事，温家围在正月十四举行挂牌仪式，请你出席。

陈西东说，那么看重我啊，一定，一定参加。

温尚文说，我正寻思，老围评“国级”后怎么来保护好利用好，不能让它晾在那里。我的后半生就办这事了，也不知道能做成几件事？

陈西东说，还能做很多事，你看你还像二十岁的小伙子呢。

元宵节前一天，县里在温家围举行“中国古村落温家围”挂牌仪式。喜狮欢腾，锣鼓喧天，人潮涌动。温家围沉醉在一片喜庆、热闹、欢乐之中。

郝定调来了，省民协的朱主席来了，市、县、镇的领导来了。严梅红、廖主编带着满脸笑容来了。温尚文、温顺生、刘主席忙得不亦乐乎。乡亲们一拨一拨地从四面八方回来，回到曾经的家，重温曾经的日子，激动，兴奋，动情。

望着欢天喜地、云集在一起的乡亲们，温尚文心里泛起阵阵失意，他的妻子徐冬娘没来，他的两个女儿温萍、温芬没来，更让他没想到的是，他的儿子温雷一家也没回来。他很早就把老围举办挂牌仪式、要好好庆祝热闹一番的消息告诉他们了。徐冬娘不来是因为她一直不让他为老围的事操太多的心思，跟他的意见不合。温萍、温芬呢？不晓得是因为受徐冬娘的影响，还是因为自身的原因，都这样说，要跟老公回老家欢度元宵。温雷呢？他是怎么也想不明白的！你们的根在老围啊！你温雷是在老围出生的，“胞衣迹”还在老围，你温雷不带你儿子回来，你儿子以后就会忘了自己的源头在哪里的！

今天为庆祝挂牌仪式，摆了一百张喜宴。温顺生事先派人到处筹措资金，但不理想。温尚文决定再捐十五万元。自己身上已没钱了，怎么办呢？直至挂牌的日子临近了，他还找不到谁来借钱，最后他硬着头皮给儿子温雷打电话，说老围过几天就要搞挂牌仪式了，大家都很高兴，要好好热闹一番，很多人都捐了钱，这是百年，不对，是几百年难逢的天大喜事，我们家也得表示表示。温尚文认为这句话是他想了又想，想得最好的话。

温雷好像还在听，没有回应。

温尚文想起上次让公司捐二十五万的事情，忐忑不安，生怕温雷说出推诿的理由，赶忙说，下不为例，下不为例！

温雷笑了下，才慢吞吞地说，我说你老爸，公司是你一手创办的，公司的钱就是你的钱，你说捐多少就捐多少，你说了算，不用下不为例。

温尚文听出温雷话中有话，话里有怨，心里骂了句，这个臭小子！转弯抹角训我不是！但他忍着，说捐十五万，怎样？老围的人都认为我们家是老围的骄傲，榜样呢。骄傲要有骄傲的样子，榜样要有榜样的样子，不多，十五万。

温雷说，老爸，我刚才不是说了吗，公司是你一手办的，你说捐十五万就捐十五万。捐了也不用说下不为例。

温尚文吐了口大气，但憋着，在心里吐，不敢吐出来，让温雷在电话里听见，不能让他摸透自己的心思。他觉得自己像小偷被抓了似的。

一百张桌摆满了温家围的门坪、厅堂，这是温家围从未有过的场景。

温尚文开心着，欢喜着，在人潮里游弋，像一尾快乐的鱼。他在细数着想见的人。哦，他突然想起陈西东来。对，一直没有看见陈西东的身影。他赶忙寻找，但找遍老围的角落，都没有找到，也许是因为人太多的缘故。他才想起打陈西东的电话，真是乐晕了。他打电话找陈西东。陈西东说，我哪敢不来啊！怕你忙，想等你忙过一阵子，再向你报到的。

温尚文说，你是重要嘉宾，揭牌的时候要站在第一排的。你在哪儿，我这就过去。

陈西东说，我在找温家围专号的杂志呢。

温尚文说，不是报到签名时有给的吗？

陈西东说，给了，每人只有一本，我要多几本。

温尚文说，要多少，我让他们给你多少。说着呵呵地笑，又说，又不是金戒指。

陈西东说，这就是金戒指，给我五十本吧，严老师亲自编写的，太精彩了，我想请她为我老家的陈家围也做一期专号。

温尚文没想到的是陈西东不是一个人来的。吃饭安排座位的时候，他身边多出了一个漂亮的小妹。哎哟，这不是那间茶馆的服务员，“九号”吗？

陈西东倒是大方地介绍，这位是我的爱人，郭玉女士。

严梅红只是见过一次郭玉，廖主编和温顺生没见过。只有温尚文熟悉，何止熟悉，是太熟悉了，郭玉就是他跟陈西东常常去喝茶的那间茶馆里的“九号”服务员。

陈西东看着温尚文诧异的样子，将身体斜靠向温尚文悄悄地耳语，不好意思，没来得及跟你说，前几天结的婚，因为是二婚，没敢请朋友吃饭。

温尚文还是诧异，说，怎么她又回到你身边了呢。他们用客家方言对话，除了温顺生外，郭玉和其他人听不懂他们在说什么。

陈西东悄悄地说，看来看去，比来比去，觉得还是她比较合心意，就是她了，慢点你忙过这阵子了，我再跟你好好说吧。

郭玉倒大方，先跟温尚文热情打招呼，说温大老板气色那么好，才一段没见。然后她又跟其他人打招呼。温尚文笑着说，是吗？温尚文拿起酒杯，也示意陈西东和郭玉拿起酒杯，分别轻轻地碰了碰他们的酒杯。郭玉颔首甜笑，说，祝温老板开心。

温尚文顺着势，说，来、来、来，一起来，祝大家开心快乐。

温顺生的老婆温碧玉召集了几个人过来敬酒。温尚文正要举杯，温碧玉问，哎，尚文老板，怎么没看见嫂子？

温尚文说，哦——哦——嗯，她刚好身体不舒服，说好要来的又来不了了。他赶忙编了个谎话。

温碧玉说，很多年没见她了，好像你们搬出老围后，她就再也没有回来过，有二十几年了，好想跟她聊聊以前在老围一块时的事情。

温尚文开玩笑说，你看上去滋润哪，生蛋的母鸡似的，她都成老太婆了。

温碧玉说，你就爱拿我开玩笑。你气色才好呢，看上去不过是四十出头。

温顺生心里不自在了，这戏演的是哪出跟哪出，赶快说，这位是我的老婆，我们俩给大家敬酒。

第二十八章

真是一语成谶。温尚文刚才给温碧玉撒谎说他的妻子徐冬娘身体不好，不一会儿，他的手机便响了，是他的儿子温雷打给他的电话。温雷在电话里很着急的样子，说中午吃饭，我妈端着碗吃着，突然摔倒，然后便不省人事。

温雷知道父亲温尚文回老家温家围参加挂牌仪式，快过元宵节了，担心母亲徐冬娘一个人在家冷清、孤单，便跟老婆、孩子回来陪她。

温尚文当即脸色铁青，问现在怎么样?

温雷说，刚送医院检查，等检查结果。

温尚文强装镇静，放下筷子，说你们慢慢吃好，我有点急事先走，不好意思，不好意思。

温顺生看着满桌丰盛的菜说，再急的事也要吃完饭再办啊。

陈西东说，是啊，再急也得吃了再说吧。

严梅红不知道温尚文究竟发生了什么事，她没见过他急成这个样子的，一时找不到合适的话。

廖主编说，能说说吗，看看我们能帮点什么。

温尚文说，没、没什么，我吃好了，你们慢点吃吧。他边说边匆匆离席，火速往四百公里外的医院赶。

徐冬娘住进医院后，再也没有回来。

温雷、温萍、温芬守护在病房。徐冬娘已睡了过去。温尚文看见三个孩子神色沉重，生怕惊扰了妻子，小声地把温雷叫出病房外，问，你妈怎么了？温雷说，在送医院的路上她一直昏迷不醒，后来才慢慢有了知觉。她说胸疼，气促。我姐摸了摸她的额头，热得烫手。温尚文问，然后呢？温雷说，一送进医院，医生就进行抢救，因为她又昏迷过去了。

温尚文问，然后呢?

温雷被父亲温尚文问急了，说，你听我好好跟你说，然后便进行一系列的检查。

温尚文问，然后呢？检查结果出来了吗?

温雷说，还没出来，不过——

温尚文问，不过什么？你赶快给我说。

温雷说，医生怀疑是肝癌晚期，我姐和我妹听了吓得哇哇大哭。

温尚文说，怎么可能呢？怎么可能呢？怎么可能呢?

温雷说，医生也说但愿是他误判，一切都要等检查出来的证据为准，你们别太担心。如果不是你们问急了，我是不说的。不过，还是要有些心理准备。

温尚文说，怎么可能呢?！平时你妈也没说有什么身体有哪不舒服。

温雷说，我妈住进病房后又醒了过来，我妹问她，她说有时晚上睡觉的时候肚子会隐隐作痛。

温尚文安静了下来。他陷入自责之中，因为他们分床睡已快两年了。这两年来，七百多个夜晚，自己从来没有去关心过妻子，自己睡自己的，她睡她的，好像两个没有关系的陌生人，她睡得好吗？夜间要不要喝口水？被子薄厚舒适吗？自己一无所知，也从没觉得自己这样有什么不妥，人生难得老来伴，而自己呢，居然忘了身边的伴……温尚文想着想着，眼泪涌了出来，他别过脸去。温雷说，爸，你别太着急，太难过，回房去坐坐，跑了几百公里的路，累了。看看我妈现在醒过来了没有。

温尚文没有跟温雷回病房去，仍旧一个人在流泪。他觉得眼前一片漆黑，妻子真的像医生所说的那样患的是晚期肝癌的话，怎么办，怎么办呢！

他蹲在病房外的过道上，蹲了一会儿，站起来，趔趄着走向过道那端的卫生间，然后进了卫生间，关上门，呜咽地哭了起来。他内心的自责、内疚在加深，加厚，加重。徐冬娘二十一岁嫁给他，从踏进自己家门的那天起，就没有一天清闲过。父亲“过番”后再也没有回来，母亲又体弱病多，家务活几乎由她一个人承担，三个孩子由她辛辛苦苦带大。她每天起早摸黑，忙个不停。家头教尾、灶头锅尾，田头地尾和针头线尾，这“四头四尾”的活儿是她生活的全部。后来全家来省城发展，经济状况好了，条件改善了，而她已近五十。半生劳碌的她到了这个岁数，也明显老了。女儿出嫁，儿子成家生子搬出去住，她便孤单了。她到了本该享清福的年龄，竟成了没有谁关注的闲人，多余的人。自己为办两所学校的事，一直在外面忙。办学校的事理顺了，他便把这方面的工作全权移交给儿子，而自己又开始忙老家老围的事情。她被遗忘在家里，冷冷清清，连个说话的人都没有。自己真是没有尽到一个做丈夫的责任啊！不单这样，有时还嫌弃她老土，没文化，没见识，不懂生活，不解风情，万一这次她一病不起，万一她从此走了呢……温尚文的自责已无以复加，边想边号啕大哭。

温尚文听见女儿温萍在过道一声紧似一声地叫他。他才掬了一把冷水，拂了拂脸，再对着手机屏幕，略略整理了下表情，走出卫生间。

检查的结果出来了，徐冬娘得的病如医生所说已是肝癌晚期。

温尚文一直陪在徐冬娘的病床前，生怕妻子转眼便不在了。他吃不下饭，也睡不着觉。

温雷和温萍、温芬着急了，但再怎么劝他回家去休息，他都不说话，不回应。

温尚文不单沉默不言，表情还呆呆的，木木的，像丢了魂魄似的。几天后，他实在熬不住，病倒了。医生给他又是输液，又是打针，他才缓过气来。

徐冬娘已快不行了，剧烈地疼痛，咯血，吐痰，痰中带血。她可能预感到这是她最后一次醒过来。温尚文一只手拉着她的手，一只手轻轻地捋着她的头发，头靠近她的耳边。徐冬娘气若游丝，用很微弱的声音说，尚文，我可能要走了，有句话我一直没说——你阿妈临终前悄悄跟我说。温尚文的泪水已像断了线的珠子。他屏住呼吸。徐冬娘说，你阿妈说你“过番”的阿爸如果在外面一直没有再娶女人，你就把她的骨灰葬回老围后面的山上；如果你阿爸在外面再娶老婆了，她的骨灰就永远不要送回去。徐冬娘流着眼泪说，阿妈这一生太苦了，记得我那天为什么说那句让你气愤的话吗？就是给苦命的阿妈叫屈。你阿爸不能这样待阿妈的。温尚文哭着说，我，我，我对不起你，那天是我不好，是我不对，你好好休息吧。徐冬娘快没气息了，艰难地说，阿、妈、不、想、把、这、些、话、直、接、告、诉、你，怕、你、难、过。温尚文边哭边听着。徐冬娘说，我、也、不、是、阻、止、你、为、老、围、办、事、捐、钱，但、老、围、的、事、是、大、家、的、事，大、家、的、事，大、家、一、起、来、出、力。为、保、护、老、围，你、捐、钱、我、也、赞、成、的，但、担、怕、你、一、门、心、思、用、在、这、上、面、后，把、家、里、的、事、忘、了，把、办、学、校、的、事、忘、了，温、雷、毕、竟、还、嫩、着。

温尚文已哭成了泪人，说，你好好睡一会儿吧，我知道了。

徐冬娘说，我、说、完，我、就、睡、了。

徐冬娘说完这句话，便没了气息。

温尚文控制不住大声恸哭，温雷、温萍、温芬三兄妹悲恸欲绝，哭声震动了整间病房。

第二十九章

温尚文料理完妻子的后事后，情绪极度低落，足不出户。

温尚文的儿子温雷和女儿温萍、温芬着急坏了。他们劝他、求他搬出去跟他们一起住，他都无动于衷，只说一句，我想一个人静一静。温萍和温芬无计可施，只好轮流去看他、陪他，买了肉、蛋、蔬菜、水果等食品，偷偷储存进家里的冰箱里。

温尚文闷着，表情木然，目光像散了似的，看上去不正常得有些骇人。他吃无味，睡不宁，在客厅、房间、饭厅、厨房，甚至阳台，凡是徐冬娘生前留下身影的地方，一遍一遍地慢慢地走，一遍看了再一遍，不断地重复，像失灵的机器。他常常走着，走着，便流眼泪。有时他自言自语，一边说一边哭。满屋子都是悲伤。他深陷进悲恸的情绪中，不能自拔，整个人瘦了一圈。

温尚文从家里走出来，是半个月以后的那天，引导他走出来的人，不是他的儿子温雷，也不是他的女儿温萍和温芬，是陈西东。温家围举行挂牌仪式那天，大家正欢天喜地地吃着午饭，温尚文中间匆忙离席，陈西东觉得蹊跷，吃完饭，他给温尚文打电话。温尚文说，开着车，刚好有点急事要急着办，等办好了给你回话。三天后，陈西东又给温尚文打电话，本来想问他那天说的急事办得怎样的，但他的手机一直处在通话状态。一个星期后，陈西东再次打电话给温尚文，这次温尚文的手机关机，这加重了陈西东的疑虑。

陈西东不打电话了，他直接去温尚文的家里找他。那天是温尚文的妻子病逝的第七天。温尚文以为是他的女儿。打开门，看见陈西东，惊呆了。陈西东也惊呆了，眼前的温尚文已憔悴得变了形。

温尚文有气无力地问，你怎么来了?

陈西东看见温尚文这个样子，心里的一阵难受没忍住，眼泪涌了出来，说老哥，你这个样子，怎么好呢。

温尚文说，别操心，我没事的。

陈西东说，你照照镜子，再这么下去，身体便垮了。

温尚文说，我没事的。

陈西东说，你的心情，我能理解，你今天遇到的打击，我经历过，我的妻子离开那年，我四十七岁。我当时也差点没跨过去，差点倒下。

温尚文说，你别操心，我没事的，别操心。

陈西东说，日子还要再继续，你若是垮了，嫂子在天有灵的话，也会难过的。你真要好好地想念她，想念她长久一些，就要照顾好自己，这样想念她的日子就多了，长了，是不是?

温尚文说，都是我的错，分开睡，没照顾好她。

陈西东说，你也别太自责，太内疚，这都是命。你不是跟我说过，分开睡也是嫂子的意思吗?老哥啊，嫂子走了，你更要照顾好自己。这几年温家围的事，因为你花了那么多心血，才有今天的名气啊!

温尚文的眼神亮了下，说，我只是尽了一点应尽的心意，修老围还要感谢你的大力支持，你不姓温，但比老围的人捐钱捐得多得多。

陈西东说，老实说我是被你感动的，也从老哥你的身上学到了不少东西，能为家乡做点实事，不能只为自己、为家人活着。活着的格局便大了，境界便高了，人生的意义便有了。

温尚文说，别夸我，还有许多事在等着我做呢。

陈西东说，对呀，温家围的金字招牌已经有了，今后如何保护好、开发好，真的有很多事情要做，所以你不能太自私，要把身体养好，你的身体不是你一个人的。

温尚文呵呵呵地被逗笑了。这是他的妻子徐冬娘病逝后的第一次笑。

陈西东说，我想好了，听说福建的土楼很值得去看，土楼是另一类型的客家围屋，在全国甚至在世界都出了名的。土楼在保护、利用和开发方面已经走在前面，我们去实地看看，说不定温家围的保护和开发也有可参考的。

温尚文说，我也早有耳闻。

陈西东说，那就明天去吧。

温尚文问，明天？

陈西东说，要不要叫上温顺生和严梅红老师，温家围的事，今后还要请他们出力。

温尚文说，请他们一块去也是好的，不知道严老师有没有空。

陈西东说，她即使没空，也会抽空的。你看她为温家围的事情多上心啊！又是写文章，又是当解说员，还策划出宣传专号。她是研究温家围的权威专家了。为了陪她，我也让"九号"一块去。

温尚文便笑了，说，"九号"，对、对、对，你和你的"九号"新婚，还没请我呢，以后别叫"九号"了，像地下党的称呼似的，她的姓名比你的好听呢，郭玉。

陈西东说，去福建看土楼时再好好请你。这段时间温顺生主任没打电话给你吗？

温尚文说，打了几次，我没告诉他家里的情况，严梅红和刘主席也打了电话，我只跟他们说温家围的事。

陈西东说，温家围出大名了。

温尚文说，老围评上"中国古村落"的前后经过和举行挂牌仪式的喜庆场景，我请严梅红老师帮忙出个画册。

陈西东说，你对温家围的事真是用心。出画册的小钱由老弟我出吧。给我一个表现的机会。

温尚文说，你表现过了，很感谢老弟了。

陈西东离开时，拥抱了下温尚文，说，老哥保重，加油！

温尚文的眼泪哗地涌出来，他动情地把陈西东送到门口，深情地望着他的背影，想：今生有陈西东这样的好朋友，知足了。

第三十章

温尚文看土楼回来的第二天，接到刘主席的电话，说，县领导想听听他今后如何保护和开发温家围的意见。

温尚文问，听我的意见吗？哪位领导？

刘主席说，还记得吗，那天陪专家们去考察温家围时，那位身材高高大大的，头圆、鼻大、嘴方的那个领导，叫洪县长。不是副的，是正县长。

温尚文说，哦，受宠若惊了。

刘主席说，他听说你为温家围这次评上“中国古村落”出了很大的力，捐了一大笔的钱。

温尚文问，什么时候去拜见他。

刘主席说，等通知，到时我陪你一块去。

温家围虽然还是温家围，但评上“国级”后，温家围已不像原来的温家围了，温家围上了电视，上了报纸，而且都是很紧要的时间和版面，温家围的名字像长了翅膀，越飞越高，越飞越远。冷清、落寞的温家围热闹了起来。陌生人来了。村民们说，这些游客啊，真是喜欢。以前从来没见过的那些男男女女，慕名而来，有近的，有远的，甚至有国外的，他们这里看看，那里瞧瞧，叽叽喳喳，他们说话的口音五花八门。温家围像散发着奇异芳香的鲜花，招蜂引蝶。

看护温家围的压力突然大了起来，尤其是卫生保洁。温顺生跟温尚文诉苦。温尚文哈哈大笑，说，不一样，你看老围现在就是不一样了。温顺生说，光是打扫卫生的费用就大幅上涨，以前一星期甚至半个月叫人打扫一次的，现在三天两头甚至天天扫了。温尚文说，看来游客的环境意识还需提高啊，你一个大大的村主任，这点小事还不是小菜一碟。温顺生说，什么一碟，好多碟呢，不是我老冲你喊穷叫苦，村里确实拿不出钱的。温尚文说，好、好、好，增加点费用，我来出吧。

从老围搬出去的，又陆续回来了，有些搬出去十年二十年的，有些是自从搬出去后便再也没有回来的。他们虽然不是搬回来住。他们现在看着已被自己遗弃的老房子，全变成了爱惜。他们将老屋里里外外好好打量一番，像发现了宝贝似的，然后又是里里外外地打扫整理一番，把早已生锈的锁头重新换上崭新的，小心翼翼地将钥匙收藏好，笑容可掬。他们心里窃喜，自豪，为自己身为温家围人。

温家围的这些变化，温尚文事先虽然能预见一些，但没有预见会变成今天这种局面。他既高兴，又担忧。高兴的是，说到底大家心中还有家乡的观念，有根的意识，有故土的情怀。但担忧的是，生怕他们对保护和开发老围因不正常的私利而设置障碍，或不同意利用开发，或漫天要价，守住自己的老房子好像守住了金山银山似的。

几天后，洪县长约见了温尚文。在洪县长的办公室，就他们两个人。工作人员给他们各端一杯茶后退了出去，并轻轻带上门。一块陪同去的刘主席在另一间接待室里等温尚文。刘主席想，看来洪县长很重视倾听温尚文对温家围的保护和开发的想法。

洪县长开门见山地说，温老板，你看温家围现在火起来了，去游览温家围的人多了，关注的程度也高了。

温尚文说，是啊，连搬出一二十年从未回来看老围的，现在也回来了，“中国古村落”这个牌子的确金光闪闪，把他们都照了回来，像飞蛾扑火似的。

洪县长哈哈大笑，说，听说你对温家围情有独钟，又是出力，又是捐钱，想听听你对温家围今后保护和开发的高见。

温尚文说，感谢县长百忙中抽空约见我。高见谈不上，我前段去了福建看土楼，土楼也是很有名的客家传统古民居，他们对土楼的保护和开发有值得借鉴的地方。温家围呢，我想重在保护，至于开发利用，只是想对老围附近的资源进行开发。

洪县长扶正了眼镜说，请往下说。

温尚文说，把温家围当作参观基地，摄影或影视基地，收点门票，抵抵租金，不要像福建的土楼一样在里面卖东西做生意，商业性太浓，对保护也不利。不过，他们把土楼当作旅游资源来开发重视，增加当地居民的收入，也是值得肯定的。

洪县长用手势示意他继续往下说。

温尚文说，温家围周边地方有丰富的自然资源，比如有小溪，有小山包。我想，利用小溪规划漂流项目，利用小山包建一个以种植梅花为主的生态旅游公园，我们客家人种梅、爱梅由来已久，以梅花品格励志。这些项目依托温家围这个宝进行谋划发展。温家围离县城不远，不愁没人气，不愁没人去。

洪县长站了起来，说，好啊！这个梅花生态旅游公园好啊！我们美州人喜欢梅花的历史悠久，许多文人墨客游历了美州的山水后，留下了许多咏梅的诗文。南宋著名诗人杨万里的这首诗便广为传颂——“一路谁栽十里梅，下临溪水恰齐开；此行便是无官事，只为梅花也合来”。看来，温老板确实已经有想法了，而且还是深思熟虑过的好想法，说得很有道理，这样吧，你今天跟我谈的我绝对保密，没有第三个人知道，慢点县里把温家围这个招商项目公开出去后，你参与竞争，到时看谁的设想好，从中选择，好中选优。我看，很难有谁的想法超过温老板。

温尚文说，这样公开、公平、公正竞争好，其实我也不一定非要做这个项目，只是有份责任，有份感情，不能让那么一大座那么好的温家围荒废掉了。

洪县长说，你对家乡很有感情啊，让我感动，县里也很感谢你，你为县里分担了困难，捐了一大笔资金保护温家围。

温尚文说，温家围现在是县里的一张响亮的名片。

洪县长说，所以一定要把这张名片擦得更亮！

第三十一章

温尚文终于踏上了寻父之路。

他的妻子徐冬娘临走前对他说，阿爸在外面一直没有再娶的话，阿妈才愿意把骨灰送回老围。这句话像钉子一样深深地、狠狠地钉进了他的心里。这句话，像火一样炙烤着他。这句话，也加快了他去泰国寻找父亲的进程。

温尚文十多岁时，曾听温顺生的堂伯母说过，父亲漂洋过海去的是“暹罗”（泰国）。温顺生的堂伯温从伯、堂叔温实在当年与父亲三个人一起“过番”。后来，温从伯从泰国写信回来报平安，以后还时不时托水客捎回“番钱”。温从伯也一直没有回来过，大约二十世纪八十年代末病逝，客死他乡。温顺生的堂伯母知道后，一夜之间便崩溃了，以后一直精神恍惚过不好日子。

温尚文打电话给严梅红，说，过几天他想去泰国寻找父亲。他一再犹豫要不要告诉她这个想法，最后他还是做出了这个决定。因为他曾经把他父亲“过番”的事告诉过她，另外她也曾经跟他说过，她近年在重点研究客家历史文化，还调皮地“埋怨”过他，说都是因为看了你老家的温家围以后引发的，还说凡是他去看跟客家的历史文化有关的地方，别忘了通知她。

严梅红跟他去过梦好古镇，当年客家人“过番”的始发地，跟他去过客家人聚居的城市美州，跟他去过客家历史文化的微缩旅游景区，跟他去过福建看土楼。

严梅红在电话里兴奋地说，你带我去“过番”，好啊！我正在构思写一篇文章，讲述客家人迁徙的故事，我好像跟你说过，客家人“过番”也是一种迁徙。

深秋的一天，他们去了泰国。

那天，温尚文坐在飞机上，从舷窗往下眺望一片茫茫的大海，心绪难平，父亲当年背井离乡从梦好古镇坐火船出发，顺着美江，然后途经那条大江，最后进入南海，经过几天几夜的风雨漂泊，历尽千辛万苦，才到达目的地。他曾看过有关这方面的文字记载：从明末清初开始，客家人“过番”大都是跋山涉水赶到梦好古镇的码头搭乘火船行至汕头，然后再转乘“大眼鸡”帆船或是大轮船，最后航行到南洋各国的。

温尚文默默地望着，心情沉重。飞机上的其他游客们叽叽喳喳，像欢快的鸟儿。严梅红看着一直从窗口往窗外凝望的温尚文，不敢打扰他，不敢跟他说话。温尚文一边望着，一边叹气，好像呼吸困难的样子。严梅红伸出手想拉他的手，但又缩了回来，说，温老板，你没事吧。

温尚文回过头来，说，对不起，我想起了我阿爸，我虽然从来没有见过他一面。

严梅红说，你的阿妈一生也太苦了。

温尚文说，我阿妈不再嫁人，听说她一直在等我阿爸回家。

严梅红说，你阿爸为什么走后就再也不回家了呢？

温尚文怕控制不好情绪，又把脸别过去望着机窗外，说，我阿妈从来不跟我说阿爸为什么不回家。

严梅红说，你阿妈怕你难过吧？

温尚文说，小时候我问我阿妈，我的玩伴有阿爸，我为什么没有呢？我阿妈把我搂进怀里，搂着我的头说，宝贝，你阿爸去很远很远的地方，等挣了很多很多钱后便会回来看我们的。我小时候，我阿妈一直不叫我的名，叫我宝贝或狗子。

严梅红觉得心里一阵一阵地心酸，等平静了下来后，问，你阿妈一直没告诉真实的原因吗？

温尚文说，后来我不问了，我一问阿妈就哭，哭得跟个泪人似的。稍大了后，我听邻居温顺生的堂伯母说，我阿爸去了泰国。我便问她，泰国在哪里，她说她也不知道，总之是要漂洋过海很远的地方。

严梅红问，你阿爸从来没有音信吗？

温尚文说，我结婚那年，家里突然收到他托水客捎回来的一大笔“番钱”。我刚好用这笔钱摆酒席请客。咳，这以后便再也没有消息了。

严梅红说，这有些蹊跷了。

温尚文说，什么蹊跷，哦，我阿妈是童养媳，你听说过童养媳这回事吗？

严梅红说，听过。

温尚文说，我爷爷、奶奶把我阿妈抱回来时，阿妈才三岁。我阿爸比我妈大三岁。听说我阿爸对我阿妈很好，像哥哥照顾妹妹一样。我阿爸二十二岁那年，他们便成了夫妻。

严梅红说，哦，莫不是——

温尚文问，不是什么？

严梅红说，莫不是你阿爸一直把你阿妈当妹妹了？

温尚文说，他们又不是亲兄妹，没有血缘关系的。长大后我也曾这样想过，但我阿妈不愿意提及这件事。我也不敢问她，直至我妻子病逝前，她才告诉我，我阿妈说我阿爸如果没有再娶的话，我阿妈的骨灰才愿意送回老家。

严梅红说，你这次来泰国寻父，是找答案的。

温尚文说，我这一路心情忐忑不安，很想找到我阿爸，但又怕见到我阿爸，还担心——温尚文还是望着窗外，一只手抚着窗沿，一只手在抖。

严梅红又把手慢慢伸过去，好像不经意的样子，这次她的手叠放在温尚文那只抖动的手背。温尚文感受到了，把手翻过来，然后握在了一起。严梅红说，别担心了，不会发生的。

温尚文问，你为什么不问我到现在才想起要寻找父亲的？严梅红抬起头，没敢看他，说，怕为难你，你已经很不容易了。温尚文叹了口气说，说心里话，我一直恨我父亲，恨他那么狠心对我阿妈和我，不管、不顾、不闻、不问我们，我一直在赌气，他不找我们，我也坚决不去找他，看谁坚持得久。严梅红问，那——温尚文说，你是想问我为什么又不再赌气了是吗？当得知老围彻底空了，我才猛然醒悟，都年过半百了，再不保护老围再不寻找父亲恐怕一切都迟了，不赌了！父亲不回家，也许有难言之隐，从别人那里听到的不一定是真的，所以我便下决心主动找他。温尚文的内心积聚了很多情感，也可以说是幽怨，一天一天，一月一月，一年一年，多到心里快装不下了，像又鼓又薄快爆的气球，很渴望外力来碰破，哪怕是一个小小的针头刺破也好。破了，宣泄了，也许便好受了，但他又不愿意谁都可以把气球刺破，他要选择合适的人选，比如严梅红。

严梅红觉得温尚文太苦了，从小便失去了父爱，五十几岁妻子又病逝。

温尚文慢慢转过头来，看着严梅红，说，谢谢。他不知道严梅红其实也过得不容易，她没有孩子，前不久又跟丈夫离婚了。他不知道严梅红目前的困境，严梅红也没有告诉他。严梅红内心同样渴望得到安慰。

严梅红安慰温尚文说，没事的，不会发生的。

在来泰国前，温尚文已跟温顺生打听他的堂伯温从伯当年在泰国生活的地方。那是泰国南部的一个边远小镇。温尚文和严梅红找到了那个小镇时，已近黄昏。

小镇有间老字号药铺，店主跟温尚文的年龄相近。店主的父亲已过八十高龄，好在老人的身体还好，记性还好。老人认识温从伯，温从伯有时会来他店里买药。让温尚文没想到的是，老人也会讲客家话。原来他也是“过番”的客家人。

温尚文的父亲叫温平和。老人说他认识温平和和温从伯。

温尚文的父亲温平和跟温顺生的堂伯温从伯、堂叔温实在他们三个人当年一起“过番”来泰国。春婶的丈夫温实在到了泰国后，便跟温平和和温从伯分开了，分开后他一直没有再跟他们联系。

温平和、温从伯刚来这里的时候，举目无亲，老人还接济过他们，给他们提供过吃住。他们站稳了脚跟后，找到了工作。温从伯在附近的一家农场干活。温平和不想进农场，便离开了这里，去了一个矿场当矿工，听说工钱比较高，但很苦很累也不太安全。他一直在那间矿场当矿工。半个月或一个月，温平和便来找温从伯。有时他们会一块来老人的店里喝茶，聊天。聊高兴了，还会喝喝小酒。酒喝高兴了，还会唱唱家乡的山歌。老人爱听山歌，还常常吸引了这里的居民来看热闹。老人一家开心坏了。

老人说，他们喝酒聊天的时候，也会说起老家的情况。温从伯还常常说等挣了钱，便回家去看看父母和老婆、孩子。但温平和从来没说过要回去。有一次，温从伯一个人来店里买药，温平和没有来，我便问温从伯，温平和老家没有亲人吗？温从伯说，有，怎么没有呢，温平和新婚第二天跟我们一块“过番”的，当年我不让他来，但他执意要跟着来，给我说急了，他才说出要离开家“过番”的真实原因。

温尚文屏住呼吸，怕听漏听错了老人的讲述。

老人姓李，虽然年岁大了，但说话还很清楚，耳也不背，只是眼花。严梅红说，李爷爷，你歇口气吧，等会儿再聊。

温尚文给李爷爷递烟，点烟，老人吸了几口，几缕烟雾在空中升腾，散淡，最后消失在空气中。老人说，只光顾说话了，差点忘了问你们是他们的亲人，从老家来的吧？

温尚文说，温从伯是我的邻居，同住在一座老围里，温平和是我阿爸。

李爷爷眼睛一亮，凑前去使劲睁大眼睛，说，你就是温平和的儿子啊，你阿爸交给我一封信，说有一天家里来人了，托我把信转交给他。你阿爸临走时说，如果没有人来找，就当作没有这回事吧。那天，我看他脸色不太好，身体很虚弱的样子。我说你为什么不把信托水客带回去或寄回去呢，他说这封信不方便寄也不好叫人带回去的，要是寄信的话他早寄了，我觉得好奇怪。

李爷爷说着转身去屋里，好一阵子才回来。

温尚文觉得像等了一辈子似的。

李爷爷的儿子很热情，给温尚文他们沏了茶后，才进柜台忙生意。他不会听客家话，普通话说不好，也听不太懂。李爷爷行动有点缓慢。严梅红赶忙上前扶他。李爷爷的手有些抖，他抖动着手把信交给温尚文。

温尚文的手抖得更厉害。

信封已经泛黄。

李爷爷说，这封信交给我可能有三十多年了。

温尚文心里盘算了下，这封信应该是父亲托水客捎回那笔钱后几年写的，也就是他结婚后的几年。温尚文抖动着手拆开信封，把信慢慢取出来，展开，再展开。

李爷爷和严梅红静默着。

温尚文看完信，又慢慢地把信重新叠好，放进信封，装进口袋里，用手按了按口袋。

李爷爷说，很奇怪，你阿爸把信交给我以后便再也没有来过，温从伯也没有来过，好像他们说好了似的，也不知道他们的日子过得怎么样。我曾有过找他们的念头，因为生意忙走不开，便没有行动。前五年，对，就是五年前，我实在过意不去，关了店，停下手头的生意，跟我儿子去找他们，好不容易找到温从伯那家农场，才知道他病逝十多年了，你阿爸那间矿场更不好找，问了好多位矿工，他们都说不认识他，听说矿场的老板也换了，便没有去找老板。

温尚文说，温从伯老人在二十世纪八十年代末病逝了，他一直没有完成回老家的心愿。我阿爸，从来没有音信，我阿妈等了他一辈子，没有等到我阿爸回家，我阿妈很多年前走了。

李爷爷说，噢，苦命的人哪。两个苦命的人。

李爷爷一家一再挽留他们一起吃晚饭，温尚文婉言辞谢了。他们起身告辞，李爷爷把他们送出门外，说，别着急，去你阿爸工作的那间矿场看看，兴许能打听到他的消息。

第二天，匆忙吃完早饭，温尚文和严梅红便赶忙去寻找那家矿场。温尚文觉得身上是阵阵寒意，他预感到情况不好，父亲转交给李爷爷的那封信后再也没去找李爷爷，可能不在人世了。

矿场还在，在一个边远的山旮旯里。山路弯曲且崎岖。温尚文专门租了辆的士，专门请了一位既懂普通话又能说泰国语且会客家话的男导游。的士好几次差点爬不上山路。严梅红也许第一次坐车走这样的山路，紧张害怕得不时拉紧温尚文的手。温尚文望着车窗外的群山，表情凝重，沉默不语。倒是这位男导游在热情地讲解，说，这间矿场是钨矿场，已有近百年的历史了，是间比较大的矿场，里面的矿工很多，据说大部分都是来这里打工的华人，其中客家人不少。泰国有很多这样的钨矿场。矿场富了一个个矿主，但做苦力流血流汗的矿工让人同情，干的活累，吃住的条件不好，听说收入也不高……温尚文一边听导游的讲述，一边在想象父亲生存的艰难境况。导游说的好像就是父亲的真实生活，他越听心情越发沉重。

严梅红打断导游的讲解，问他，听说泰国一年四季都产很好吃的水果，因为泰国是亚热带气候，特别适合水果生长，泰国的矿产资源很丰富，但水果更出名。

导游说，哦，你对泰国了解不少，还是泰国通啊。泰国的寺庙也很受游客追捧的哟。导游说高兴了，声情并茂，眉飞色舞。

严梅红观察了温尚文的表情，凝重的神色在他的脸上渐渐地变淡。严梅红心疼他，有意引导导游转移话题。

几经周转，他们在矿场的矿工宿舍区找到了一位认识温平和的老矿工。他也是“过番”来泰国讨生活的客家人，老家在江西。他比温平和小几岁，已赋闲在家。他站立不直，佝偻着背。温尚文从他的身上好像看到父亲的身影。

老矿工姓肖，名叫至雄。温尚文叫他肖大叔。

当温尚文出现在他面前，自报姓名和来由时，他一脸惊奇意外的表情。他说，我还以为平和大哥的亲人不会来找他了呢。

在矿场，温平和跟他最谈得来，温平和有心事总爱找他说，虽然不是倾吐所有的心事。

肖大叔说，你阿爸一直单身，很多年前病故了，得了胃癌。

温尚文再也抑制不住感情，呜呜呜地抱头痛哭。

严梅红抱紧温尚文，很心疼，着急，不断地叹气，咳，咳，咳——本想安慰温尚文的，但一时找不到话。她自己也控制不住，泪流满面。一路上说个不停的导游，这时眼眶红红的。

肖大叔跟温尚文说，见了你，本来是不好跟你说你阿爸过去的那些事情的，但他不在了，说给你听也无妨，你阿爸的日子过得太艰难了。你阿爸是个大大的老实人。

温尚文努力地平复着情绪，抹了又抹眼泪，但眼泪还是不听使唤悄悄地涌出来。

严梅红握了又握温尚文的手，在暗暗地使劲安慰着他。

肖大叔说，这么多年，我看他一直单身，晚上连说话的人都没有，感冒发烧或病倒床上了，喝口水都难。我劝他找个伴。他就是不回应，我问他是不是在老家已娶了老婆，他也不回话，只是不断地叹气。

肖大叔说到这里，打量了一下温尚文，说，你长得真像，真像你阿爸。然后他又说，原来这样，他已娶老婆了，但有什么不能说的，莫不是有难言之隐。

温尚文没有把信的内容告诉给肖大叔。

一会儿，肖大叔说，我很少听过你阿爸的笑声，老是心事重重的样子，其实——他停顿了下，说，其实曾经有一个姑娘很中意他，那个姑娘家在矿场边的一个村庄。这个村庄也是矿场周围几十公里内的唯一一个村庄。他们是经人介绍相识的。那位姑娘长得端正，性格也好，祖籍是客家的，能说客家话，她还主动找你阿爸。看得出，你阿爸也愿意跟她说话、来往。你阿爸很少笑，只有跟那位姑娘一块时，才会笑一笑。我问过他，要是看上眼了，就娶了她吧，都年纪不小、三十好几了，但他一直拖延着。有一次，你阿爸进矿洞采矿，不小心被洞壁掉下来的石头砸伤了左腿，昏迷不醒，被送进医院抢救，差点没留住腿，在医院住了大半年后才一瘸一拐地出院，那位姑娘足足护理了你阿爸一年多。你阿爸感动是感动得不行，但就是没有主动说娶她。交往了两年多后，那姑娘心灰意冷了，嫁给别人。那位姑娘离开他后，我便再也没有看见你阿爸笑过。你阿爸是喜欢那位姑娘的。那位姑娘结婚时，你阿爸觉得对不起她。听你阿爸说，你阿爸给了她一笔钱作为她结婚的贺金，但当场被她扔掉，她伤心地哭着甩开你阿爸。

温尚文很专注地看着肖大叔，生怕听错漏了一句话一个字。对于父亲，他几乎是一无所知。父亲在老家的那段生活，他还略知多少，虽然不完整，不清晰。但父亲在泰国的经历，他全然不知。

严梅红紧靠着温尚文，她用这种方式来鼓励温尚文。温尚文的情绪波动很大。

肖大叔问温尚文，还要继续跟你讲你阿爸的事吗？

温尚文说，谢谢肖大叔，我对不起阿爸，你不说，我还不知道阿爸的日子过得这么苦。我还曾经认为他“过番”来泰国是享受人生。

肖大叔说，讲起“过番”，咳！那真不是人做的事情，要魔鬼才能承受的折磨，哪像现在那么好，坐在飞机上，欣赏着蓝天、白云，俯望着大海，三几个小时就到了泰国。我们那时“过番”啊，你们是想象不到的万般艰辛。你阿爸说，他差点送命。坐“大眼鸡”帆船刚出海，突然一阵巨大的风浪掀来，船翻人倒。他醒过来的时候，已躺在沙滩上刚被抢救回来。上岸后便病倒了，发烧了几天，本想放弃“过番”的，但心有不甘，又再次上船。坐在船上，望着茫茫的大海，提心吊胆，生怕再遇不测。在船上吃不下睡不着，熬到泰国时，整个人又瘦又黑，像野人一样。刚到泰国，水土不服，又病个半死，好不容易才坚持了下来。你阿爸说他们是偷渡到香港，再来泰国的。

温尚文听得目瞪口呆，像听传奇故事一样。

肖大叔说，你阿爸其实也没有挣到什么钱，在矿场干活，又累又不安全，也挣不了大钱。你们都看见了，我都干了一辈子，还穷得像狗。他说着苦笑了下。他说，你阿爸老惦念着老家的父母，时常在我面前说对不起他们，没在他们身边，没尽到做儿子的义务和责任。他说的，好像，记得好像是他来泰国的第二十二年，给家里捎回去了一大笔钱。这笔钱是他省吃俭用存下来的所有积蓄。他说积蓄不够，当时还向我借了钱，几年后才还。

温尚文差点说出“我正是用他给家里的这笔钱结婚”这句话来。他在心里想，父亲心细如发，真是好父亲。

肖大叔说，你阿爸没娶那位姑娘后，他们便再也没见面，你阿爸一直很自责，他老提起她，还说想当成兄妹来往。你阿爸是老实人，一个大大的老实人，单纯得很。想想看，那个姑娘愿意吗？

温尚文看了眼严梅红。

严梅红说，我也觉得你阿爸单纯。

肖大叔不知是否想缓解一下凝重的气氛，突然俏皮地问温尚文，你要是你阿爸的话，你会怎样？会娶那个姑娘吗？

温尚文被问蒙了。

肖大叔呵呵大笑，说，我是跟你开玩笑的，你怎会是你阿爸呢，再说，哦，还是不要假设的好。

温尚文想，阿爸是不会娶那位姑娘的，阿妈一直在家里等着他回家。

肖大叔说，你阿爸太老实了。说着轻轻地拍了拍温尚文的肩膀说，今天见了你，我便理解你阿爸了。刚才说的这些话，本来是不该说的了，但我想以后很难再见到你们了，你们漂洋过海来一次不容易。然后又说，不过我还是不很了解你阿爸，为什么一直不回家，究竟——还是不问的好。

温尚文还来不及消化父亲那封信的内容，他不知道怎么跟肖大叔说，从哪里说起。

肖大叔说，你能来找你阿爸就好。

温尚文的眼泪又涌了上来，哽咽着说，我来晚了，我千不该万不该，来迟了，我不孝，本该早来的，我后悔，好后悔!

肖大叔说，别太自责了，说不定，你——也像你阿爸一样有难言之隐。你今天能来找你阿爸就好，就好。

温尚文带着深深的自责离开了肖大叔家。

第三十二章

温尚文记不清自己是怎么从宾馆一楼餐厅回到五楼房间的。

从矿场回到小镇的那间宾馆，一路上他的心情非常沉重。晚饭他不吃饭只喝酒，喝了很多酒。严梅红把喝醉得不省人事的他扶到房间。

酒醒过来的时候，他看见陪在身旁的严梅红。窗外已是阳光刺眼。

严梅红说，你已睡了十几个小时。

温尚文说，对不起。

严梅红说，都过去了，振作起来，生活还要继续。

陈西东跟他说过这句话。温尚文苦笑了下。

严梅红问，你笑什么？

温尚文说，笑自己没个男子汉的样。

严梅红说，这才是真实的样子，不瞒你说，本来不该说的。

温尚文问，有什么不该说的，你看我在你面前都成这个样子了。

严梅红说，前不久我跟我丈夫离了婚。

温尚文愣了，像被什么定住了似的。

严梅红说，我们的感情其实一直不好。

严梅红说，我没有给他生一男半女，他一直耿耿于怀。

严梅红说，那不是我的错，我们曾经有过，怀了一个多月的时候不小心摔了一跤，流产了，以后再也怀不上。

严梅红说，他后来便慢慢地冷落我，经常不回家，他一心想着在仕途上怎么爬得快，怎么把官当得大，他的心走了。

严梅红说，他不单冷落我，还看不起我的工作，忽视我的存在。

严梅红说，后来他在外面有了女人，听说还跟那个女人生了孩子。

……

严梅红在不停地说，把心里积压太久太多的话一股脑地倒了出来。说完她把手机递到温尚文的眼前，然后从手机里搜出一张图片，图片里是她的丈夫跟那个女人的亲密照。她的同事刘小倩发给她的，她当时气得差点晕过去。

温尚文一直在听着，但回不过神来。严梅红说的话太突然了。

严梅红把图片放大给温尚文看。

温尚文当即惊呆了，图片里这个女人不正是付春风吗？她就是付春风，跟自己上过床的付春风！化成灰自己都认得出来。他意识到自己失态，赶紧捂住张开的嘴巴，差点破口而出说认识她，把她的名字喊出来。天啊，天底下竟有那么巧的事情。

严梅红说，这个小妖精，听说是出了名的交际花，名叫付春风。连名字都招人惹人!

严梅红说，那次这个气人的刘小倩打电话给我，说我的丈夫李名望跟这位小姐亲密地进了那间茶馆，我去找的时候，他们走了，差点让我见着。

温尚文问，是我们一块去喝茶那次吗？

严梅红说，是。

温尚文说，哦，难怪——原来没错。

严梅红说，我说刘小倩下次你有本领就给我透露些猛一点的料。我给她气着了。她一再要求加我的微信，我也来劲了，给她加，看她给我抖什么料。

温尚文问，你的同事刘小倩为什么这么八卦?

严梅红说，她一直认为是我抢了她位置，她认为编辑部的主任和副主编的位置都应该是她的。她比我先进杂志社工作。她不让我过得自在。她还在同事面前说我和廖主编的关系暧昧，她原来是非常尊重廖主编的。杂志社不是官场，没想到竟也会弄出这样的事情来。其实我对什么主任什么副主编看得很淡的，我看重的是把文章写好，把学问做好。

温尚文说，也难为她了，天天帮你监督你的当官丈夫。

严梅红望着天花板，重重地叹了口气，说，一切都结束了。

温尚文觉得这段日子的经历如演戏一样。那天听完严梅红跟她推心置腹地讲述她自己不易的经历后，他向她真诚地表白自己的心意，还特意地买了戒指庄重地向严梅红求婚，说，我高攀你。他把戒指庄重地戴进严梅红的手指时，严梅红激动得泪如雨下。

温尚文觉得整个人好像轻松了很多，心里的很多结解开了，疑虑、压抑像块沉重的石头那么多年来压得他喘不过气，压得他快要窒息了，现在石头终于放下了。他和严梅红在泰国游览了几天。从南到北，从西到东游览，看看这个国家到底是什么东西吸引了那么多客家人漂洋过海来到这里。

在客家地区，“过番”的现象很普遍。客家人大都住在山区，山多人少，交通阻塞，经济落后，生活贫苦，衣食艰难，加上战乱频繁，为了生计和子孙后代的前程，不得不背井离乡到泰国等东南亚各国讨生活。

他们走访了许多华人生活区。这主要是严梅红的意思，出于研究客家历史文化的需要。当然温尚文也想了解同胞在泰国生活的状况。

在泰国的许多地方，他们遇见当年“过番”来的客家人和他们的后代。十九世纪上半叶大量华人已遍布泰国各地，华人被当地人称为泰国移民。这些移民大致分为五类：谋生移民、技术移民、垦殖移民、商贸移民、反清移民。移民在泰国多达近九千万人。客家人占移民的近百分之二十，客家人基本属于谋生移民、垦殖移民、商贸移民三类。清末又出现一波“过番”潮，然后一直不断，大约延续至二十世纪中期。泰国的大大小小的城镇，都可以看见客家人做生意的店铺，不少客家人还创办了企业，有些客家人办的企业别说在当地就算在泰国也是名气很大的。

严梅红把这些见闻，了解到的东西，翔实地记录在笔记本子里，她还拍了不少客家人在泰国的不同领域工作、不同地方生活的照片。她高兴地对温尚文说，这次泰国之行收获很大。

温尚文笑吟吟地注视着她，说，当然啰——我收获最大的是什么，你猜猜看？

严梅红撩起头发，任清凉的海风吹拂。他们在芭堤雅的海边漫步。

温尚文自问自答地说，本人收获最大的是爱情。

严梅红说，正经点。

温尚文说，我这是超级的正经。

严梅红便忍不住咯咯地笑起来。因为收获了温尚文的爱情，严梅红像一朵快枯萎的花朵沐浴了甘露，生机勃勃。

严梅红说，我没说错吧，客家人大量地“过番”下南洋也算是一次迁徙，因为许多人从此便扎根在这些国家，在这些国家养儿育女。

温尚文说，除了爱情，你还收获了这些宝贵的信息和鲜活的素材。

严梅红说，收获你，那是意外的。

温尚文问，是吗？

严梅红说，你说呢？

两人对看了下，便同时哈哈哈地笑了起来。

笑声乘着海风，飘扬在银色的沙滩上。

离开泰国的前一天，温尚文又专程回去他父亲当年工作的那间钨矿场，他父亲的土坟在那边的一座山冈上。温尚文把父亲的土坟周边的杂草除干净后，跪在坟前三叩拜。严梅红跟着三叩拜。温尚文从土坟旁边取了一小撮黄土，装进一个精致的小盒子里，然后放进包里。温尚文边取土边哭。严梅红眼睛也红红的，泪水在眼眶里打转。温尚文要把这撮黄土带回家，埋在老围后面山上的风水林。

在回国的飞机上，温尚文跟严梅红谈起他父亲的那封信。

严梅红问，我一直在纳闷，你父亲的这封信为什么没有寄回家？

温尚文说，他压根就没有想过把信往家里寄的意思。

严梅红不解了，看着温尚文。

温尚文说，信的内容大概的意思是，我阿爸一直把我阿妈当成自己的亲妹妹，他接受不了亲妹妹成为老婆的事实。他不想回家，目的是想让我阿妈久而久之，心淡了，绝望了，会改嫁。我阿妈不改嫁，他在泰国也不另娶女人。他一直在打听我阿妈的情况，从温从伯大伯那里打听，温从伯大伯有时也会从给他家里的信里探听我阿妈的情况，但阿爸不让温从伯大伯在信中说他在泰国的事。没想到我阿妈就是不改嫁。

严梅红说，哦，你阿爸有苦难言。

温尚文说，我阿爸不想回家，他说他当着阿妈的面说不出让阿妈改嫁给别人的话，但生活在一块，他心里接受不了。

严梅红说，你阿爸心里很矛盾，很痛苦，你阿妈不改嫁，你阿爸也没有再娶。那他留下这封信的意思是——

温尚文说，他要把他的这番心里话留下来，他哪天不在了，有个交代。

严梅红问，信万一丢失了呢？

温尚文说，我阿爸在信里也提到了，如果没有人来泰国找他，就当作他不曾存在过，看不看信也没关系了。我阿爸是知道自己得绝症后写的这封信。信应该是我结婚后的第五年写的。

严梅红说，你说过你结婚那年，他托人带回一笔钱。

温尚文问，还要往下说吗？

严梅红说，随你吧。你如果觉得不好受的话，便不要说了。

温尚文想了下，笑着说，说吧，你都成了我的爱人了。还有什么秘密呢。我阿爸说，结婚那晚他因为闹情绪喝了不少酒，干了“那事”，估计留下了他的种。

严梅红说，你阿爸真是心细的人。这点你好像遗传了他哟。

温尚文狡黠地看了看严梅红，说，是吗？你还想知道我阿爸在信里还说了些什么吗？

严梅红说，你不会直接让我看他的信吧。

温尚文问，要看吗？

严梅红摆摆手说，你还真以为我想看啊。

温尚文说，我阿爸说，如果那晚没有留下什么的话，这笔钱就算是他给我阿妈的问候，他还说那晚喝了酒对不起我阿妈。真的留下他的种的话，无论是男是女，就当作他给的一点结婚贺金。

严梅红说，你阿爸还健在的话，应该快八十岁。

温尚文说，是的，他二十二岁那年结的婚。

严梅红说，看相片，你跟你阿爸长得很像。那天去矿场时，那位老矿工给他看了他与温尚文的父亲的合影。温尚文激动坏了，看了又看相片，爱不释手。那位老矿工便把相片送给了他。温尚文连说了好几句感谢。如果不是这张合影的话，他这一生都不认识父亲，家里找不到父亲的相片。

严梅红问，你阿妈爱你阿爸吗？

温尚文说，我想，她应该是爱他的，所以她才不肯改嫁，一直等他回来，一直等到老去。

严梅红问，你阿妈不知道你阿爸把她当亲妹妹吗？

温尚文说，她从来不跟我说这些。别人也不敢说她的闲话，或开她的玩笑，怕触及她的痛处。

严梅红说，人世间，男女事，从来就是说不清道不明、剪不断理还乱。若能心心相印，多好啊！你阿爸怨恨你爷爷和你奶奶吗？

温尚文说，他在信里只说了一句，说对不起他们，没有在身边尽到做儿子的责任，还说这是他的命。

严梅红叹了叹气说，你阿爸啊，命真苦。

温尚文回国后做的第一件事，是把从父亲的土坟捎回来的那撮黄土和母亲的骨灰带回老家温家围。

温雷知道后，打电话给父亲温尚文，说，他阿妈临终前特意跟他说，如果奶奶的骨灰有一天要带回老围的话，她的也一并带回去，她要陪着奶奶。

温尚文问，是你阿妈的心愿吗?

温雷说，是她的心愿，她说奶奶命苦，她“下去”后要好好陪她。

温尚文眼泪冒了出来。

温尚文的妻子徐冬娘病逝后，她的骨灰寄存在城里的那间殡仪馆。温尚文母亲的骨灰存放在县城的殡仪馆。温尚文把妻子的骨灰、母亲的骨灰和父亲土坟的那撮黄土，一并带回了温家围，在围屋后面的风水林里，找了相邻的三棵松树，分别把骨灰和黄土埋在树下，然后分别对着那三棵松树，深深地三鞠躬，默默地流泪。

第三十三章

温家围的保护和开发这个招商项目公布出来后，除了温尚文外，一直没有谁回应。温尚文就这样成了唯一的人选。这个结果，县里的领导其实已预见了的。温家围虽然评上了“国级”，但要利用它来赚钱，谈何容易。

温尚文完全是出于对温家围的一份深厚的情感，即使赔钱不赚，他都要保护好它。他已为老围的事，捐了一次又一次的钱。他又再次犯愁了，从哪里弄来一笔钱来保护、开发老围。他预算了下，第一期工程有三项，按专家的意见把老围修复装扮一下，规划建设漂流，新建梅花山公园，三个项目加起来投资起码要八千万。

严梅红知道温尚文正在筹划温家围的保护和开发的事情，不断加大对温家围的宣传，扩大温家围的影响力，提高温家围的知名度。她跟温尚文开玩笑说，我虽然没钱投资，但温家围的名气大了，以后去看温家围的门票能收得多收得贵一些。温尚文说，你先帮我设计门票吧。

严梅红这几年在全国各地的报刊发表了一篇又一篇关于研究温家围和客家历史文化的文章。尤其是这几篇——《从围龙屋飘出的山歌飘向世界》《从温家围看客家围龙屋》《客家围是客家人的精神图腾》《经历五次大迁徙的客家人正在进行第六次迁徙》，这些文章在学术界引起了强烈反响，引起了巨大的轰动。严梅红因此而成为研究客家历史文化的权威专家。

严梅红说，没想到我的后半生还真因为温家围弄出了点动静。

温尚文说，呵呵，动静？应该说是精彩。温家围也因为你而精彩，还有我。

严梅红问，还有你？

温尚文说，是啊，我认识你后我的生活精彩了。

严梅红说，正经点。其实她心里很享受。

温尚文说，我不正经吗？

两人相视而笑。

温尚文硬着头皮去公司找儿子温雷，说服他由自己的公司投资温家围的保护和开发。结果谈僵了。这个结果其实温尚文已有心理准备。因为温雷一直不支持他一个人为温家围的事出钱出力。让他没想到的是，温雷竟然说出这番话来。温雷说，我妈患那个病，没有及时发现，及时医治，跟老爸你一门心思只想着老围的事，老往老家跑有关联的。

温尚文哑然失语。

温雷又说，你心里只有老围，忽视了我妈，你说我说错了吗？

温尚文压住不断往外冒的火气，说，你怎么会说错呢，你说得对，全对！他在心里想，你这个当儿子的就没有责任，兔崽子！

温尚文说，这样吧，公司拿出两千万来投资温家围，赚了，利润给公司，万一亏了，就当看在我十几年来为公司操心的分上吧。

温雷说，公司目前资金周转有困难。

温尚文说，两千万，占不到公司资产的九分之一，九牛一毛。

温雷说，公司挤不出那么多资金。

温尚文说，你看着办吧，别给我使歪点子。你知道我的脾气，我轻易不撂狠话的！说完，他便气呼呼地离开温雷的办公室。

温尚文找到了陈西东。陈西东说，老哥无事不登三宝殿，我这里虽然不是什么三宝殿，你是否要我合股投资温家围。

温尚文呵呵地朗笑，说，你真是个“东西”啊！你怎么钻进我肚子里去的。

陈西东说，要我投多少？

温尚文说，跟我一样，两千万，五五开，就两股东，肥水不流外人田。

陈西东笑了下，说，肥水？谢谢。你姓温，我投一千五百万吧。我怎么敢超过你温大老板。

温尚文说，我大个屁！哪有你潇洒、豪气，自己说了算，我差点给我那小子气上吊。

温尚文又向银行贷了四千万。保护和开发温家围的第一期工程的三个项目终于有了结果。经过一年多的努力，温家围的修复装扮、梅花山公园和漂流的建设已近竣工。

三个项目的建设，最难的是温家围的开发。从老围搬出去的住户，听说老围修复装扮后对外开放，收门票，他们不情愿了。有八成的住户不愿意。温尚文、温顺生和陈西东三个人商量后达成了共识，由投资开发老围的公司跟所有的住户签订协议，住户以房子入股分红。没想到的是温木材、温水生和温火生这三户，不愿意签协议。提起这三户人，温顺生就生气。为了叫他们回来签协议，温顺生在电话里费尽了口舌。他们竟提出这样的要求——补给他们回来的路费和每天两百元的误工费。不然的话，不回来。温顺生觉得不知怎么跟温尚文说这种事情。但村里又拿不出钱，最后还是硬着头皮跟温尚文汇报了。没想到，温尚文竟然满足了他们的要求。他们回来后，看见老围整洁好看了，又不答应签协议。

温顺生实在看不下去了，冲着这三户发狠话，说，你们的房子是尚文老板出钱给你们修的，没想到你们不念感情，你们的房子就在那里晾着吧，我们让游客进去后不要看，也不去拍照你们的房子，当作不存在，当作空气，如果有游客问起就如实说你们的房子不让看不许拍，年终分红的时候，其他住户分红你们就别眼红，一毛钱也别想拿。没有你们那几间破房子，老围照样开放，照样收门票。岂有此理，真是岂有此理！

温顺生很少发脾气的，不单老围的人知道，全村的人都知道他不爱发火，他能说会道嘴巴甜。温顺生这么一骂，奏效了，有两户人家被骂醒了，也签了协议。但还有一户，户主温火生，这个家伙，温顺生怎么说怎么骂，他就是不签协议。不签也就罢了，竟然推倒温顺生。

温火生专程从外面赶回来，回来的目的就一个，谈那间老屋的事。他家本来有两间的，另一间分家时分给了他弟。温顺生跟他谈了两次，但无果。这次，温顺生耐着性子上门再找他谈。温尚文为老围开发的事刚好从省城回来，他知道温顺生要去老围上门找温火生，便说一块去。温顺生因为温尚文在场，数落起温火生来便来劲，觉得温火生跟温尚文一对比，温火生简直就是人渣，于是一开口就这样训斥温火生说，你这个人没良心，太没良心了！温火生看上去五十多岁，但没有五十岁人的样子，头发苍白杂乱，眼睛布满血丝，目光飘忽不定。他立即被点燃，回击说，你算老几，说什么屁话，你给我滚，滚蛋！说着搡了温顺生。温顺生没防备，一屁股跌坐在地上。温尚文觉得温火生太过分了，指着温火生说，你这个人太野蛮了。温火生立即还以颜色，伸出手指正要朝温尚文的额头戳去。说时迟那时快，温顺生一个激灵，爬将起来，上前用力拽了下温火生的腿，温火生一个趔趄便栽在地上。温火生像只被惹怒的猛兽，瞪着温尚文骂，就是你，听说就是你搞的鬼，有钱就怎么啦，有钱就可以骑在大家的头上拉屎，你说开发老围就开发老围呀，老围又不是你温尚文的。

温尚文对温火生没有多少印象，他们都从老围搬出去很多年了。

温尚文颤动着嘴巴，说不出话。

温火生说，要用老子我的老屋，也得看老子我答应不答应！

听说温火生一直在外面都是打工，换了一个地方又一个地方，因脾气不好，老给老板炒鱿鱼，这些年闲在家里，竟迷上赌六合彩，穷困潦倒，老婆跟别人走了。

温顺生气得不行说，尚文老板是你说的？你不配！也不撒泡尿照照！

温尚文摆摆手示意温顺生不用说了，他也许气愤过度，便昏迷了过去。温顺生吓坏了，赶紧把他扶住。温尚文迷糊着，抖动着手从随身的包里掏出保温杯。温顺生颤抖着手帮忙拧开杯盖。温尚文从口袋掏出“救心丹”就着温开水服下去。一会儿，才回过神来。

温顺生冷冷地看了看温火生，但眼里燃烧着怒火。

温火生呆在那里。

几天后温火生主动找温顺生，说，顺生主任，我也不是完全不愿意把我家的老屋交给你们保护开发，只是觉得即使入股分红了，也拿不了多少钱，我日子过得紧，想把老屋一次性卖给你们。

温顺生说，你有话好说嘛，为什么要骂温老板，他为我们老围的事出了天大的力。

温顺生把温火生的意思打电话告诉给温尚文。

温尚文说，给多少钱，让他直说吧。

温顺生说，他竟然狮子大开口，要十万。一间破屋，要不是老围要开发，送给谁谁要?

温尚文说，给他！等会我便把钱转给你，你立马给他。

温顺生说，太不要脸了，强盗！垃圾人！日后不想再看见他，别弄脏了我们的眼睛。

温顺生突然想起那天温尚文被温火生气坏吃药的事，小声轻轻地问，尚文老板，你上次服的是什么药?温尚文骗他说，治头痛的。温顺生说，温火生这个斩千刀，真是让人头疼！

温顺生把钱给了温火生，温火生收了钱，签了协议，说，其实协议不用签了，我这间老屋已是温尚文老板公司的。

三个项目将同时举行竣工落成。良辰吉日选定了。虽然不大操大办，但为了宣传，落成仪式要办，还专门请了媒体。就在这时，温尚文出事了。他办完事从温家围回省城家里的路上，出了车祸。车进县城，刚要上高速，便撞到路边的一棵大树上。车头变形，车身侧翻，幸好给另一棵大树拦住，不然整个车身翻个底朝天。好在气囊弹出后把他裹住。他当即昏迷过去，脸部、头部鲜血直流，被送进县城那间医院抢救。

温尚文的口袋里那本电话号码本刚好被撞翻了出来。交警发现这个本子。温尚文习惯在手机里储存电话号码的同时，还把这些号码写进小本子里，随身带着。

交警照着小本里记录的第一个号码，打电话告知情况。排第一位的是严梅红的手机号，第二位的是陈西东的，第三位的才是他的儿子温雷的。他本来是不想把妻子和孩子的手机号码写进本子里的，因为经常跟他们通电话记得牢。以前他们的号码写进去了，但没怎么看过。写完陈西东的号码时，他又觉得还是把他们的写进去好，记性一年比一年差，怕万一记不住他们的号码，最近头脑已有这方面的迹象了。于是顺着把三个孩子的号码也写了进去。

温尚文刚刚在几天前重新整理了随身带的电话号码本，他一年或两年便会整理一次，添加新认识的朋友，删掉久未联系或不再联系的号码，这类号码他戏称为僵尸号码，清除已故的人的号码。当看见病故不久的妻子徐冬娘的手机号码时，他犹豫了，不再抄进新电话号码本呢，还是保存着让她进去呢？他举着笔，对着本子，想了老半天，最后他对自己说，还是不让她进去吧，怕不小心打了她的电话，她已经走了，永远不会接听的了，反倒让自己伤心难过，想念她就把她记在心里吧。

他储存电话号码，情感因素也充分体现在本子里面。本子里排第一位的号码是他认为他最看重的人，然后依序排列。所以他每次整理电话号码本，里面的号码排序都不一样，这段可能他排在前面，一年后便可能排在后面了，像财富排行榜一样，像明星排行榜一样。他的是感情排行榜。

严梅红接到交警的电话后，吓坏了，她一时失去了主意，在客厅里边走边哭，怎么办？怎么办？怎么办呢？老半天后才猛然想起陈西东。她赶忙打电话给陈西东，告诉温尚文出车祸的消息。

他们立即从省城赶往县城那间医院。温尚文躺在病房里，昏迷不醒，头和脸包扎着，白色的纱布血迹斑斑。严梅红手脚控制不住地颤抖，脸色苍白，不停地流泪。陈西东安慰她说，医生说不会危及生命，别太难过吧。

严梅红一刻也没有离开过病房，一直陪在温尚文的身边，守护着他。她想：如果再失去他，自己活着也没有什么可留恋的了。

陈西东隐隐约约感觉到，温尚文在严梅红老师心中的位置和分量。

温尚文昏迷了半天后才醒了过来，慢慢地睁开眼睛，看见身旁的严梅红，严梅红的双眼哭得像桃子似的。他慢慢地伸出手拉着严梅红的手，嘴巴嗫嚅着，艰难地吐出三个字，我爱你。严梅红的眼泪哗地脱眶而出。她哭着说，尚文我爱你，你不会走的，不会离开我的。温尚文控制不住眼泪。

温尚文的儿子温雷和两个女儿温萍、温芬从省城赶到医院时，不知怎的，温尚文又昏迷了过去。温萍、温芬看见父亲这个样子，哭哭啼啼，泣不成声。温雷也在哭，他耷拉着脑袋，蹲在那里。

严梅红看见他们这样，安抚他们，你们别太担心，你们的阿爸刚才醒过来了，医生说他不会有生命危险了。

在路上，温雷、温萍、温芬他们三个人便互相自责、内疚起来。温萍说，等会见了阿爸，我们不能再像以前一样说阿爸什么了。阿妈不在，我们只有阿爸，阿爸想做什么就由着他吧。温芬说，阿爸为老围的事花钱，哥你就听他的，阿爸又不是把钱花在其他地方，花在没有踪影的事情上，家里也不缺这些钱，阿爸想做的事，也不会不靠谱的。温雷说，阿爸万一有个三长两短，有个不测，我们便成了没爹没娘的孩子了，阿爸也真是，我从来没有埋怨他为老围做事，他也太拼了，以后我不说他了，他高兴就好，他开心就好，他健在就好，不说他了，不说了，再也不说了。他们在车上各自检讨自己哪些方面没有做好，或做得不够好，在对待父亲的衣、食、住、行等方方面面，而且越检讨越往深刻去。

人啊，往往是这样，不到关键的时刻，不到危难的时候，是不会醒悟的。现在他们的父亲出车祸昏迷不醒“死”过去了，他们便真的害怕了，彻底反思、反省了。比起父亲的生命，其他什么都是次要的，都是可以原谅的，可以理解的。

检讨在不断地反反复复地进行，检讨不存在死角，也没有了禁区。好像是温芬说的。她说，阿爸还不过六十，妈不在了，爸今后的日子还长着呢，我看阿爸只要他找到合适的，也可以续的。这样，对他好，对我们也好，他有伴不孤单了，我们也放心，是不？温萍说，妈走后我也在想这个问题，温芬说的有道理，温雷你认为呢。温雷说，怎么提到这个话题了呢，阿爸现在在医院抢救不知怎么样呢。温芬说，现在确实是不太合适提这个，但今后我们是不能回避的。温雷说，暂时不要说这些吧，等爸过了这次劫难，以后再说。

经过医生的一番救治，温尚文又从昏迷中醒了过来。

陈西东看着温尚文说，老哥，你吓着我了，你那么坚强，怎么会——陈西东觉得喉咙一下子发紧，说不下去，声音给眼泪淹没了。温尚文努力地笑了笑，说，老哥还要留下来跟你做朋友呢。他说话的声音很虚弱。陈西东说，温家围的好多事情还在等着我们两兄弟做。温尚文说，不是说老围在保佑我吗，不让我走。陈西东咧嘴笑了笑。严梅红破涕为笑，泪珠在脸上闪烁。

温雷说，感谢陈叔叔和阿姨。温萍、温芬也跟着连声说感谢。

温尚文说，我来介绍一下，严老师，这位是我儿子温雷，那两位是我的女儿温萍、温芬。这个是严梅红阿姨，她为了老围的事做了很大的贡献，还有这位陈西东叔叔。

陈西东说，老哥你先好好休息，你这个样子，说话也要精神的，你好好休息吧。

温尚文在医院住了二十天，严梅红也陪在他身边二十天，不离不弃。这样陪着，他们的关系便渐渐明朗了，公开了。温雷先是有点挣扎，慢慢地也转变了态度，听随姐姐温萍和妹妹温芬的意见，她们姐妹俩一下子便赞同父亲续弦娶严梅红。

那天，三个建成的项目同一天举行落成仪式，开业接纳游客。邀请了十多家媒体参加，有传统媒体报纸、电视台、电台，也有新兴媒体网站、微信公众号。与此同时，还举行了大型电视纪实片——《温家围：客家围龙屋的典范》的开拍仪式，这是由一家很有影响的省级电视台投资拍摄的，纪实片的文字脚本是严梅红撰写的，电视台付给温尚文和陈西东的投资公司一万元，作为租用温家围的场租费。温尚文开心地对陈西东说，老围终于赚钱了。说后又找到温顺生，跟温顺生说，老围终于赚钱了。温顺生惊奇地说，没想到老围能赚钱。

温尚文和严梅红选定在这天结婚，他们没有操办婚礼，也不摆酒席，两人一起来到温家围正门下面，相拥在一起，甜蜜地笑着。严梅红手里捧着一本刚出版的长篇小说《温家围的前生今世》，请了摄影师拍了合照，然后挑了一张两个人满意的照片，存在各自的手机里，作为手机的屏幕图片。

温尚文慢慢地欣赏着严梅红手机屏幕上的这张合照，严梅红也美美地欣赏着温尚文手机屏幕上的这张合照。严梅红看了看照片里的自己，心里说，严梅红你笑得还甜蜜吗？因为刚要照相的时候，她的“死对头”同事刘小倩给她发了条短信——“恭喜你严副主编成功再婚！我送你个特别的贺礼，听说你的前任丈夫李名望先生很后悔跟你离婚，还听说又贪又赌又养情妇的他前两天被抓起来了，你高兴吧？”

温尚文好像想起了什么，问，梅红，你这本大作寄给那次古镇遇见的那位导游小姐了吗？严梅红说，秦月？拿到新书的第二天便快递给她了。

他们的前后左右到处都是欢快的游人。

温尚文突然从来来往往的游客里发现了儿子温雷和女儿温萍、温芬。温雷和温萍看着他们微笑，调皮的温芬朝他们竖起大拇指。他悄悄地告诉了严梅红，然后两个人便幸福地笑了。

他们依偎着欣赏着合照。温尚文问，梅红，我们结婚是否太节俭了，连一桌酒席都没摆，你觉得冷清吗？

严梅红说，热在心里。

温尚文说，还是补摆一桌吧，找个时间。

严梅红问，请谁？

温尚文说，陈西东夫妇、温顺生夫妇、廖主编、刘主席，加上我们恰好一桌。

严梅红笑了。

温尚文问，你笑什么？

严梅红说，你说呢。

温尚文也跟着笑，笑自己的心事被她“识破”了，自己想请的人都是因为温家围结缘的。

温尚文又说，接下来我要说的这件事你可能猜不中了。

严梅红好奇地看着他。

温尚文撸起右手的手袖，用左手指了指右手下臂的那块疤痕，问，这是上次车祸留下来的，你看，它的形状像什么？

严梅红说，疤痕的形状？

还没等严梅红猜是什么，温尚文便揭晓了答案，说，不觉得像温家围的外形吗？

严梅红抿嘴而笑，但觉得心里沉甸甸的——你看，你看看，尚文就是那么可爱。

第三十四章

温尚文心脏病突发，走了。

温雷在他的父亲温尚文的房间，收拾、清理他的遗物时，在他床头柜的抽屉里发现了一串开老屋和老围的钥匙，还有一本黑色封面的小本子。本子已有些岁月，纸都泛黄了。

当他看见这段文字时，再也抑制不住情感。温尚文在本子里这样写道：不知怎的，老觉得心脏不舒服，看过医生，才发现得了心脏病，还好不严重，吃吃药能应付过去。回老屋前已发现得了这病，先把保护和开发老围的事办得七七八八了，再计划去医院动手术，放支架，听说放了支架效果不错。据说以前医院还不会做这种手术，没想到挨了几年，现在可以“享受”这种“待遇”了。万一出问题的话，你们千万不要拿老围的屋场风水说事，别无中生有……

温雷眼睛发潮，泪水出来了，先是呜呜呜小声地哭，然后便哇哇哇放声大哭，那哭声好像从他的心底直迸出来的，不加掩饰，没有过渡，直抒胸臆。伴着快速的抽搐，快换不过气来的样子。

温萍和温芬姐妹俩被温雷的哭声怔住，竟忘了哭。在温萍的印象里，弟弟温雷长大后从来没有哭过，更没有像今天这样哭成这个样子。她们姐妹俩一时慌乱，失去了主意，不知怎么来安慰温雷。

温尚文藏在床头柜的这本小本子，温雷发现后，赶忙躲起来翻阅，他哭的时候，温萍和温芬正从客厅进来。他边哭边把小本子塞进口袋里。

温尚文心脏病突发，猝死在梅花山公园里。那天他草草吃完午饭，像往日一样去工地。公园好些项目在不断地续建，完善。为了赶工期，温尚文常常放弃午休。他还没走到工地现场，突然捂紧胸口，摔倒地上，等到被工地的工人发现时，他已断气。

梅花山公园的建设虽然还在逐步推进中，但已种上了不少梅花。恰至隆冬，那些梅花正在盛开，引来了不少翩翩飞舞的蝴蝶，嗡嗡地欢叫着、快乐着的蜜蜂。盛开的梅花虽不是成片成片的，但已有些气象。远远地望过去，已很迷人了。若不是晌午的话，能吸引不少人来赏花，尤其是摄影爱好者。温尚文倒在一株开着花的树旁边。

严梅红赶到后，跪倒在已经冷硬的温尚文的身体上，当下晕厥过去。

蝴蝶在飞来飞去，好像很悲伤、很着急的样子。

温顺生匆匆从家里赶来，连爬带滚。他上气不接下气，一身泥尘，头发蓬乱，趴着温尚文的身体呼天抢地哭喊，尚文老弟，我的尚文老弟，你怎么啦，你是给老围的事累死的！别人可能不清楚，我温顺生可是清清楚楚的，你就是给老围的事累死的！你那么傻，老围又不是你一个人的！你是天底下难找的天下第一好的好人，你到底怎么啦！他对着天大吼，老天啊！你怎么那么狠心，尚文老弟那么好的好人，你怎么可以把他的性命收了去呢！他还不到六十啊！你怎么可以这样不讲道理！你要命，就收我的命吧！温顺生双手合十，对天跪拜，头磕在地上，吼道，老天爷啊！我温顺生求你行行慈悲好吗，你把命还给尚文，还给我的尚文好老弟，我用我不值钱的命抵他宝贵的生命吧，好吗？慈悲的老天爷……

那些还在工地加班干活的工人，被温顺生的哭声吸引了过来。温顺生哭得太伤心了，一下子便把他们感染了，有的眼眶红红，有的小声哭着，有的抽泣不已……

比温顺生慢点赶到的温顺生的妻子温碧玉，看见丈夫哭喊成这个样子，抱着他一块哭，哭了好一会儿后她想把丈夫挽扶起来，但温顺生像尊石像一样，戳在那里，任温碧玉怎么挽扶都挽扶不起来。温碧玉见丈夫的头都磕出了血包，哇哇哇地大哭。她掏出纸巾轻抹丈夫额头渗血的血包，轻抹丈夫满脸的泪涕，心疼不已。

陈西东开车火速从省城来，“埋怨”温尚文说，老哥，你真不够朋友啊，也没有跟老弟说片言只语就这样离开了，老哥，温家围的保护和开发在你的努力下，刚刚起步，今后还有许多事离不开你啊！你最放心不下的事不就是温家围吗？怎能撒手不管呢……

温雷、温萍、温芬三姐弟和家人，闻讯从省城赶到的时候，严梅红和温顺生因悲伤过度哭得不省人事，已被送往医院抢救。严梅红刚被送去，温顺生接着来，他不停歇地恸哭一个多小时后便晕倒了，也被紧急送走。

陈西东呢，还好一些，克制住了自己的感情。他边哭边维护一片哭哭啼啼的混乱现场。直至温雷他们来了，他才身心疲惫地待在一旁，像重病了一场似的。

温芬一把眼泪一把鼻涕地哭着，顺便嘟哝了句：上次爸出车祸，我们慢来，今儿爸走了，又是这样。就是因为我们老不在爸的身边，看，这下彻底完了，爸没给我们留半句话。

哭着的温萍听了温芬的嘟哝，看了下温雷。

温雷在不停地啜泣，但听到了温芬的嘟哝，看见了温萍的眼神，他用眼色“回敬”她们，仿佛在说你们只会对我不满，你们做女儿的就好到哪里去了？

温雷把父亲葬在老围的风水林里，葬在爷爷、奶奶和母亲的旁边，四棵相邻的树下埋葬着四位亲人的骨灰。

温雷把学校的管理暂时交给妻子，拎着包一个人出门，包里藏着他父亲的那本小本子。他对妻子说，有重要的事要办，出去几天。其实他没有什么事要办的，只想一个人到外面静一静，待几天，好好想自己的今后。他脑子里一直萦绕着父亲的那段话。那段话是父亲十多年前写进那本小本子里的——“明天就是新年二○○○年的第一天，也是跨进新世纪的第一天，新的一年自己的心愿是学会好好说话，跟家人、跟亲人、跟朋友、跟其他人好好沟通，把话说好，不但要注意说话的内容选择，要注意说话的轻重缓急，还要注意说话时的表情神态，说得让听的人听得自在，让人听自在了愿意跟自己说话，当然不是说无原则无良心的话。许多人喜欢养猪、狗这些宠物，大概是因为它乖巧，通人性，还因为它不说话，有时不说话往往比说不好话好！自己越来越觉得说话的好处和重要性！二○○○年为好好说话，加油！加油！加油！”

他盯着父亲的这段话，像被什么狠狠地重击了一下似的，眼球被这段话牢牢地吸住了。父亲的新年心愿不是求发财，不是求健康，也不是求平安，不是求常人想要的东西，而是希望学会好好说话。说话不是最简单的事情吗？小孩子牙牙学语就开始说话了。而父亲过了四十岁不惑之年了，竟有这样的心愿。天啊，原来说话，好好说话不是一件容易的事！他愕然了，在不断地反省、反思、反问自己。父亲还在时，自己跟他好好说话了吗？母亲还在时，自己跟她好好说话了吗……父亲是一本自己没有读懂的书，他身上的许多东西自己至今没有领会，而现在他突然离开，永远离开了。自己每天都在说话，但好好说话了吗？说得让听的人自在了吗？别人听后乐意跟自己说话了吗？

父亲的字写得很周正，像他的模样一样。温雷好像是第一次那么细心地看父亲的字。一笔一画，清清楚楚，像临帖似的。他可能一笔一画在慢慢地写，一个字一个字地把心里的话写出来，每写一个字、一个词、一句话，整个人就在一点一点地放松，清爽。他是在什么时候写的呢，白天吗？他很忙，不可能吧。晚上写的？母亲还没入睡时写的吗？不会的，父亲写的是写给自己一个人的心里话。那便是等母亲熟睡后写的了。那晚是除夕夜，父亲习惯把正月初一说是新年的第一天，他总是习惯用农历来计算日子。

温雷没有告诉妻子自己看了父亲的这段话，也没有告诉姐姐温萍、妹妹温芬和其他人。他想一个人先好好地消化。他离开家一个人待在外面，就是要好好理解、领悟父亲的这段话。他也有一本记录心事的秘密小本子。父亲的小本子锁在床边的柜子里，而自己的锁在办公室的保险箱里，小本子记录着自己不方便或不想跟亲戚、朋友甚至妻子说的话，但不说不写出来让心里堵得慌。这些进了本子里的话，他是准备一辈子不公开，要带到天堂里去的。不过，自己写进本子里的话，有些放了一段时间后，也不算什么的了，可以删去的。但有些话就没办法公开的，再怎么放，再怎么想放下，也是攻克不下来的，只好让它永远不能见光。父亲说的学会好好说话，其实努力了后也许会实现的，像这样的便可以从本子里删掉。

温雷没有想到，父亲竟然也会有这样的小本子，莫非连这样的癖好也会遗传。突然冒出癖好这个词，他在心里笑了下。

温雷驱车到了一个临海的边远小镇，吃完饭，睡好觉，也不干什么，找处不见人迹的海边枯坐，眺望着一望无际的大海，发呆，发长长的呆。眼前辽阔的大海如此平静，一阵风浪后又回归平静。大海如此深广，海纳百川，吐故纳新。不过，有时他会小心翼翼地从口袋里掏出他父亲的那本小本子，慢慢地读，读一会儿，想好一会儿，读一小会儿，再想好一会儿。

父亲本子里有段说脸的感悟，他看了便陷入了沉思。

父亲这样写道，刚懂得爱美、注重脸蛋年轻的时候，总爱照镜子，觉得长得好不好看责任在父母。有一天突然认识到不全是这样的，这天好像是四十二岁那年。自己的努力、成败其实已写在脸上，为人处事如何也在脸上，功成名就、心里阳光的人，他的脸看了舒服。他边读这段话，边回想父亲的脸，父亲的脸，越来越慈祥，气韵也越来越好，看着，如沐春风。而自己呢，他赶紧对着镜子审视自己的脸……他读大海，读父亲的小本子，也读自己。他在小镇住了一个星期，天天如此。父母在，人生尚有来处；父母去，人生只剩归途。母亲不在，如今父亲也不在了，他突然觉得孤苦凄凉。他天天都在回忆父亲，越回忆越觉得父亲这一生的不易。常常想着想着，眼泪就像断了线的珠子，噼里啪啦地滚落下来。他也为父亲感到骄傲。他想起那句话：死亡不是生命的终点，遗忘才是；真正的死亡是没有人记得你。父亲没有死，没有走远，很多人记得他。村里给他开了追悼会，县里和镇里还专门送了花圈，民协的刘主席在追悼会上，高度评价父亲为保护温家围所做的贡献！追悼会来了很多人，密密麻麻地排列着，表情凝重。有几位考察过温家围的专家专门发来了唁电。追悼会上，温顺生主任忍着悲痛，既惊奇又欣慰着小声告诉他，原来那几户不配合老围保护和开发的住户温木材、温水生、温火生竟从外地大老远地赶来参加追悼会，那个修缮老围、老在催工钱的工头肖平生也来了。温顺生偷偷地指点着那四个人，又说，人不是草木，温雷你爸的举动确实把他们感动了。温雷边回忆父亲，边觉得宽慰：父亲的生命还在，那么多人记得他。

温雷回家后做出了个决定，接手父亲未做完的事，保护和开发温家围。

他的妻子温秋分觉得意外，他不是一直不支持父亲的吗？温秋分问他，温雷，你真的考虑好了？温雷温和地听着，不说话。平时看上去挺安静的温秋分有点坐不住了，又问，父亲突然走了，怕是损害了老围的“风水”的原因，阿妈生前就这样劝父亲别开发老围。温雷还是温和地微笑着，不说话。坐着的温秋分站了起来，又说，你就别蹚这浑水了，让陈西东老板一个人去弄吧。我们两间学校的事够忙的了。温雷和颜悦色地说，学校要办好，老围开发的事也要办好，我忙得过来，我正是干事创业的大好年龄呢。老婆你应该为老公鼓鼓劲，加加油。温秋分觉得怪了，温雷今天是不是吃错药了，说话慢条斯理，还玩起油滑来，说，你以前不是很反感父亲投资老围的吗？别以为我不认识你。温雷偷着乐，想，你现在有点不认识是对的，我开始努力在变嘛。他说，今非昔比，爸不在了，以前有爸罩着，护着，我温雷可以有些小任性。我是他唯一的儿子，他做的事，我能不接吗？爸不在，我在呀，对么？温秋分急了说，既然你有那么多的精力，可以再办一所学校啊。我们拿得出那么多钱来投资老围的这些项目吗？温雷开心地说，拿得出，拿得出啊，以前我是骗阿爸的。温秋分便有些生气了，提高了嗓音问，万一投进去亏了呢！温雷说，亏不了，亏不了的，我们投钱办学校，以前没办过，不是没亏吗，还赚个盆满钵满啊，亏不了，你信我，老婆谢谢你，你一直都很信任我，亏不了。说着想上前拥抱温秋分，还想给她个吻的。温秋分闪个身，温雷没抱成。但他还是微笑着说，亏不了的。温秋分说不下去了，说的话像石子投进大海里一样，连个泡都不冒。她在纳闷，温雷从外面办重要的事一个星期回来后，好像换了人似的。

温萍和温芬先是像温秋分一样，苦口婆心地劝，劝温雷慎重考虑接手父亲投资老围的事，然后也只好顺从温雷的决定。她们姐妹俩心里清楚，连他的妻子都劝不住，让她们来劝又怎么能劝住呢。劝一劝他，只能是走个形式做个样子。但又不能不劝，因为他是她们的亲弟、亲哥。再说如果不劝的话，温秋分心里会有想法的。

陈西东担心温尚文走后，温雷不愿意接手他父亲的事，正想找温雷的，没想到温雷主动上门来，说他将加大投资开发温家围这些项目，加快建设的进程。陈西东高兴得呵呵地笑，说，好啊！你不愧是我的好哥哥的好儿子！

温雷说，子承父业，这是我温雷的命。没有我爸，哪来我温雷。嗨嗨嗨——陈叔叔，我爸突发心脏病走了，我好自责，没有尽到做儿子的责任照顾好父亲，有时甚至还在暗中跟他较劲。我不是个好儿子，这段时间来我老在想，我父亲这些年为老围所做的一切，让我从中受到很多启发。老围虽然是老围所有人的事，但总得有人带头来保护和开发，我父亲带了这个头，他的认识比别人高，胸怀比别人宽。我现在才觉得我父亲的一片苦心。咳！他走了。他重重地叹了口气。

陈西东说，现在由你来完成你父亲未竟的事业，也不迟。

温雷说，陈叔叔，你和我父亲商定的，保护和开发老围，我家投资六成，你投四成。我想提高投资的额度。

陈西东说，听了你这番话，叔叔跟你说句心里话吧，原来听说是你不同意投资开发温家围的，我才投的，我是你父亲的好朋友，好兄弟，我要支持你父亲，便合伙了。我和你父亲是伙伴，好伙伴嘛。这样吧，温家围的事以后还是由你来办，调整调整股份的比例，你家投八成，我两成吧。怎么样?

温雷笑了笑，说，好的，好的，我知道，陈叔叔你投资老围，投的是感情，对我父亲兄弟般的感情。改天我专门请你，好好向你讨教。

陈西东哈哈大笑说，温雷，我的好侄子，你父亲在天上可以放心了，有你今天这样的表现。

温雷说，我父亲是好父亲，我不配做他的儿子。

陈西东说，配，配，配！以前我不太了解你，你父亲曾经跟我说过你不太赞成他投资老围，不过你父亲也不怪你，说你慢慢会理解他的。

温雷说，感谢你对我的厚爱。

陈西东说，别，别感谢，我们还是合作伙伴呢。今后真的赚了钱，我不也有分红吗?

温雷说，我温雷拼了命，也要把开发老围的事办好。有陈叔叔在后面撑着，老围的事能办不好吗?

陈西东把温雷送到门口，望着温雷的背影想：像，很像我的尚文好哥哥啊！

第三十五章

温雷深思熟虑后，有了这个想法，温家围开发这个项目聘请严梅红来负责。

陈西东说，温雷你跟我想到了一块去，严老师是最合适的人选，她对老围太有研究了。

温雷说，不过严阿姨不知愿意帮我们吗？她在杂志社上班，又是杂志社的领导。

陈西东说，也是，不过可以探一探她的意思。

温雷说，我们高薪聘请她，比她在杂志社工作多几倍的工资。

陈西东说，当然要高薪请，我想，她不会是看在钱的分上，她要来，也是冲着对老围的感情，这些年来她为老围做了许多事情。

温雷说，我父亲走了，她还愿意来吗？

陈西东说，你试试吧。不过要你去请她。

温雷说，我怕请不动，陈叔叔你去更好吧。你面子大。

陈西东说，你想想，谁去请更合适。

温雷笑了笑，说好吧，我去。他想，严老师是父亲的伴侣，虽然不是开口赤裸裸地说，是心里想的，但他还是觉得称严老师是父亲的伴侣比称父亲的妻子要自在。严老师不是自己的亲妈。她与父亲结婚后，自己和姐姐温萍、妹妹温芬没有开口叫过她妈，叫她阿姨，甚至不叫装糊涂。

温尚文的后事料理完的第二天，温雷夫妇和温萍、温芬他们在家里整理父亲的遗物。温芬边整理边说，哥，梅红阿姨今后怎么办？

温萍说，什么怎么办，爸都走了。

温芬说，她还算我们家里的人吗？

温萍说，她会离开我们家的。

温芬调皮地说，皮都不在，毛又怎附？

温雷说，什么皮什么毛的，温芬啊，莫说哥说你，当初是你先说让爸续弦的，现在又这样怪兮兮地刻薄人家。

温芬不爽了，说，哥，妹妹这是为你着想呢，以前提议让爸再娶是为了你好，现在也是。我怕她分你家产呢。她毕竟是爸的合法夫妻，拿了证的。我们照理要叫她妈的。

温萍说，阿芬说得对，她真要你的家产，温雷你也没奈何。

温雷的妻子温秋分一直按捺着自己不说话，听到这里按捺不住了，觉得是自己说话的时候了，说，两位姑姑说得太对了，我们要先防备她，赶快想好对策。

温雷看了眼温萍说，姐，当初就是你和温芬一唱一和让爸再娶的。现在又把人家想成这样。我看，梅红阿姨不会跟我们一般见识，别以小人之心度君子之腹。

温芬说，哎，哎，哎，哥啊，谁小人啦？就你是大人！家产是你温雷的，又不是我们的。当我温芬嘴臭没说，好心当作驴肝肺！

温雷赶忙说，我不是这个意思，我不是这个意思。你们都是为我好，为我好。温萍和温芬这么一说，温雷其实心里也不踏实的，只是觉得她们说得太露骨点。

温芬说，那是什么意思？当然啦，老弟你家大业大，我和姐姐也脸上有光，再说，还能多蹭你几顿好饭来吃。

温萍说，那是，温雷你也别太天真，温芬说的不是没有道理，万一梅红阿姨真的要分你的家产，你不同意，她能把你告上法院呢！

温秋分急了，对，对，对，温雷你别太天真，把你告上法院，够你喝一壶的。

温雷说，我们今天不提这个话题。拜托，不提，先不提。爸才走几天。

没想到一个星期后，严梅红打电话给温雷，说，你爸走了，按照你那里的风俗叫守灵（为死者守灵），我守完七天，今天跟你说，我也要离开你们家了。今后老围的保护和开发有什么用得着我的，你放心说吧。我还像你爸在世时一样。严梅红不但没有提出要分家产，还答应帮他。

温雷把严梅红的话告诉给陈西东。

陈西东说，严老师不单对老围有感情，对你爸有感情，现在你接手老围的事，她啊，肯定也很高兴的。我就说嘛，还是你邀请她合适。

温雷说，陈叔叔，你对她也熟悉吧。

陈西东说，还行。

温雷说，什么还行。很行吧。我资格不够，怕请不了她，便搬出你来，她爽快地应承了。

陈西东说，你，你，你啊，我看你比你爸还聪明。其实你不用搬，提到我，她也会——

温雷抢白说，陈叔叔你有吨位，要不是你，我可能请不动她。我有自知之明。老围的事，我以前不太支持我父亲。

陈西东说，什么吨位，莫乱说。

温雷说，你够重，够分量，有吨位。

陈西东递给他一根烟。

温雷示意了下手势，说，没抽。

陈西东说，没这个不良爱好。

温雷说，严阿姨要是能辞掉杂志社的工作，专门来负责老围的事，那是最好不过。

陈西东说，敢情好啊！

温雷说，这事得拜托你亲自出马跟她说，我们不但高薪请她，甚至给她入股份。

陈西东说，让她拿钱入股吗？说心里话，老围的保护和开发这个项目，估计不好赚钱。

温雷说，不用她出资，直接给她股份，她用知识入股，用感情入股，对老围的感情。

陈西东站了起来，笑吟吟，深深地抽了几口烟，然后慢慢地吐了出来，一串串烟圈在飘扬。他望着飘扬的烟圈，很享受的样子，说，温雷，你这主意我怎么没想到啊！长江后浪推前浪，我这个前浪啊趴在沙滩上啦。好啊！有你这个好主意，我去请她吧。

严梅红辞去了杂志社的工作。

严梅红跟陈西东说，我还真想尝试另一种活法，别一生都在弄文字。陈老板，你说是吗？

陈西东说，严老师的世界大得很呢。

严梅红说，别夸我，我都快成不会过丘的死田螺了。

陈西东说，你哪里是田螺，我才是田螺，我除了赚钱，其他什么都不懂，文不文武不武，累苦在赚钱这丘田了，很悲哀。你是凤凰，女中凤凰。

严梅红问，有像我那么劳碌、命苦的凤凰？

陈西东嗅出了她话中的味道，她的人生的确不平顺，先是跟原配丈夫离婚，嫁给温尚文不久，温尚文又离她而去。陈西东立即说，严老师，你能来负责老围的事，我和温雷很感谢你。

严梅红说，都是命运的安排，让我与温家围结缘。缘分未了啊！因为温家围，认识了尚文，认识了你。没想到现在尚文的儿子愿意接手尚文的事，我能袖手旁观吗？

严梅红离开了《民俗》杂志。廖主编去年底退休后，严梅红由副主编接任了他的主编的位置。这次严梅红辞去杂志社的工作，向上级主动推荐刘小倩。刘小倩由编辑部主任提拔为副主编，并负责杂志社的全面工作。刘小倩被严梅红的举动感动得哗哗哗地掉眼泪。她要专门登门感谢严梅红，被严梅红婉言谢绝了。

刘小倩激动地说，梅红姐，哦，不对是严主编。你晚上在家吗？刘小倩激动得连声音都失真了。

严梅红问，有事吗？

刘小倩说，有，也没，就是想——刘小倩的声音在抖，话说得不顺畅。

严梅红其实知道刘小倩的意思，假装不明白，说，你还是叫梅红姐吧。以前，刘小倩见了严梅红，别说叫她梅红姐，尊称她严主编，连好好看她一眼都不情愿，要么是躲闪，闪不了，便冷冷地对视一下，有时鼻孔里还发出哼的怪音。

刘小倩说，梅红姐，我听上面说是你大力推荐了我。

严梅红在电话里爽朗地笑，然后说，我把担子撂给你，你不乐意吗？

刘小倩说，我、我，我好感激您，梅红姐，以前是我不对，对不起您。

严梅红说，我不是加你微信了吗？朋友圈的人了。昨天的那页，翻过去吧。

刘小倩没反应过来，一会儿反应过来后，颤抖着声音说，翻，翻过去？

严梅红说，我不在家，以后再见吧。

刘小倩心里在嘀咕，翻过去，梅红姐那么容易就翻过去了？

严梅红又说，你去看过温家围吗？

刘小倩还是不在正常状态，赶忙说，没，没，还没去看。

严梅红问，你还记得我们的杂志出了一期介绍温家围的专号吗？

刘小倩说，记、记得。刘小倩说得结结巴巴。当时她因为嫉妒严梅红，便草率地、没有仔细地去看那期杂志的专号。廖主编预感到她会这样，又让其他人校对，并说，一定要用心校对。这句话，他其实是对刘小倩说的。刘小倩也知道廖主编拐个弯批评她，她听着反而乐了，她就是不让严梅红和廖主编自在。

严梅红说，如果站在温家围的面前，一切都可以翻过去的。

刘小倩这会儿倒清醒了。她知道温家围是一座历史悠久、历尽风雨、底蕴厚重的客家围。

刘小倩说，哦，是，翻过去，一切都可以翻过去。

刘小倩边说边在心里后悔：温家围，早知道，早知道要尽快去看的。她边后悔边用手指狠狠地戳脑门。